A IMPROVÁVEL teoria de ANA & ZAK

Brian Katcher

tradução
Lucas Peterson

JOVENS LEITORES

Título original
THE IMPROBABLE THEORY OF
ANA & ZAK

Copyright © 2015 *by* HarperCollins Publishers

Todos os direitos reservados. Nenhuma parte desta obra
pode ser reproduzida, ou transmitida por qualquer forma ou
meio eletrônico ou mecânico, inclusive fotocópia, gravação ou sistema
de armazenagem e recuperação de informação, sem a permissão escrita do editor.

"Edição brasileira publicada mediante acordo com
HarperCollins Children's Books, uma
divisão da HarperCollins Publishers"

Direitos para a língua portuguesa reservados
com exclusividade para o Brasil à
EDITORA ROCCO LTDA.
Av. Presidente Wilson, 231 – 8º andar
20030-021 – Rio de Janeiro, RJ
Tel.: (21) 3525-2000 – Fax: (21) 3525-2001
rocco@rocco.com.br | www.rocco.com.br

Printed in Brazil/Impresso no Brasil

Preparação de originais
VIVIANE MAUREY

CIP-Brasil. Catalogação na fonte.
Sindicato Nacional dos Editores de Livros, RJ.

K31i
   Katcher, Brian
      A improvável teoria de Ana e Zak / Brian Katcher; tradução de Lucas Peterson. – Primeira edição. – Rio de Janeiro: Rocco Jovens Leitores, 2016.

      Tradução de: The improbable theory of Ana & Zak
      ISBN 978-85-7980-267-6

      1. Ficção americana. I. Peterson, Lucas. II. Título.

15-28629   CDD – 813
                                          CDU – 821.111(73)-3

Este livro obedece às normas do
Acordo Ortográfico da Língua Portuguesa.

Para a minha mãe, Connie.
Obrigado por me levar para a biblioteca.

ZAK

– Zak! Ei, Zak, cadê você?

O som da voz do meu padrasto me enche de terror. Minha mãe não está em casa. Estamos sozinhos.

– Zak! Venha aqui.

Tento ignorá-lo. Distrair-me com uma edição de *Fangoria*. Por enquanto, estou seguro no meu pequeno esconderijo na despensa. Se eu não responder, talvez ele não me encontre. Talvez não me force a fazer aquelas coisas...

– Zak!

Olho para o rosto debochado de Han Solo na parede, desejando que ele estivesse aqui para me apoiar. Mas preciso encarar isso sozinho. Me preparando para o que está prestes a acontecer, deixo o meu refúgio.

Eu o encontro no térreo, com aquele sorriso despreocupado estampado no rosto, segurando uma bola de futebol americano.

Meu Deus, é pior do que eu imaginava.
Meu padrasto está parado na cozinha, usando um suéter de uma fraternidade de alguma universidade onde ele (provavelmente) se formou há décadas.
– Vamos lá, garotão! – diz ele, com seu tom de voz animadinho. – Está lindo lá fora.
Considerando que estamos em Tacoma, Washington, tempo lindo lá fora significa que está apenas chuviscando. Consigo pensar em mil coisas que preferia estar fazendo, entre elas organizando os meus DVDs e mastigando papel-alumínio. Mas a minha mãe pediu que eu me esforçasse um pouco mais para passar mais tempo com *ele*.
Por favor, Zak. Só uma tarde. Significaria tanto pra mim.
Ela disse isso com aqueles olhões tristes de mãe. Não tenho escolha.
Atravesso a porta dos fundos com passos pesados, passando tão perto de Roger que ele é obrigado a abrir caminho para mim (pelo menos, ninguém me obriga a chamá-lo de "Pai"). Vamos acabar logo com isto.
Roger nem nota o meu desconforto. Ele só fica parado ali com a bola na mão, certamente revivendo seus anos de ensino médio. Depois, passa a bola para mim. Ela quica algumas vezes nas minhas mãos e cai no chão.
– Bom olho!
– Poupe-me dos seus chavões. – Abro um sorriso interno quando ele franze a testa ao ouvir a última palavra. Lanço a bola de volta para ele, errando por apenas um metro. Uma exibição deprimente para alguém como ele, campeão virtual do jogo Football Frenzy por três anos consecutivos.

Durante alguns minutos, passamos a bola um para o outro em silêncio. Isso me lembra de uma equipe de prisioneiros acorrentados quebrando pedras em um filme, e tenho vontade de começar a cantar "Po' Lazarus".
– Zak? – Ele rompe o silêncio. – O boletim informativo da sua escola chegou pelo correio esses dias.
– Que bom que você está lendo alguma coisa. – *Passe certo, passe errado, passe certo, passe errado.*
– Diz lá que vão começar os testes para as ligas de futebol de verão. Pensei que talvez você se interessasse.
É um comentário tão ridículo que quase caio na gargalhada. Por sorte, lembro-me de que jurei nunca sorrir na frente dele.
– Você pensou errado. – O tom da minha voz me agrada. Desdém, com uma pitada de sarcasmo.
Infelizmente, isso não faz com que Roger cale a boca.
– Bem, talvez não futebol. Mas e quanto ao beisebol?
Aparo a bola de futebol americano com o peito.
– Não sei jogar muito bem.
Ele solta um risinho.
– Ah, todo mundo sabe jogar. O seu pai não te ensinou?
A bola voa da minha mão. Sorrio por dentro quando ela atinge Roger bem no olho. Ele cai de joelhos.
– Ai... Nossa, bom passe, garoto... ai... Bem, acho que já basta para mim... Caramba, minha lente de contato...
Já estou marchando de volta para casa... para a *minha* casa. Furioso.
Roger, você é realmente tão burro assim? Ou é apenas um grande babaca? Não, meu pai nunca me ensinou a jogar beisebol. Se bem que, agora, eu bem que queria ter um taco.

Escapo até o porão e volto para a despensa. Como o Super-Homem ou o Doc Savage, tenho minha própria Fortaleza da Solidão. Meu laptop fica perto do aquecedor de água. Minha coleção de filmes antigos, nas prateleiras inacabadas de madeira. Tenho uma pequena geladeira. Tudo isso costumava ficar no escritório, mas Roger se apoderou dele. Disse que precisava da sala para trabalhar. Um trabalho que aparentemente inclui muitas horas jogando *fantasy football* e comprando porcarias no eBay.

Vasculho uma lata de plástico e pego uma foto emoldurada. Meu pai e eu, em uma manhã de Natal. Estamos usando os chapéus fedora do Indiana Jones idênticos que compramos um para o outro. Acho que eu tinha nove anos.

É difícil acreditar que não o vejo há seis anos. Certas manhãs, ainda acordo esperando encontrá-lo na cozinha, fritando bacon. Mas só encontro o Roger, esparramado no meu sofá, assistindo aos melhores momentos das partidas de esporte.

Às vezes, queria voltar a ser criança. E acreditar que meu pai foi participar de alguma escavação em ruínas incas na América do Sul, ou algo assim, e que um dia estacionará o carro na entrada da casa e...

Cresça, Zak. Você sabe que isso não vai acontecer.

Coloco a foto de volta na lata. Eu não a deixo à vista. Não quero que Roger olhe para ela e se sinta superior ao homem na foto.

Dois meses. É o tempo que minha mãe conhecia Roger antes de ficarem noivos. Dois malditos meses.

ANA

Confiro o meu relógio. São três e pouco. Perfeito. Se conseguir terminar tudo na biblioteca em menos de dez minutos, chegarei bem a tempo para o treino de tiro com arco.

A culpa é minha, é claro, por não ter resolvido isso antes da escola, mas meu irmão, Clayton, me pediu para revisar o seu dever de casa de matemática, depois a sra. Brinkham me parou para falar sobre o campeonato de jogos acadêmicos, e de jeito nenhum me recusaria a conversar com *ela*. Preciso que ela escreva uma carta de referência para mim, para aquela bolsa de estudo no fim do mês. Além disso, o almoço foi um desastre completo porque...

Tique-taque, tique-taque.

Ninguém está esperando na seção de retirada de livros da biblioteca. Perfeito. A bibliotecária, sra. Newbold, sorri ao me ver.

— Ana! Fiquei sabendo que você tirou o primeiro lugar no...

— Você está com os livros que reservei? — É falta de educação interrompê-la, mas, se eu não for direto ao assunto, ela vai me prender aqui por vinte minutos, só de papo.

A bibliotecária pisca, depois sai apressada para encontrar o meu material. Volto a conferir o relógio. Três e dois. Ainda dá tempo...

— *Achtung!* — late uma voz atrás de mim. Quase pulo por cima do balcão.

Em uma mesa no meio da biblioteca, meia dúzia de jovens montaram algum tipo de jogo de tabuleiro. Já vi esses idiotas barulhentos por aqui antes. Pensei em reclamar, mas de nada adiantaria. Depois do horário das aulas, o centro de mídia está sempre vazio. Acho que os bibliotecários ficam felizes em ter alguma companhia.

O telefone da recepção toca e, para a minha irritação, a sra. Newbold atende, com meus livros provocativamente agarrados na mão. Bato com o pé no chão, frustrada, me viro e cravo os olhos na mesa de jogo, quando alguém grita ordens em um sotaque alemão dolorosamente falso.

Ele é baixinho, magro e branquelo, e veste uma camisa que diz NUNCA CONFIE EM UM MESTRE DE JOGOS SORRIDENTE. Fico perturbada ao notar que ele veste um daqueles capacetes prussianos pontiagudos. Na verdade, todos na mesa usam algum tipo de acessório bizarro na cabeça: um boné russo peludo, um turbante, um chapéu-coco. Intrigada o bastante, olho para o tabuleiro de jogo. É um mapa da Europa, coberto de pequenos soldados e canhões de plástico.

Meninos... sempre brincando de guerra.
A bibliotecária desliga o telefone e me passa os livros. Eu os agarro sem falar nada. Conseguirei chegar no treino, com alguns minutos de sobra. O treinador não liga muito quando outras pessoas chegam atrasadas, mas isso é problema delas.

Depois do treino, terei tempo suficiente para trocar de roupa antes do jantar. E então, posso começar o meu projeto de história, antes que...

– *Herr Fräulein! Bitte komen parra cá, mach schnell!*

É o cara com o capacete de plástico de novo. Ele se virou para mim, parado com um pé sobre a cadeira, sorrindo. Seu capacete é um pouco grande demais, sombreando seus olhos. Tudo o que consigo ver é um nariz longo e estreito e um sorriso despreocupado.

Eu o reconheço. Ele está sempre aqui, organizando jogos, ou no refeitório, jogando cartas, ou na área comum, gargalhando com seus amigos bobalhões.

– O que foi? – pergunto, irritada. Estou perdendo tempo.

Ele abre ainda mais o sorriso. É o sorriso de um cara que não tem para onde ir e nada para fazer quando chegar lá. Alguém que desperdiça todo o seu tempo.

Ele inclina o capacete para trás, revelando olhos castanhos e cabelos despenteados. Ele deixou suas costeletas desgrenhadas e barbicha rala crescerem, em uma tentativa fracassada de cultivar uma barba. Deve estar tentando parecer mais velho. Alguém deveria dar um toque para ele se barbear. Ficaria bem mais apresentável. Alguém também deveria dar um toque para ele cortar o cabelo, comprar uma camisa que não esteja rasgada no sovaco e não vestir um capacete que faz com que ele pareça ter escapado de um hospício em Berlim.

Ele joga o queixo para a frente, aumentando o seu ar ridículo de autoconfiança.

– Que tal ajudar a moldar o destino da Europa de 1914? A defender o seu ponto fraco?

Os comentários dele fazem tão pouco sentido que viro para os seus companheiros de jogo, esperando que eles consigam explicar. Ou fazer com que o amigo deles cale a boca.

Um cara acima do peso com uma boina de gendarme francês resolve abrir a boca:

– O que ele quer dizer, *ma chérie*, é que precisamos de mais um jogador. Quer ser a Itália?

Volto a olhar para o Kaiser Jr., prestes a falar que ele deveria sentar no próprio capacete. Mas noto que seu sorriso oscilou. Seus olhos parecem ligeiramente nervosos, esperançosos. Não há por que envergonhá-lo diante dos outros comandantes-chefes. Suspiro.

– Ouça... qual é o seu nome?

Seu ar de arrogância retorna imediatamente.

– Eles me chamam de Duque.

Olho para o fichário ao lado do tabuleiro, onde leio o nome ZAK DUQUETTE.

– Ouça, Zak. Por mais agradecida que eu esteja por você ter reservado pra mim um país claramente vulnerável em todos os quatro fronts, não posso. Estou atrasada.

Ele tenta correr os dedos suavemente pelos cabelos, mas quase derruba o capacete.

– Bem, nós nos reunimos aqui todas as terças...
– Talvez em alguma outra guerra.
Deixo a biblioteca, interrompendo a conversa. Já estou atrasada.

Por um breve instante, tento imaginar como seria ser alguém como Zak. Não que eu queira gastar meu tempo com um jogo como aquele, mas seria bom, pelo menos de vez em quando, fazer algo que realmente quisesse fazer. Ter amigos com os quais pudesse estar junto apenas por estar me divertindo, e não porque estamos em uma reunião de um clube, ou trabalhando em um projeto. Não ter que dar satisfações sobre cada segundo em que não estou em casa, ou na aula.

Minha irmã, Nichole, costumava ser assim.

Não tenho mais uma irmã.

ZAK

Putz. Vacilei.

    Observo, desinteressado, enquanto os turcos lançam uma cabeça de ponte improvável contra a Inglaterra, subjugando toda a Europa de 1918 ao domínio otomano.
    Foi aquela garota que me distraiu. Ana, é o nome dela. Ela está sempre na biblioteca, mas nunca havia conversado com ela. Sei que ela é do tipo esperta e batalhadora. A foto dela está estampada em metade das páginas do anuário da escola. E o idiota aqui achou que ela talvez quisesse passar algum tempo com um grupo de geeks. Imaginei que essa fosse a oportunidade perfeita para me apresentar para ela. Nada disso. Parece que ela era boa demais para isso.
    A Grande Guerra terminou. Os mortos de plástico são varridos do tabuleiro, sem grandes cerimônias, de volta para a caixa. Resmungo uma despedida para os meus ami-

gos, que se retiram. O único que permanece é James, rodopiando sua boina de marechal no dedo.

Pego o meu capacete e o guardo na caixa. Ocorre-me que talvez exista um motivo pelo qual meninos não usam chapéus militares ao conversar com meninas.

– Intimidada pelo tamanho do meu *Pickelhaube*? – murmuro, depois solto uma risadinha.

– O quê? – pergunta James.

Volto para a realidade, por pior que ela seja.

– É o que eu deveria ter dito para aquela garota, Ana.

Esperava que James risse de mim, mas ele acena com a cabeça, de maneira sábia.

– A resposta perfeita, só que dez minutos atrasada – diz ele. – *L'esprit de l'escalier*, como dizem na França.

Sorrio para o meu amigo gorducho. Como sempre, ele veste uma combinação de roupas que talvez seja um tributo aos seus personagens preferidos das histórias em quadrinhos. Reconheço os óculos do Ciclope, a camisa preta do Justiceiro e as calças xadrez do Archie Andrews. Com um sorrisinho esperto, ele retira um folheto lustroso da mochila.

WASHINGCON! De 2 a 4 de março, em Seattle. A Maior, Mais Sinistra e Mais Ousada Convenção de Ficção Científica, Fantasia e Quadrinhos do Noroeste Pacífico!

Na capa do folheto, há uma ilustração do homem que dá nome ao nosso estado. O augusto general e presidente veste um smoking com gola de babado, segura um canhão automático em uma mão, enquanto acende um charuto com a outra. À sua esquerda, uma mulher peituda com anáguas e saias ataca um vampiro com uma acha de armas.

– *Steampunk* – digo, encarando a imagem como um prisioneiro encara uma ordem de perdão incondicional. – Maneiro.

– Recebi pelo correio hoje – diz James. – Já fez a reserva do seu quarto?

Folheio a programação de eventos.

– É claro. Falei para a minha mãe que vou ficar em um quarto de hotel com você e seus pais.

– Engraçado. Falei a mesma coisa para a minha.

Soltamos uma gargalhada. Há anos, vamos juntos para essa convenção, e nunca tivemos que nos preocupar com hospedagem. Sempre pude contar com algum amigo de um amigo para nos oferecer um quarto. Quando isso não dá certo, posso entrar escondido em uma das salas de cinema mais tranquilas e tirar um cochilo. E a cafeína é sempre minha amiga.

James encara seu relógio comunicador do Dick Tracy.

– Então, vamos participar da batalha X-fighter Turbo este ano? – pergunta ele.

– Você precisa perguntar? Quando será, afinal?

– Às quatro da manhã, eu acho.

– Ótimo. Odeio quando eles marcam em algum horário estranho.

James se levanta.

– Vejo você por aí, Duque.

– Certo. Ei, aquela garota, Ana...

Ele levanta a palma da mão e balança a cabeça.

– Esqueça, cara. Sem chance.

Sinto-me ligeiramente ofendido. Afinal de contas, a Ana não é *tão* gata assim. Ela é magrela, sem peitos, com uma juba de cabelos escuros e frisados. Mas ela até que tem um estilo meio Barbara Gordon.

– O que foi, sou mané demais para uma garota da equipe de matemática?

– Você é preguiçoso demais. Confie em mim, aquela garota só namora caras com bolsas nacionais de mérito acadêmico, e talvez nem isso. Até mais, Duque.

Certo, ela é muita areia para o meu caminhãozinho. Mas estou acostumado com isso. Muito acostumado, para falar a verdade. É por isso também que estou ansioso para a convenção. Lá, as regras de namoro são completamente diferentes.

Cato as minhas coisas e vou embora, com pensamentos sobre a convenção correndo pela minha cabeça. Só faltam dez dias.

Quase todos os anos, fico animado com isso. Mas, desta vez... bom, digamos apenas que eu precise muito sair de casa. Me afastar do Roger e das tentativas dele de me transformar em um enteado que não o faça passar vergonha. Setenta horas abençoadas com pessoas iguais a mim.

Estou prestes a deixar a escola, quase do lado de fora, onde encararei este dia deprimente de fim de inverno.

– Zak!

A voz de uma mulher me chama de dentro da escola. Adulta. Professora. Finjo não ouvir. Faltam só dez passos.

– Zak Duquette!

Tarde demais. Eu me viro. Sra. Brinkham, minha professora de saúde, se aproxima, aninhando desajeitadamente um maço de papéis nos braços.

– Zak, que bom que encontrei você. Precisamos conversar.

– Ah, sra. B, eu meio que preciso ir para casa.

– Só um instante.

Ela afasta uma mecha de cabelo escuro dos olhos, o que quase faz com que ela derrube a pilha de deveres de casa à qual está agarrada. Como sempre, ela é um exemplo vivo de entropia. Em uma das pernas sua meia-calça está desfiada. Duas juntas dos seus dedos da mão estão cobertas de Band-Aids. Uma mancha de café pontilha a frente da sua blusa branca, e ela está usando apenas um brinco. Embora ela deva ter quase quarenta anos, mantém um ar desajeitado e confuso que a faz parecer muito mais jovem. No ano passado, um segurança novo da escola pediu para conferir o passe de corredor dela.

Eu a sigo, irritado, até a sala de aula de saúde. Sento-me desanimadamente em uma das carteiras, fingindo interesse no modelo do Homem Visível, enquanto a sra. Brinkham arruma desajeitadamente os seus papéis. Tento imaginar, como já fiz outras vezes antes, como ela deveria parecer há mais ou menos vinte anos. Ela devia ser bem gatinha, e a idade não apagou isso por completo.

Ela finalmente puxa a sua cadeira e se senta de frente para mim.

– Zak, você sabe que sou sua conselheira estudantil, não é?

Temos conselheiros estudantis? Acho que eu tinha alguma ideia disso, da mesma maneira que estou ciente de que tenho um baço. É simplesmente algo sobre o qual nunca penso.

– Sim. Minha conselheira. É claro.

– Desculpe-me por não ter conversado com você ainda. Estou tão ocupada com esta aula e tudo mais, que, às vezes, é difícil encontrar tempo.

Reprimo uma risada. A aula de saúde é uma piada. É uma aula obrigatória, mas não é exatamente difícil aprender sobre lavar o rosto, ou o quanto é importante não injetar heroína. Aprecio a soneca de cinquenta minutos que a aula dela me oferece todas as tardes.

– Gostaria de saber quais são os seus planos depois de se formar – continua a sra. Brinkham.

Dou de ombros.

– Fui aceito na Faculdade Comunitária de Tacoma.

Faço menção de ir embora, mas ela quer saber mais.

– Você se candidatou para algum outro lugar?

– Não. Acho que posso conseguir um emprego com computadores com algo do tipo. Olha...

Ela não desiste.

– Que tipo de emprego?

– Com computadores – repito.

Ela balança a cabeça.

– Zak, você é um rapaz esperto. Um rapaz talentoso. Já pensou...

– TCC. É para lá que eu vou. – Por que todo mundo é tão contra as faculdades comunitárias? Elas são baratas, fáceis, e eu nem precisarei me mudar.

– Você participa de alguma atividade extracurricular? Algum esporte ou...
Eu a interrompo.
– Agradeço o interesse, mas estou bem. Vamos conversar novamente em outra ocasião. – Eu me levanto, feliz em encerrar a conversa.
– Sente-se. – Sua voz normal, risonha e distraída muda de repente. Volto para a minha cadeira, surpreso.
– Quer falar mais alguma coisa? Senhora?
Ela me entrega uma folha de papel, sem sorrir. Eu a reconheço: é o meu trabalho semestral, sobre disenteria. Ou difteria. Alguma doença com *D*.
Meu sentido de aranha está tilintando.
– Hmm...
– Zak, este trabalho inteiro é copiado da Wikipedia. – Ela está chateada. Ela nunca fica chateada. Isto é ruim.
Finjo-me de inocente.
– Usei mesmo a Wikipedia, mas como uma fonte.
– Você copiou e colou o trabalho quase inteiro. Não tirou nem os *hyperlinks*!
Eita, pensei que tivesse tirado todos. Ainda bem que estamos falando da sra. B. Com certeza, há alguma maneira de me livrar dessa.
– Desculpe. Eu também estava meio apertado de tempo. Posso refazer o trabalho, sem problemas. – Ofereço um sorriso para ela.
Ela não sorri de volta.
– Isso é cola, Zak. É desonestidade acadêmica. Sei que a maioria de vocês não leva a minha aula muito a sério, mas,

apesar disso, é oficial como qualquer outra. Serei obrigada a falar com o diretor.

– Espera aí... – Por que ela assumiu o modo durona, do nada? Eu certamente não sou o único aluno que pega um bocado de coisas emprestadas da internet. Está bem, talvez eu tenha sido um pouco preguiçoso desta vez, mas esta aula também não é das mais importantes. Fiz o trabalho, o que já é mais do que alguns dos meus colegas podem dizer.

– Você receberá duas semanas de detenção. E um zero no trabalho, é claro.

– Será que não poderíamos... – *O quê? Pense, Duquette!*

– Este trabalho valia vinte por cento da sua nota final. E, como você deixou de fazer todos os outros trabalhos, não há como se recuperar disso. Você será reprovado.

– Reprovado? – Tipo, reprovado de verdade? Tipo, não passar na aula?

Ela então desfere o golpe final:

– E, como a aula de saúde é obrigatória, você não se formará. Ficará de recuperação durante as férias de verão e, infelizmente, não poderá se inscrever na TCC até o final do outono. Não sem um diploma.

Fico paralisado, tomado por um pavor doentio. O que há de errado com ela? Está bem, eu perdi a linha. Admito. Mas não permitir que eu me forme? Até os babões que fazem educação física em todos os períodos poderão participar da cerimônia de formatura. Por que ela está me usando de bode expiatório?

– Não há nada que eu possa fazer? – Minha voz soa como um chiado patético.

– Talvez. – Ela abre um sorriso enigmático. Por um instante, espero que ela me peça para trancar a porta e comece a desabotoar sua blusa, mas, infelizmente, não tenho tanta sorte. – Você sabe que sou a patrona dos jogos acadêmicos, não é?
Oi?
– Sim. Sou um entusiasta dos jogos.
Ela me ignora.
– Competiremos no campeonato dentro de algumas semanas. Acho que temos muitas chances de vencer. Temos uma boa equipe este ano.
– Está bem. – *O que isso tem a ver comigo?*
– O problema é que perdemos alguns membros da equipe recentemente. Kathryn Ciznack mudou-se inesperadamente e Leroy Cooper não está mais disponível.
– Por causa da... – Dou um tapa em um baseado imaginário.
Ela acena com a cabeça.
– Já temos gente o suficiente para uma equipe completa, mas não temos reservas. – Ela me encara com um olhar sugestivo. – Imaginei que talvez você quisesse se voluntariar.
Tento conter uma careta. Lembrando-me do que está em jogo, pergunto para ela o que eu precisaria fazer.
– Viajaremos para Seattle na sexta de manhã e não voltaremos até a noite de sábado, então isso tomaria a maior parte do seu fim de semana. Você participará de alguns dos rounds, para dar um descanso aos outros jogadores. Terá que se vestir bem e levar o campeonato a sério.

Mordo o lábio, fingindo pensar sobre o assunto. Dentro da minha cabeça, meu cérebro está dando cambalhotas. Um dia sem aula? Um sábado longe do Roger? Não é exatamente o acordo com o demônio que eu temia.

– E receberei crédito pelo trabalho?

Ela balança a cabeça.

– Desde que você refaça o trabalho e o entregue até a próxima sexta, eu o considerarei completo. Você passará nesta aula com um C, pelo qual, francamente, você deveria agradecer.

– Parece justo.

Nós nos levantamos. Ela me entrega um papel.

– Uma autorização para a competição. Você precisa pedir para um dos seus pais assiná-la, e trazê-la de volta até amanhã de manhã.

Estendo a mão para pegar o papel, mas ela o afasta para fora do meu alcance.

– Zak, esta é uma oportunidade única. Se você tentar cair fora ou não se esforçar ao máximo para o campeonato, o acordo já era. – Nunca vi a expressão dela tão séria.

Pego o papel delicadamente e recuo lentamente para fora da sala. Meu Deus, eu realmente consegui me safar! Poderia ter me ferrado, mas tudo o que precisarei fazer é vestir uma gravata e jogar *Jeopardy*! E poderei passar mais um fim de semana longe do intruso na minha casa. Além disso, talvez Roger pare de me encher o saco sobre participar de atividades extracurriculares.

Paro diante da porta da frente da escola e olho para a autorização. Seattle... ótima cidade. Conheço pessoas por lá. Se eu tiver algum tempo livre, posso ligar para alguns amigos e marcar uma partida de *Call of Cthulhu*. Quando, exatamente...

Meus olhos travam na autorização. *Não.*

Não, não, não.

Saio da escola cambaleante, sob a chuvarada lá fora.

Dois de março.

É o mesmo fim de semana da convenção. Minha data preferida do ano. O evento pelo qual espero ansiosamente por doze meses. O meu Natal.

E agora não poderei mais ir.

Desabo de joelhos. Levantando meus braços para os céus, solto um grito de frustração impotente.

– *Connnnnnnn!*

ANA

Tudo no seu devido lugar. Minha bicicleta, estacionada perfeitamente entre a do meu irmão e o frigorífico. Meu casaco, pendurado no segundo gancho ao lado da porta da garagem. Minha aljava e flechas, na prateleira. Meu arco no canto, sem a corda (não quero que ela arrebente sem querer).

Por causa de uma série famosa de livros e os filmes derivados dela, muitas meninas começaram a praticar tiro com arco ultimamente. Eu já pratico há anos. Não por diversão, mas porque a prática me ajuda a ser mais equilibrada. É isso que as boas universidades querem, afinal: pessoas equilibradas. Exatamente o que os comitês de seleção de bolsas de estudos estão procurando. O que meus pais esperam de mim. É por isso que pratico tiro com arco. Por isso que sou capitã da equipe de jogos acadêmicos. Por isso que sou voluntária no programa de distribuição de sopa para pessoas carentes, vou à missa aos domingos, e nunca, nunca tiro uma nota abaixo de A-.

Sou tão equilibrada que sou quase uma balança.

Preparo-me e entro em casa. Não há motivo para não querer entrar. Apenas o meu pai, preparando o jantar, minha mãe, trabalhando no computador, e meu irmão mais novo, Clayton, fazendo seu dever de casa.

Como qualquer tarde de terça dos últimos dois anos.

– Você está atrasada – diz o meu pai, levantando os olhos dos tomates que está cortando para os tacos do jantar.

Terça é dia de taco para o jantar. Terça sempre foi dia de taco para o jantar. Terça sempre será dia de taco para o jantar.

Paro para dar um beijinho na bochecha da minha mãe.

– Desculpe, o treinador queria falar conosco...

– Ana. – Minha mãe sorri e acena um dedo para mim, mas o alerta é muito claro. Devo chegar em casa na hora certa, todos os dias. Sem desculpas.

– Não vai acontecer de novo.

Clayton já está pondo a mesa. Começo a ajudá-lo. Ele acena a cabeça para mim e sorri.

Sorrio de volta e reprimo uma risada. Aos treze anos, ele é o calouro mais novo da nossa escola, o que é completamente evidente. Ele ainda não começou a amadurecer, e parece pertencer mais à quinta série do que a nona. O fato de que a minha mãe ainda escolhe as roupas dele não ajuda em nada. Mesmo em casa, ele veste calças casuais, uma camisa abotoada até o pescoço e meias com dois tons diferentes de branco.

Se eu morasse com uma família diferente, poderia me oferecer para levá-lo para comprar algo mais estiloso.

Mas a verdade é que eu provavelmente seja a última pessoa indicada para dar conselhos sobre como ser descolado.

Assim que posiciono o último garfo, o relógio da sala de jantar badala as cinco e meia. Como autômatos, marchamos para os nosso lugares. Às vezes, imagino como seria trocar de lugar com Clayton, só para bagunçar um pouco a rotina.

Enquanto o papai faz as orações, encaro a cadeira vazia à minha frente. O lugar de Nichole. Por mais que a minha família tente fingir que ela nunca tenha existido, aquele sempre será o lugar de Nichole.

Minha mente vagueia para o tempo em que ela costumava chutar as minhas canelas sob a mesa, para me forçar a grunhir no meio das orações. Quando ela costumava jogar sal na bebida do Clayton e construir dentes de vampiro de cenouras. Quando ela costumava...

– Ana?

Minha mãe interrompe meus devaneios. Ela está falando comigo. Não ouvi a pergunta dela, mas não importa. É a mesma que ela faz todas as noites durante o jantar: *Como foi o seu dia, Ana?*

Declamo as minhas linhas como um liturgista recitando uma prece. Meu dia foi ótimo, sem problemas, tirei notas boas em tudo, não os desapontei. Nunca os desapontarei. Amém.

Mamãe e Papai sorriem para mim. E então, as cabeças deles viram sinistramente para Clayton ao mesmo tempo, para a fala dele.

– Esperem. – Falo isso tão baixo que eles quase não me ouvem. Quase. *Droga.*

– Sim? – Meu pai ergue uma sobrancelha. Estou fugindo do roteiro.

– Eu... recebi um e-mail hoje. Da Universidade de Seattle. Eu... era uma carta de aceitação.

Clayton sorri e começa a falar alguma coisa, mas depois nota a expressão da minha mãe. Esta não é uma ocasião para felicitações.

– Não sabia que você havia se candidatado para lá, Ana. – Não há indício nenhum de raiva na sua voz. Nem de orgulho.

Tento minimizar a situação.

– Ah, não era nada. Só um plano B. *Vocês sabem como são os jovens loucos como eu, sempre saindo à noite e se candidatando para universidades.*

– Muito bem, filha – diz o meu pai, de maneira realmente sincera. – Sempre pensando no futuro. Então, Clayton...

– É só que... eles têm um excelente programa de psicologia. Um dos melhores do noroeste.

Acabei dobrando o meu garfo completamente sob a mesa, mas eu consegui. Realmente sugeri...

– Ana – diz a minha mãe, com uma voz que encerrava a conversa antes mesmo de ela começar. – Já discutimos isso. Todos concordamos que você deveria ir para uma universidade aqui em Tacoma, pelo menos pelo primeiro ano. Você poderá economizar muito dinheiro morando em casa.

Não lembro de ter discutido isso. Só lembro deles me informando de que eu estudaria na Universidade de Washington, em Tacoma. E que voltaria para casa todas as noites.

Mas sou Ana Watson. Não desperdicei quatro anos da minha vida no time de debates para agora *não saber* argumentar. Tenho milhares de motivos para acreditar que estudar em Seattle é a atitude mais sensata. Além disso, isso diz respeito à minha vida, à minha educação. É minha decisão.

Ouço em silêncio, enquanto Clayton apresenta um discurso animado sobre o seu dia.

Sei muito bem que não devo discutir. Sei o que acontece nesta família quando alguém vai contra a corrente.

A cadeira vazia do outro lado da mesa é um lembrete constante disso.

ZAK

7:30

Lembra daquele filme ótimo e subestimado do Terry Gilliam, *Brazil*? Há uma cena em que um pobre coitado é confundido com um terrorista e um monte de capangas armados atravessam o teto, prendem-no em um camisa de força e o jogam dentro de uma van preta, para transportá-lo para um centro de reeducação.

Sentado na varanda, esperando que a van da escola venha me buscar, consigo me identificar com ele. É um dia raro de sol em Tacoma. Minha mãe já saiu para trabalhar. Neste exato momento, eu deveria estar dormindo durante a aula do primeiro período, que tem alguma coisa a ver com literatura inglesa, eu acho, e esperando por esta noite.

Tirando onda no D&D. Destruindo em uma rodada de *Magic: The Gathering*. Depois, quem sabe? Uma sessão com cópia pirata de *Ranma 1/2*, incluindo comerciais hilários em japonês? Uma roda espontânea de tambores? Talvez entrar de penetra no Baile dos Vampiros?

Não importa. Posso até estar indo para Seattle hoje, mas não para a Washingcon.

Tudo está perdido.

Este lindo dia caçoa de mim. O céu um pouquinho menos cinza do que o normal ri da minha cara. Meu humor está péssimo. Quero socar um hobbit.

À direita, Roger paira sobre a minha cabeça, limpando as calhas da nossa casa. Ele não pede para eu segurar a escada, e eu não ofereço. Parece que ele não precisa ir trabalhar hoje. Eu me pergunto vagamente o que ele faz da vida. Sei que ele trabalha com a minha mãe na prefeitura. Acho que ele já me explicou o trabalho, mas, como tudo a respeito dele, estou infinitamente desinteressado.

Roger desce da escada, serelepe como um limpador de chaminés britânico. Ele limpa as mãos em um trapo velho e se senta ao meu lado no degrau de entrada.

– Que bagunça. Deve haver um acúmulo de dez anos de porcarias entalado na calha.

– Obrigado por compartilhar isso comigo.

Ele começa a se levantar, mas desiste.

– Então... jogos acadêmicos, hein?

– Isso aí.

– Imagino que seja preciso ser bem esperto para fazer isso.

– Não sei. Não estou na equipe de verdade. – Pego meu telefone e finjo escrever uma mensagem, mas o guardo imediatamente ao ler as que acabaram de chegar: todos de James e dos outros membros do esquadrão BattleTech, acusando-me de traição por tê-los abandonado.

Roger continua a tagarelar, sem se dar conta de que não estou ouvindo. Espero que ele não tenha sido desajeitado desse jeito quando convidou a minha mãe para sair da primeira vez. Contra a minha vontade, imagino como o primeiro encontro deles deve ter sido.

Assim que a van escolar chega, fico até aliviado em vê-los. Agarro a minha mochila e salto para dentro.

A sra. Brinkham está ao volante. Ela acena com a cabeça para mim, enquanto examina um papel com direções impressas. Esforço-me para sorrir. Espero que minha expressão diga, *Obrigado por esta oportunidade,* e não, *Sua bruxa, eu te odeio.*

Fico surpreso em ver que Ana, a garota da biblioteca, está dentro da van. Talvez este fim de semana não seja tão terrível, afinal. Estaremos na mesma equipe, e terei a chance de passar uma impressão um pouco melhor. Sorrio para ela. Ela levanta os olhos do seu fichário por um segundo. Apenas um segundo. Tempo bastante para que eu saiba que ela me viu, e que não se dignou a me oferecer nem um mísero "oi".

Será que ela é mal-educada assim com todo mundo, ou só comigo?

Na fileira do meio, uma menina bonitinha e um pouco cheinha está encostada contra a janela, inconsciente. Um cara louro, alto e desengonçado senta ao seu lado e joga alguma coisa no celular.

Sou obrigado a me sentar no único lugar disponível, nos fundos. Se Deus fosse justo, eu viajaria sozinho ali, mas há um garoto sentado ao lado da janela. Ele não parece ter mais do que dez ou onze anos, então imagino que ele seja filho da sra. Brinkham, ou algo assim. Ele sorri para mim, com seus óculos espessos.

– Olá! – Sua voz é tão alegre e irritante quanto a do Jar Jar. – Sou Clayton!

Não me surpreenderia se o nome dele estivesse escrito em uma etiqueta pendurada por um colar de barbante do seu pescoço.

Sento-me em silêncio.

– Como você se chama? – Ele continua me encarando, com o rosto rasgado por um sorriso plástico de palhaço. Só começo a relaxar quando o vejo piscar os olhos.

– Duque.

– Este é o seu nome de verdade?

– Olhe, é... Clayton? Você não ficaria mais à vontade sentado na frente, com a sua mãe?

Por um instante, ele parece perplexo, depois começa a rir. Seu riso soa como um gatinho sendo pisoteado.

– A sra. Brinkham? Ah, não, ela não é a minha mãe. Faço parte da equipe.

O lado lógico do meu cérebro me diz para calar a boca, mas, mesmo assim, não consigo deixar de perguntar:

– Você não é um pouco jovem demais?

Ele volta a pisar no gatinho.

– Tenho treze anos. Pulei a segunda série. Agora, minha irmã e eu podemos frequentar a mesma escola de novo.

Ele faz um gesto para a frente da van. Depois de um instante, entendo o que ele está tentando dizer.

– A Ana é sua irmã?

Ele volta a acenar com a cabeça. Eles até que são parecidos, mas ela certamente herdou os genes de beleza da família.

Clayton pega um livro tão grande e antigo que eu o confundo com o *Necronomicon*.

– História mundial – diz ele. – É o meu ponto fraco. Vamos testar um ao outro?

O cara louro sentado à minha frente se dobra para pegar algo na mochila. Nossos olhos se encontram.

Se deu mal, cara, diz ele, sem palavras.

– Ou quer que eu teste você? Vou começar com uma fácil. Xerxes foi o rei da: a) Macedônia, b) Pérsia...

Encaro desejosamente a porta de trás da van. Estamos a apenas uns sessenta quilômetros por hora. Se eu conseguisse rolar direitinho ao atingir o asfalto, só quebraria alguns ossos.

– Clayton, pare, por favor. Por favor. Não estou a fim. – Faço uma pausa, depois abaixo a voz para a sra. Brinkham não ouvir. – Eu nem faço parte de verdade desta equipe. Nem deveria estar aqui hoje!

– Você parece aquele cara d'*O Balconista*.

Fico chocado por ele ter sacado essa referência, mas não o bastante para fazer qualquer menção a isso.

– Olha, Clay, tive que deixar de ir a algo muito divertido para estar aqui, e não estou de muito bom humor.

Confiro para ver se a sra. Brinkham não está ouvindo, mas ela está ao volante, mandando mensagens pelo celular. Ficamos sentados em silêncio por cerca de dez minutos.
– Para onde você deixou de ir hoje?
– Para uma convenção que frequento todos os anos. É sério, Clayton...
– No ano passado, deixei de ir ao acampamento de arqueologia para ir à *scholars' academy*. Por Zarquon.
– É uma con. Uma convenção de ficção científica. Washingcon, conhece?
Ele inclina a cabeça para o lado. Depois, levanta a mão e faz a saudação Vulcan. O cara no banco da frente solta uma risada.
– Não é bem assim, Clayton. É... uma coisa mágica. – Ao me dar conta do quanto isso soou caído, continuo: – É tipo, você nunca sabe o que vai acontecer. No ano passado, um grupo de engenheiros construiu um AT-AT funcional, a partir de uma moto velha. No ano anterior, a SAC fez uma encenação da Batalha de Hastings. Oito pessoas foram parar no hospital. Este ano, eles prometeram fazer a Batalha de Badon Hill.
O cara do banco da frente se virou e está escutando.
– Deixaram-me dirigir um dos Batmóveis originais. Conheci o George Takei, o único homem do mundo que me faria jogar pelo outro time. Conheci Gilbert Shelton, e acho que fiquei chapado só de apertar a mão dele. Vi o cara que interpretou o RoboCop original, e ele é ainda mais feio sem a máscara.

– Sempre gostei desse filme – diz Clayton.

A garota na minha frente boceja, se espreguiça e olha para mim. Todos na van estão me escutando, exceto a Ana. Continuo meus relatos, aumentando só um pouquinho.

– Há dois anos, os lovecraftianos tentaram evocar Hastur na sala da caldeira. E, quando eles voltaram a acender as luzes, *um dos caras no círculo havia desaparecido!* – Deixo de fora o fato de que duas bolsas e um laptop sumiram junto com ele.

– Uma vez, um cara pediu a namorada dele em casamento com um alienígena que saltou do seu peito. E ela disse sim! E meu amigo James jura que o Bill Murray o encurralou em um corredor de hotel, arrancou a pizza que ele estava carregando das suas mãos, disse: 'Ninguém acreditará em você', e foi embora.

O cara louro parece impressionado.

– Então, por que decidiu vir conosco? – pergunta ele.

Eu o ignoro e continuo a contar as minhas histórias, muitas das quais aconteceram, mais ou menos, em algum momento. A luta entre Lady Galadriel e Harley Quinn, contra outra Galadriel e uma versão feminina do Pippin. A vez que fui obrigado a compartilhar uma cama com a Sailor Moon (o namorado dela dormiu entre nós, mas isso não vem ao caso).

Ao nos aproximarmos de Seattle, o trânsito faz a van desacelerar. Todos voltam para os seus assentos. Clayton continua a me encarar. Os olhos dele estão arregalados. Espero ter conseguido chocá-lo, pelo menos um pouco.

– Duque, onde fica esse evento mesmo?

– Bem aqui, em Seattle. No centro de convenções.

Encosto no banco do carro e coloco os fones no ouvido para encerrar a conversa. Quando o narrador começa a declamar o décimo sétimo capítulo de *Snow Crash*, ouço Clayton murmurar algo:

– Fascinante.

ANA

13:30

– Dezessete sobre pi negativo – diz Clayton. Ele nem tocou no papel de rascunho à sua frente.

– Correto – responde o juiz, tentando esconder a surpresa na sua voz. Mais dez pontos para o Colégio de Ensino Médio Meriwether Lewis.

– Que líder russo foi assassinado em 1940, na Cidade do México?

Landon aperta a campainha, animado.

– Quem é Leon Trotsky? – diz ele.

– Correto. Gostaria de lembrar, mais uma vez, que vocês não precisam responder em forma de pergunta.

– Desculpe.

Para nossos oponentes, o apito final deve soar como um toque de misericórdia. Estamos quase cem pontos à frente.

Eles murmuram suas felicitações e juntam suas coisas, envergonhados.

Sorrio para o meu irmão.

– Muito bem, Clayton.

Ele fica vermelho e baixa a cabeça.

– Foi um trabalho de equipe – murmura ele.

Olho para meus outros dois companheiros de equipe, que bebem água e se preparam para o próximo round. É verdade: somos realmente formidáveis. Landon, o especialista em história e assuntos governamentais. Sonya, que sabe tudo sobre ciências biológicas e linguística. Eu, com meu conhecimento decente de ciências humanas e artes. E Clayton... seus pontos fortes são ciência e matemática, mas, para falar a verdade, ele provavelmente conseguiria encarar qualquer equipe sozinho. Soco o seu ombro jovialmente, quase derrubando-o do seu banco. Se não fosse por ele, nós nem teríamos uma equipe.

Do outro lado da sala, vejo o elo fraco da nossa corrente: Duquette, o peso morto. Em vez de fazer um intensivo de última hora, como os outros reservas que esperam entre os espectadores, ele encontrou outro preguiçoso, com quem está jogando baralho. O passatempo deles tem a dignidade sórdida de uma jogatina ilegal de pôquer.

Eu me aproximo da mesa dele para pegar o meu telefone. (Pelo menos podemos contar com ele para isto: cuidar das nossas bolsas.) Sei que não adianta nada ficar irritada com ele. Afinal, ele não passa de um reserva. Mas não gosto da ideia de ter alguém na equipe que visivelmente está aqui contra a sua vontade.

Assim que saco o celular da minha bolsa, o oponente de Zak se afasta e ele vira imediatamente para mim.

– Ei, Ana. Gostei da apresentação.

– Sim, Zak.

Ele entrecerra os olhos. Lembro-me de como ele se apresentou para mim como Duque. Espero que ele fique irritado por eu usar o seu nome verdadeiro.

– O seu irmãozinho tirou muita onda lá em cima. Ele parece um mini Brainiac.

Ligo o telefone.

– É verdade.

– Estou falando sério. A maneira como ele faz as contas de cabeça, você deveria inscrevê-lo no programa *Truques Humanos Idiotas*.

Claro, não há nada que eu queira mais do que ver meu irmão exibido como um tipo de aberração genial. Ele já sofre bastante com isso.

Como se soubesse que estamos falando dele, Clayton se junta a nós. Ele voltou a sorrir seu sorriso bonitinho. Quase devolvo o sorriso, mas então me dou conta, quase enojada, que ele está sorrindo para Zak.

– Ei, Duque.

– Fala, C-Dawg. Mandou bem naquela questão de física.

Clayton abre ainda mais o sorriso. E... meu Deus, ele está ficando corado. Ele realmente está ficando corado.

Zak espalha suas cartas estranhas sobre a mesa à sua frente.

– Tem alguns minutos? Quer jogar *Labirintos e Monstros*?

– Claro! É, eu nunca...

– É muito fácil. O objetivo é...
Certo, está na hora de cortar o mal pela raiz.
– Clayton, volte para lá. – Aponto para a frente da sala.
Meu irmão se levanta imediatamente.
– Espere – interrompe Duquette. – Isso só vai levar uns três minutinhos.
Clayton olha para mim e eu balanço a cabeça. Sem distrações, não hoje. Assim que ele se afasta o bastante, sento-me ao lado de Zak.
– Obrigada por tentar incluí-lo... – começo a dizer.
Zak lança um olhar irritantemente ofendido para mim.
– Ele não é um bebê. Eu só queria jogar cartas. Fico um pouco entediado aqui, no meio da plateia.
Oh, coitadinho.
– Perdão, Zak. Mas estamos aqui para vencer um campeonato. Temos nos esforçado para isso o ano todo, e a última coisa que preciso agora é de você distraindo o Clayton. Vocês podem jogar quando voltarmos para o hotel. Mas deixe-nos em paz durante o torneio.
Zak aperta as sobrancelhas, até elas formarem uma única lagarta peluda na sua testa.
– Quer que eu deixe *vocês* em paz? Perdão, mas pensei que também fizesse parte dessa equipe.
Não estou com a *menor* paciência para esse tipo de drama.
– Você não parecia nada interessado em fazer parte da equipe esta manhã, na van.
Zak aperta os lábios, formando um biquinho irritado, que é meio hilário.

– Não, Ana, eu realmente não estava. Estou perdendo algo muito importante para mim agora. E tudo o que fiz o dia inteiro foi ficar aqui, de saco cheio. Então, por que *diabos* estou aqui?

Começo a explicar que cada equipe deve ter quatro integrantes, e que precisamos dele, caso alguém fique doente. Ele é como um pneu estepe. Sou capitã dessa equipe há dois anos. Esforcei-me muito para nos trazer até aqui. Alguém como Duquette não entenderia isso.

Antes que eu encontre uma maneira de explicar, a sra. Brinkham chega correndo, vasculhando distraidamente a sua bolsa.

– Ana, eu te entreguei as fichas de inscrição, ou as deixei na van?

Está bem, talvez tenhamos *dois* elos fracos na corrente.

– Não, você não as entregou para mim.

A sra. Brinkham continua a remover maços de Kleenex velhos e outras porcarias da bolsa.

– Preciso entregá-las para os organizadores. – Ela volta a olhar para nós. – Você poderia correr até o estacionamento e buscá-las? Elas devem estar sobre o painel, em uma pasta roxa.

Duquette não se move. Talvez as instruções tenham sido complicadas demais para ele.

– Vamos, Zak – incito. – É só descer as escadas. Estacionamos perto do chafariz grande. – Tento empurrá-lo com a palma da mão.

– Na verdade – interrompe a sra. Brinkham –, eu estava falando com você, Ana. Vá esticar as pernas. Talvez lanchar alguma coisa.

Bem, talvez nossa patrona tenha se esquecido da programação, mas, felizmente, eu não esqueci.
– Perdão, sra. Brinkham, mas o próximo round começa em... – Confiro o meu relógio. – ... seis minutos.
– Eu sei. – Ela limpa a garganta. – Faça uma pausa. Vamos deixar que Zak participe de um round.

Zak abre um sorriso idiota, que engole de uma só vez ao olhar para mim.
– Sra. Brinkham – começo a dizer, tentando soar calma.
– Se vencermos este round, encerraremos o trabalho por hoje. Acho que não está na hora de desfalcar a equipe. Sem querer ofender, Zak.

Ele dá de ombros.

Mas a sra. Brinkham me entrega as chaves incisivamente.
– Vamos encarar uma nova equipe, quase toda de novatos. Zak vai se sair bem.

Estou começando a perder a paciência.
– Acho que n...

Zak estende a mão para pegar as chaves.
– Tudo bem, vou buscar os papéis. Não me importo.

A sra. Brinkham levanta a mão.
– Vá para o palco, Zak. Está quase na hora.

Zak se levanta. Mas não vai embora. Ele olha para mim. Ansioso.

Se eu pedir para ele não ir, ele ficará aqui. Não sei por quê, mas ele não assumirá o meu lugar, a não ser que eu diga que não tem problema.

Os dois me encaram. A sra. Brinkham balança as chaves.

Se eu insistir em participar, Zak não reclamará. Se nós dois enfrentarmos a sra. Brinkham, ela não insistirá.

45

– Zak?

– O quê?

– Não... não aperte a campainha, a não ser que tenha certeza absoluta da resposta.

Pego as chaves da mão estendida da sra. Brinkham e saio correndo, voltando um minuto depois para trocar as chaves de casa que ela me entregou pelas chaves da van. Ao alcançar a recepção, começo a tremer de raiva.

Não foi a sra. Brinkham quem nos trouxe até este torneio. Não foi ela quem convenceu a minha mãe a deixar que Clayton tentasse entrar na equipe. Não foi ela quem conversou com Landon, para que ele largasse a equipe de atletismo, para poder viajar para os nossos torneios. Não foi ela quem confirmou as datas do torneio e registrou a nossa equipe. Ela não nos trouxe até aqui.

E, no final, não discuti com ela. Permiti que Duquette assumisse o posto, sem batalhar por ele. Sou capitã dessa equipe há dois anos. Eu deveria voltar para lá imediatamente. Deveria dizer para ela...

Não, a sra. Brinkham deve ter razão. A esta altura, poderíamos botar um macaco feito de meia no meu lugar, e mesmo assim venceríamos. Eles não precisam mais de mim.

Marcho até a van, enraivecida, e encontro a pasta, em um lugar completamente diferente de onde nossa patrona disse que ela estaria. Noto o relógio no console central. Se eu correr, conseguirei chegar lá com dois minutos de sobra.

Mas depois me diriam que eu precisava deixar Zak jogar, porque era a coisa justa a se fazer.

Mas a vida não é justa.

Pego o meu telefone e mando uma mensagem de texto. **Por favor, ligue para mim depois das três.**

Assoo o nariz, junto os papéis, tranco a van (o que a sra. Brinkham havia esquecido de fazer), e volto para o prédio.

Embora não seja bem-visto quando alguém entra na sala durante uma sessão, eu entro silenciosamente. Quero assistir, para ter certeza de que tudo está indo bem.

Algo está errado. Algo está muito errado.

Clayton está ofegante. Ele faz isso raramente, e só quando está confuso. Landon e Sonya parecem enjoados. Na fileira da frente, a sra. Brinkham amassa uma folha de papel.

O maldito do Zak está simplesmente parado lá, com a cabeça no cotovelo, quase dormindo.

– Carbono catorze – diz um jogador da outra equipe.

– Correto.

O placar indica mais dez pontos para a outra equipe.

Estamos trinta pontos atrás. E, segundo o relógio, faltam menos de dois minutos.

Sonya encontra os meus olhos. Mesmo a distância, detecto sua expressão acusatória.

Estamos perdendo. Porque deixei que o vagabundo do Duquette assumisse o meu lugar. Porque não enfrentei a nossa treinadora. Porque senti um pouco de pena do nosso reserva. Decepcionei a todos. Vamos perder. E a culpa é minha.

Desabo em uma cadeira. Esta derrota nos rebaixará ao grupo dos perdedores. E isso significará mais rounds. Mais chances de estragar tudo. Estamos desabando para dentro de um buraco, do qual talvez nunca consigamos escapar.

O moderador continua as suas perguntas, implacavelmente.

– Que país foi o primeiro a usar oficialmente impressões digitais como uma ferramenta de detecção criminológica?

Um menino da equipe oposta aperta a campainha.

– O Reino Unido.

– Incorreto.

Na nossa mesa, Clayton está quase hiperventilando. Sonya e Landon trocam olhares confusos. A mão de Landon paira indecisamente sobre o botão.

A campainha toca, mas não é Landon.

– Argentina – murmura Zak, como se falasse de dentro de um sonho.

– Correto. Que personagem fictício tinha um irmão mais velho chamado Mycroft?

Vamos lá, Clayton, você sabe a resposta.

– Sherlock Holmes. – Zak, de novo. Os integrantes das duas mesas se viram para encará-lo, como se ele fosse um papagaio que, inesperadamente, tivesse falado algo profundo.

– Que pintor holandês...

– Vincent van Gogh.

Em menos de um minuto, Duquette empatou o placar. Minhas mãos deixam marcas suadas no tampo da mesa diante de mim. Quero sorrir para ele de maneira encorajadora, mas os olhos dele continuam entrecerrados.

Está quase acabando. É a última pergunta.

– Qual é o maior país da Comunidade de Nações?

– A Austrália! – grita uma garota da outra equipe, sem apertar a campainha. Ela imediatamente aperta a campainha e repete a resposta.

– Incorreto.

As duas equipes se voltam para Zak, como cata-ventos em um tufão. Por um instante, acho que ele não vai responder. De repente, seu dedão se move, como o de um paciente em estado vegetativo.

– Canadá.

– Correto.

O sinal do relógio toca. O jogo acabou. Nós vencemos. A nossa mesa enlouquece. Landon abraça Zak, o que o acorda completamente. Ele fica ainda mais chocado quando Sonya beija a sua bochecha. A sra. Brinkham corre até ele e bagunça o seu cabelo.

Eu me junto lentamente a eles, enquanto a outra equipe acena amargamente as suas congratulações e vai embora.

Ele conseguiu. O vagabundo falastrão realmente conseguiu. Ele salvou tudo. O jogo, a competição, nossas chances de vitória.

Paro ao lado de Zak. Antes que eu consiga agradecer, Clayton para entre nós.

– Ótimo trabalho, Duque. – Ele aperta a mão de Zak, encarando-o com uma expressão infantil de adoração.

Zak sorri de volta para ele. Ele está orgulhoso.

Não posso parabenizar este intruso, mesmo que ele tenha nos ajudado tanto.

Sei que estou sendo imatura. Sei que estou sendo mesquinha. Mas Duquette não é um membro de verdade desta equipe. Esta vitória não pertence a ele.

E o Clayton certamente *não é* irmão dele.

ZAK

14:31

Tenho que admitir que isso até que foi divertido. Eu, aparecendo no último segundo para salvar o dia. A sra. Brinkham toda impressionada. A Sonya usando a situação como uma desculpa para me beijar. Se isso tivesse acontecido em qualquer outro fim de semana, talvez até me sentisse bem.

    Mas este não é um fim de semana qualquer, penso, enquanto caminhamos todos pelo saguão do hotel. Eu deveria estar entrando no centro de convenções dentro de algumas horas. A visão é sempre inspiradora, quando vemos aquele mar de cosplayers com suas melhores fantasias. Todo mundo está lá, de A-ko ao Mr. Zzyzzx. Algumas pessoas passam o ano inteiro construindo suas fantasias. James disse que ele havia preparado algo especialmente impressionante para esta con. Infelizmente, só verei a fantasia dele no Tumblr.

Meu pai adorava o clima de *freak show* da convenção. Ele nunca curtiu muito essa coisa de *fandom*, mas, nos poucos anos em que me levou lá, pareceu se divertir bastante.

Landon acotovela a minha costela. A sra. Brinkham está falando conosco.

– Todos vocês devem se orgulhar muito de si mesmos.

– Estou imaginando, ou ela está olhando para mim? Ela começa a distribuir cartões de acesso para os quartos. – Agora, vocês estão por conta própria. Façam boas escolhas. Passarei para dar boa-noite a vocês às dez. Nos encontraremos aqui no saguão amanhã, às oito.

De repente, minha depressão desaparece. Ficaremos por conta própria? O centro de convenções fica a apenas meia hora daqui de ônibus. Posso chegar ainda mais rápido se pegar um táxi. Eu poderia chegar na Washingcon até *mais cedo* do que o habitual! Depois, volto rapidinho para estar aqui quando a sra. Brinkham vier dar boa-noite, saio de novo e me arrasto de volta para cá a tempo da reunião matinal...

– Zakory? Posso falar com você rapidinho?

Droga. A sra. Brinkham. Forço um sorriso.

– Zak, eu só queria agradecer pelo que fez hoje. Você realmente impressionou a todos.

– Obrigado. Bem, nos vemos amanhã...

– Espere um pouco. – Ela toca o meu ombro. – Estou falando sério. Você realmente se saiu muito bem. E eu ouvi você falando que tinha outros planos para este fim de semana. Só queria dizer que estamos todos muito felizes por você ter vindo.

Tento resistir... resistir com todas as minhas forças, mas não consigo. Estou emocionado.

– Obrigado. – *Que isso, dona, não foi nada, não.*

– Também agradeço por você conversar com Clayton. Os outros membros da equipe meio que o ignoram, então, obrigado por se prontificar.

– E quanto à irmã dele?

A sra. B morde o lábio.

– Ela parece tão distraída ultimamente. De qualquer maneira, você poderia ficar de olho nele esta noite? Talvez jantar com ele? Não gosto de pensar nele sozinho no quarto.

Ela sabe. De alguma maneira, ela sabe que estou planejando escapar.

– Não sei... Eu estava meio que pensando em passar um tempo sozinho.

Ela balança a cabeça.

– Lembre-se do nosso acordo, Zakory. Você está aqui por um motivo, e por um motivo apenas. Preciso que fique com Clayton esta noite. Se eu descobrir que você foi mais longe do que isso... mesmo que seja a quatro quadras daqui, você estará em apuros.

Considero as minhas opções. Não seria muito difícil levar Clayton para comer um McLanche Feliz, depois devolvê-lo ao hotel a tempo de assistir a banda cover de Spinal Tap hoje à noite. Mas não consigo deixar de imaginar o Clayton batendo à porta da sra. Brinkham às nove da noite, arrastando o seu ursinho de pelúcia e pedindo para ela botá--lo para dormir.

Essa situação não acabaria bem para mim. Solto um suspiro.

– Como queira.

Ao subir as escadas e tentar localizar o quarto 237 (Deus do céu!), sou encurralado por Sonya. Ela trocou suas roupas certinhas do torneio por calças jeans e um top geralmente usado por garotas mais magras. A barriga dela aperta contra o tecido, e as mangas se enterram nos seus pequenos braços redondos.

Ela apoia a mão inesperadamente no meu ombro, e, de repente, suas curvas não parecem mais desagradáveis.

– Zak, você foi incrível hoje! – Ela está sorrindo e baixando a cabeça daquele jeito que as garotas fazem quando estão nervosas. – Teríamos perdido se você não estivesse lá.

Ela continua tocando o meu ombro, e tenho dificuldade em responder.

– Ah, é, bem... eu só estava fazendo a minha parte.

– Você realmente foi incrível. Deveria ter se juntado à equipe mais cedo. – Há uma longa pausa. Nenhum de nós dois fala, mas não destravamos os olhos um do outro. Depois de um instante, ela abaixa a mão.

– E aí, você tem planos para o jantar? – pergunta ela.

Meu Deus, será que a noite vai acabar bem, afinal? É verdade, eu teria que levar o Clayton para o Chuck E. Cheese's, mas talvez consiga organizar um jantar em grupo. E então, depois que Clayton tiver ido dormir, Sonya e eu poderíamos escapar para a banheira de hidromassagem do hotel.

Assim que abro a boca para dizer algo encantador, Landon desce correndo as escadas. Ele acena com a cabeça para mim. Depois beija Sonya.

É claro que ele a beija.

– Está pronta para comer? – pergunta para ela, que, pensando agora, é obviamente a namorada dele.

Ela solta uma risadinha.

– Claro. Zak, quer vir com a gente?

Landon morde o próprio lábio atrás dela.

– É, não. Clayton e eu vamos encontrar um bar de whisky, ou algo assim. Divirtam-se.

Eles descem as escadas, conversando e rindo. Eu, por outro lado, tenho um encontro com um menino de treze anos de idade.

Nossa senhora, estou me divertindo tanto.

ANA

14:35

Estou começando a ficar com uma dor de cabeça terrível. Jogo um pouco de água no rosto na pia do banheiro. A Sonya já saiu com o Landon. A sra. Brinkham provavelmente está no seu quarto, relaxando. Duquette está fazendo o que quer que seja que ele faz. E eu estou aqui, agarrada à porcelana, com o estômago apertando.

    Hoje deveria ter sido um dia simples. Deveríamos ter vencido todos os rounds com facilidade, especialmente contra aquela última equipe. Mas quase colocamos tudo a perder, porque eu não estava lá. Porque Brinkham decidiu que estamos no jardim de infância, e todos merecem uma chance de brincar. Até o Duquette. Ainda bem que ele não é tão burro assim.

Balanço a cabeça. Não tenho tempo para pensar sobre isso agora. Amanhã, teremos a chance de avançar para a disputa estadual. Isso ficaria fenomenal em um pedido de inscrição para bolsa de estudos. Mas só se realmente conseguirmos. E vamos falar a verdade, os únicos capazes de fazer isso acontecer somos Clayton e eu. Não posso mais desapontar a equipe, nem por um round. Nem hoje à noite. Temos trabalho a fazer. Corro um pente pelos meus cabelos teimosos e deixo o quarto para encontrar o meu irmão.

Landon está saindo do quarto dos meninos, com aquele sorrisinho idiota que tem sempre que existe a possibilidade dele ficar sozinho com Sonya. Clayton está sentado na sua cama. Ainda bem que Duquette não está por perto.

Sento-me ao lado dele. Ele tirou sua camisa social. Sob ela, veste uma camiseta promocional cafona, do trabalho do meu pai. Ela é apertada demais. Preciso lembrar a minha mãe de levá-lo para comprar roupas novas.

– Você se saiu muito bem hoje, Clay – digo.

Ele parece distraído.

– Ah. Sim.

– Você parece cansado. Que tal a gente ir comer alguma coisa?

Ele não responde. Talvez precise dormir um pouco.

– Tem um restaurante italiano aqui perto. Posso comprar um pouco de *panini* para você. Depois, podemos testar um ao outro. Aposto que consigo vencer!

Ele se vira e me encara com uma expressão estranha. Pela primeira vez, noto a linha de buço sobre seu lábio superior.

– Ana, acho que prefiro comer com os outros caras hoje.

Sorrio ao pensar em Clayton saindo com "os caras".

– Acho que Landon tem outros planos.

– Bem, talvez o Duque queira fazer alguma coisa. Sabe, só os meninos.

É bonitinho quando o meu irmão tenta ser descolado, mas está na hora de agir com seriedade.

– Você não vai fazer nada com o Zak.

Para a minha surpresa, ele decide discutir comigo.

– Você quer dizer Duque.

– Não, eu quero dizer Zak. Clayton, você não quer andar com um cara como ele.

Clayton franze a testa.

– Ele certamente nos tirou de uma enrascada hoje. Qual é o problema?

Ele está ficando chateado. Isto não é nada bom. Preciso que ele esteja em plena forma amanhã.

– Clay, tenho certeza de que o Zak é um cara ótimo. Mas ele não leva a equipe a sério. Passa o tempo todo brincando de cartas e jogos. Um cara assim não tem futuro. Você é melhor do que isso.

Isso não agrada o Clayton.

– Você está agindo como se eu estivesse apaixonado por ele ou algo assim. Caramba, Ana, só quero me divertir um pouco, para variar!

Ele está com raiva, e eu, apavorada.

Minhas lembranças são lançadas vários anos para o passado. Era uma noite de sexta. Minha mãe estava viajando, meu pai, dormindo. E eu peguei a Nichole escapando de casa à noite. Para se encontrar com Pete, de novo. Apesar dos meus pais a terem proibido de sair.

Falei para ela não ir. Eu disse que ela acabaria se metendo em encrenca. Nichole apenas balançou a cabeça e me encarou com aquela expressão bem-humorada.

– Relaxa, Ana. Voltarei dentro de poucas horas. Só quero me divertir um pouco, para variar!

Eu não a detive. Permiti que ela saísse.

Preciso explicar isso ao Clayton. Como uma má decisão arruinou a vida de Nichole. E a minha. E, se ele não tomar cuidado, será o próximo.

Infelizmente, Duquette escolheu justamente este momento para entrar no quarto. Ele solta uma risadinha debochada e joga a mochila sobre o sofá. Vou ter que terminar esta conversa com meu irmão mais tarde.

– Descanse um pouco, Clay. Volto aqui por volta das cinco.

– Está bem.

Ao passar por Duquette, decido agradecer por ele ter nos ajudado hoje. Ele realmente se saiu bem, e, quem sabe, talvez possa ser útil novamente no futuro. Mas então ele abre aquele sorriso idiota e displicente, que parece dizer, *Nada importa neste mundo*. Eu o imagino no convés do Titanic, jogando pedaços quebrados de iceberg dentro do seu drinque.

Eu o empurro e passo sem dizer uma única palavra.

ZAK

14:45

Permaneço imóvel por um instante, vendo Ana fechar a porta ao sair. Qual *perlíndromos* é o problema dela? Eu acabei de salvar a equipe, e ela me trata como um chimpanzé lançador de fezes.

É por essas e outras que este dia está sendo um saco.

Examino o quarto. Clayton está sentado em uma cama, e a mochila de Landon está sobre a outra. Típico. Jogo minha sacola esportiva sobre o sofá e retiro uma muda de roupas. Forçarei Clayton a trocar de cama comigo mais tarde.

– Ei, Clay? Por acaso, você sabe por que sua irmã está me tratando como se eu tivesse acabado de atropelar o cachorrinho dela?

Ele encara a porta, como se ela ainda estivesse lá.

– Clay?

Ele volta a si.

– Ah, não se preocupe com a Ana. Ela está naquela época, sabe?

Eca... o irmão dela sabe disso?

Felizmente, ele elabora mais.

– Inscrições para universidades, bolsas de estudos, esse tipo de coisa.

Aceno com a cabeça, mas não acredito nele. Algo a meu respeito incomoda Ana. Minha aparência máscula provavelmente a intimida. Corro a mão pelo meu queixo. Meu cavanhaque está crescendo bem.

Começo a soltar a minha gravata, mas paro imediatamente. A gravata pertencia ao meu pai, e ele deu o nó para mim quando eu tinha onze anos. Nunca aprendi a amarrar uma gravata, então venho preservando o nó durante todo esse tempo.

– Ei, Duque? Aquela convenção sobre a qual você estava falando... há quanto tempo você a frequenta?

Falar sobre Washingcon me deprime.

– Desde os dez anos de idade. Este é o primeiro ano que não vou. – E o último em que deixarei de ir.

– Nossa. Seus pais deixaram você ir tão jovem.

Pais. Obrigado por mencionar isso, Clayton. Só falta você mencionar o Roger para ganhar a Coroa Tripla de Memórias Dolorosas do Duque.

– Sim. Só comecei a passar a noite lá quando tinha doze anos, mas sim. Eles... eles confiam em mim.

– Porra!

Se qualquer outra pessoa tivesse falado isso, eu nem teria notado. Mas quando Clayton resolve usar palavras com classificação indicativa não recomendada para menores de doze anos, isso chama a minha atenção. Ele está parado perto da parede, com a testa franzida, os pequenos punhos cerrados e a mandíbula mexendo.

– Clayton?

Ele dá um salto, assustado, como se eu tivesse acabado de surpreendê-lo em uma posição constrangedora.

– Não é nada. Quer dizer... você vai amanhã? O evento dura dois dias, não é?

– Não – respondo, com um rosnado. Perguntei à sra. Brinkham sobre isso mais cedo, tentando descobrir se ela deixaria que eu ficasse em Seattle no sábado, depois do torneio, e voltasse sozinho para casa. Nada feito. Este é um evento escolar, e eu não devo sair de perto dela até que eles me deixem na frente da minha casa, em Tacoma, no sábado à noite.

Clayton não sabe a hora de parar.

– Que pena. Nem deve ser muito longe daqui.

– Talvez uns oito ou quinze quilômetros. – Tão, tão perto.

– Sim, lá no...

– Centro Olímpico de Convenções. – Maldito covil de escória e vilania.

– E você...

Não quero mais falar sobre isso.

– Quer comer, Clayton? Gosta de comida mexicana?

Ele não responde de imediato.

– Na verdade, não estou com muita fome. Pode ir sem mim, se quiser.

É uma proposta tentadora.

– Vamos mais tarde, então. Vou tomar uma chuveirada.

– Sim. Está bem. Sim. Sem pressa.

Ele fala isso com tanta ênfase que temo que ele tocará uma enquanto eu estiver no banheiro. Pego a minha nécessaire, que ainda carrega a velha lâmina de barbear do meu pai.

Clayton está vendo alguma coisa no seu celular. Ele encara a tela com tanta atenção que pergunto o que está olhando.

– É... só conferindo as instruções daquele seu jogo de cartas.

– Labirintos e Monstros? – Aponto para a minha sacola. – As cartas estão no bolso superior, se quiser conferir as instruções. Podemos jogar alguns rounds mais tarde.

Ele continua a mexer no telefone.

– Sim, Duque. É uma boa.

Fecho a porta do banheiro e abro a água quente. Neste exato momento, eu poderia estar compartilhando um quarto de hotel com dez ou vinte dos meus melhores amigos, e não gastando o meu tempo com o Menino Prodígio e a víbora da sua irmã.

– Ei, Duque! – grita o meu colega de quarto. – Quanto custa a entrada da Washingcon?

– Trinta por uma noite. Por quê?

Ele não responde. Entro no chuveiro, cansado.

ANA

15:01

E agora, todos estão com raiva de mim.

Clayton está com raiva porque não deixo ele se meter em confusões com Duquette.

Duquette está irritadinho porque está perdendo o seu clubinho de fadas e marcianos.

O resto da equipe está com raiva de mim por eu não ter tomado as rédeas da situação no último round. Eles não falaram nada, mas deu para perceber. Eu deveria ter estado lá. Deveria ter insistido. Eu os desapontei.

E a mamãe e o papai... eles estão sempre decepcionados comigo. A questão não é que eu não seja boa, é que não sou boa o bastante. Parece que preciso ser perfeita só para estar na média.

Foi Nichole quem estragou isso tudo. Agora, Clayton e eu seremos obrigados a correr atrás a vida inteira.

Pessoas como Zak podem se dar ao luxo de sair para se divertir. Elas podem nem dar muita importância a isso. Não sabem como é ter que implorar só para ir comer uma pizza com a equipe de debate. Não ter permissão para visitar a casa de uma amiga, a não ser que seja para fazer algum trabalho da escola. Ser obrigada a falar para os caras que você não gosta de namorar, para não precisar revelar que, na verdade, não tem a permissão dos seus pais.

Concentre-se, Ana, concentre-se.

Posso pensar nisso depois. Agora, preciso tomar um banho, trocar de roupa e comer alguma coisa.

Meu telefone toca. Fico surpresa. Geralmente, minha mãe só liga para saber como andam as coisas de noite. Olho para a tela.

Pizzaria Domino's.

Atendo, exultante. É claro que não estão ligando da pizzaria, mas, quando seus pais têm o hábito de conferir o histórico do seu telefone, é melhor não ter nenhum número estranho que possa levantar suspeitas.

– Nichole?

– E aí, garota.

O estresse do dia imediatamente se dissipa. Sento-me na cama e fecho os olhos. Consigo quase imaginar que tudo é como antes, quando Nichole e eu nos sentávamos no quarto dela, conversando sem parar. Apenas batendo papo, como irmãs. Pelo tempo que a gente quisesse.

Mal posso acreditar que não a vejo há quase dois anos.

– Ana, recebi sua mensagem de texto. Você está na escola? Está tudo bem?

– Está. – Esforço-me para manter a voz firme, sob controle. – Estou no torneio de jogos acadêmicos. Só queria conversar com você enquanto posso.

Ela fica em silêncio do outro lado da linha. Arrependo-me imediatamente das palavras que usei. *Enquanto posso*. Enquanto a mamãe e o papai não estão por perto. Assim, eles não saberão que estou falando com você.

– E aí, vocês venceram? – pergunta ela, finalmente. Nichole nunca se esforçou muito na escola, mas sempre se orgulhou de mim. E continua a se orgulhar.

– Vencemos, graças ao Clayton.

– Como... como ele está?

– Maravilhoso, como sempre. Na semana passada, tirou a nota máxima em...

Nichole me interrompe, começando a dar pistas do seu transtorno do déficit de atenção.

– E como *você* está? – pergunta ela.

– Ah, estou bem.

– Ouça, Ana, dá para perceber que você está chateada. Preciso ir trabalhar em alguns minutos, mas, se precisar conversar, posso faltar o trabalho.

– Não, não. Estou ótima. Só tive um dia longo.

– Ana... Sei que você está mentindo. Agora, quando vem nos visitar?

Afasto o telefone do rosto por alguns segundos e tento controlar a minha voz.

– Logo, Nichole. Logo.

– Sei. – Nichole carrega um bocado de cinismo nessa única sílaba.

– Eu prometo! É só que estive muito ocupada, com os discursos e os jogos acadêmicos e...

– Tenho que ir, Ana. Por favor. Tente vir nos visitar um fim de semana qualquer. Tenho um horário fixo no trabalho agora, então poderíamos passar muito tempo juntas.

– Nichole, você sabe que sair não é fácil.

– Tente, pelo menos.

Ela desliga.

Eu não choro. Não choro. Fico parada, recitando mentalmente meu discurso informativo do torneio de debates do mês passado.

Sou forte. Sou forte.

Sou uma fracote patética, que não visita nem a irmã.

Sou forte. Sou forte.

Sou uma péssima irmã. Não consigo discutir com meus pais. Não consigo me opor a eles. Não consigo insistir em visitar a Nichole.

Sou forte. Sou forte.

Porque eles a expulsaram. Eles deserdaram a minha irmã, porque ela violou as regras. E eles farão o mesmo comigo. Com certeza.

Sou forte.

Chega disso. Tenho algumas horas livres. Tempo bastante para trocar de roupa, tirar um cochilo rápido e estudar um pouco para amanhã.

Ao começar a desabotoar minha blusa branca, vejo-me de relance, refletida na janela do hotel, molhada pela chuva. Abro um sorriso irônico. Para falar a verdade, não preciso explicar as regras de namoro para *tantos* garotos assim.

Nichole costumava dizer que eu era bonitinha. Mas isso é um privilégio das meninas bonitas, não é? Ela nunca teve que lidar com cabelos de palha de aço, queixo pontudo e a ausência completa de seios.

A boa e velha Ana, que tira a nota máxima em tudo... menos no tamanho dos seios.

Fico de perfil, tentando imaginar como eu seria com curvas. Será que realmente quero isso? Eu provavelmente acabaria atraindo imbecis como Duquette...

Quem é aquele lá fora?

Inclino-me para perto da janela e limpo a condensação. Do lado de fora, um andar abaixo, vejo alguém se afastando do hotel. Uma criança. Ele está parado no meio da rua, sob o chuvisco.

Não consigo enxergar as suas feições, mas sei quem é. Só uma pessoa no mundo vestiria aquela camisa em tons vibrantes de tangerina e vermelho.

É o Clayton. Ele está deixando o hotel sozinho.

Assisto, impotente, enquanto ele chama um táxi e entra.

Desço o corredor correndo, pronta para assassinar a primeira pessoa que aparecer na minha frente. E espero muito que essa pessoa seja Zak Duquette.

O que estava pensando aquele cretino, deixando Clayton pegar um táxi assim? Ele tem apenas treze anos, caramba! Para onde ele precisaria ir de táxi?

Ah, se meus pais descobrirem, será o meu fim.

Alcanço o quarto dos meninos. Respirando fundo, ajeito o meu top, concentro a minha energia e tento atravessar a porta com o punho.

Por mais ou menos um minuto, ninguém responde. Talvez ninguém esteja lá. Mas, assim que decido procurar a sra. Brinkham, ouço Duquette gritando de dentro do quarto.

– Calma, calma! O que foi, perdeu a sua chave ou...

Ele abre a porta. Dou um passo para trás ao notar que ele estava no chuveiro. O cabelo dele está coberto de xampu e ele veste apenas uma fina toalha de hotel, que segura ao redor da cintura, revelando seu torso pálido e úmido.

– Ana? – Ele entrecerra os olhos, para conseguir enxergar por trás da espuma.

Encaro imediatamente os seus olhos.

– Para onde foi o meu irmão?

– Oi? – Ele aponta para o quarto vazio, onde o som da televisão está muito alto. – Pensei que ele estivesse aqui. Talvez ele tenha ido comprar um refrigerante.

Lanço a palma da mão contra o peito duro e molhado dele, empurrando-o para dentro do quarto, depois fecho a porta atrás de nós. Eu me dou conta, então, que talvez Duquette interprete mal um gesto assim, então vou direto ao assunto.

– Clayton acabou de deixar o hotel em um táxi. Eu o vi, mas não consegui detê-lo. Você tem alguma ideia de onde ele pode ter ido?

Zak afasta a espuma dos olhos com o pulso, enquanto ainda segura a toalha com a outra mão.

– Não sei. Sabe, eu estava bem no meio de um...

– Pense!

Ele abre a boca, depois se cala.

– Aquele malandrinho – murmura ele.

– O quê?

– Ele deve ter ido para a Washingcon! Ele não parava de me perguntar sobre o evento. Pensei que estivesse apenas curioso.

Levo as mãos ao rosto. Isso não pode estar acontecendo. Meu irmãozinho, fugindo para o mundo de Duquette, com seus *trolls* bebuns, seus viajantes espaciais e sabe Deus mais o quê. Ai, isso é sério. Muito, muito sério.

De repente, Duquette solta uma gargalhada. Como se isso fosse engraçado. Como se fosse uma piada.

– Nossa. O Clayton decidiu violar as regras. Por essa eu não esperava.

Não preciso disso. Viro-me para ir embora.

– Maravilha.

Já chega. Giro o corpo para desferir um belo tapa na bochecha de Duquette, por ter posto essa ideia idiota na cabeça do meu irmão.

Pelo menos, esse era o meu plano. Eu erro o alvo e acerto seu nariz enorme. Deve ter doído, porque ele solta um grito e agarra o próprio rosto.

A toalha dele desaba sobre o meu pé com um *plop* molhado.

ZAK

15:33

O motorista do táxi está tendo uma discussão calorosa em russo com seu despachante. Agradeço por isso, porque me dá tempo para me reclinar, aproveitar a viagem, e pensar no quanto estou completamente encrencado. Não acredito que aquele pequeno geek deixou o hotel. Na primeira chance que ele teve, fugiu para se divertir na *minha* convenção.

É exatamente o que eu teria feito, é claro. O garoto tem colhões. Colhões que farão com que eu seja expulso da equipe, diretamente para a recuperação. Passarei junho inteiro fazendo aulas sobre como escovar os dentes com os tipos de pessoas que respiram pela boca. Além disso, meu cabelo continua molhado, estou vestindo calça social e uma camisa manchada, e tenho quase certeza de que Ana viu tudinho, quando tive meu pequeno probleminha de vestuário. E aquele quarto de hotel estava *tão* frio...

Ao meu lado no assento, Ana tenta incessantemente telefonar para o seu irmão, parando apenas para me encarar com ódio cada vez que a chamada cai no correio de voz.

Por fim, sou obrigado a romper o silêncio não cirílico.

– Acho que ele não vai te atender.

Ela olha para mim e, por um instante, parece que se transformará na Mulher-Hulk. Um segundo depois, noto que seus olhos são verdes, de verdade, como dois *Life Safers* raivosos.

– Obrigada, gênio. Agora, cale a boca, que estou tentando pensar. – Seu tom é sarcástico e arrogante. O mesmo tom que ela usou quando me deu aquele toco na biblioteca outro dia.

– Isso não é culpa minha, sabia? – *E talvez você pudesse dizer isso à sra. Brinkham...*

Ana pega um treco de plástico e se esforça para prender os seus cabelos frisados em um rabo de cavalo. Se eu não estivesse tão irritado com ela, comentaria que ela fica melhor de cabelo solto. Menos careta.

– Zakory, graças às suas histórias idiotas sobre a sua convenção idiota, meu irmão está perambulando por Seattle. Então, a não ser que queira que eu conte o que você fez à sra. Brinkham...

É aí que ela ultrapassa os limites do aceitável. Estou preparado para aceitar uma bronquinha dela, mas se acha que vai me dedurar, está na hora de eu assumir a ofensiva.

– Como é? Ninguém forçou Clayton a ir embora, ok? Eu estava no banho, e não iria convidá-lo a se juntar a mim.

E quer saber de uma coisa? Ele tem treze anos de idade, não oito. Frequento essa convenção desde os dez. Acho que o Megamente conseguirá se virar sozinho por uma noite.

Ana revira os olhos mais do que imagino que o nervo óptico consiga aguentar.

– Só quero que você me mostre onde fica essa convenção. Depois, pode ir embora, se quiser. Diga à sra. Brinkham o que bem quiser. Deus do céu, não dá para acreditar que ela queria *você* na equipe.

Eu não deveria deixá-la me atingir. O que me importa o que ela pensa? Mas, por algum motivo, preciso me defender.

– Você não me conhece. Você... – De repente, tenho um branco, e não consigo pensar naquela resposta perfeita e sagaz. Do que James chamou isso mesmo? *L'esprit de l'escalier.*

Ana está usando o telefone de novo.

– Só sei de uma coisa, Zak. Você é um cara que só se preocupa consigo mesmo. Estou preocupada com o meu irmão, enquanto você provavelmente continua revoltado por não estar jogando cartas com uma fantasia de elfo.

Estou me esforçando muito para agir de maneira civilizada.

– Quer saber? Divirta-se procurando pelo seu irmãozinho. Você vai perambular a noite inteira, e, quando o encontrar, ele provavelmente estará tomando refrigerante e assistindo a um filme. Quer dizer, o que diabos você acha que pode acontecer?

Está bem, talvez Ana esteja um pouco tensa demais para se acalmar com isso, mas não estou preparado para a reação dela.

– Pare este táxi! – grita ela. Seu rosto ficou completamente pálido. Por um instante, temo que ela irá me agredir.

Rasputin freia subitamente, levando os carros atrás de nós a buzinarem, irritados. Sem mais uma única palavra, Ana salta para a calçada.

Continuo sentado, atordoado. Sei que meu comentário foi idiota, mas não esperava que ela zarpasse desta maneira.

Bem, o problema é dela. A responsabilidade de encontrar Clayton é dela, não minha. Isso não é problema meu.

Sei. Até parece que não é.

Com um suspiro de resignação, salto atrás dela. Depois, mergulho de volta para dentro do táxi e pago a corrida ao motorista, que está gritando.

Está chuviscando como em *Silent Hill* lá fora, e demoro um instante para localizar Ana, disparando pela rua na direção errada. Corro para alcançá-la.

– Ei, Ana! – Ela não se vira, mas para. Espero vê-la com lágrimas correndo pelo rosto, sozinha e precisando de um amigo. Em vez disso, sou recebido pela expressão mais raivosa e desdenhosa que já vi. Mas não me intimido.

– Ana, peraí.

Ela rosna para mim. Rosna, literalmente.

– Vá embora!

– Vamos lá. Eu quero te ajudar.

– Que piada.

Luto contra a escuridão que cresce dentro de mim.

– Que direito você tem de me julgar? Se precisar de uma mão, bem, estou bem aqui, certo?

Ela afasta um fio solto de cabelo da testa.

– Você não entenderia. – Suas palavras são finais, gravadas em granito. Fui dispensado.

Felizmente, nunca fui bom em saber quando fui derrotado.

– Tente explicar.

Ela projeta o queixo pontiagudo na minha direção, e eu me preparo para um sermão sobre responsabilidade e sobre ser um bom garoto. Mas, de repente, todo o seu porte rígido desaba. Os ombros dela murcham, sua cabeça se reclina e seus braços balançam sem vida. Por um instante terrível, ela me lembra um cadáver pendurado na forca.

– Ouça, Duquette... Zak. – Ela está encarando os próprios sapatos. – Você é um cara que pode sair por aí e fazer o que dá na telha. O que bem entender.

Começo a me opor, mas, antes que eu consiga responder, ela continua:

– Para Clayton e eu, as coisas são diferentes. Não quero falar sobre isso, mas... Não posso deixar que ninguém descubra que ele fugiu.

– Ah, vamos lá, a Brinkham é uma manteiga-derretida...

– Não estou falando dela, Zak. Se meus pais descobrissem que perdi o Clayton de vista, seria muito... grave.

Por um instante, acho que vejo os olhos verdes dela brilharem, mas deve ser uma ilusão de ótica. Fico parado ali, desconfortável, tentando imaginar o que ela quer dizer com "grave".

Ela corre um dedo pelo dorso do nariz.

– Então, preciso encontrar o meu irmão antes que alguém note a sua ausência. Você poderia pelo menos me levar até o centro? Depois, pode voltar para o hotel, ou ficar, ou fazer o que bem entender. Sei que isso não foi culpa sua. Mais ou menos.

É, até parece que vou embora e deixar ela sozinha depois disso. Tento abrir um sorriso inspirador.

– Ouça, Ana. Posso ter exagerado um pouco quando falei das loucuras que acontecem na Washingcon. Na verdade, não passa de um monte de geeks como eu. Conheço aquele lugar como a palma da minha mão. Vou ajudar você a encontrar o seu irmão. Talvez a gente demore algumas horas, mas vamos encontrá-lo. E, se Brinkham suspeitar de qualquer coisa, é só dizer que fomos todos comer e perdemos a noção da hora. Ela acreditará em você.

Ana me encara por um instante. A umidade fez com que seu cabelo se enrolasse, como o de um poodle. Isso é estranhamente adorável. E, por um breve instante, o canto da sua boca se dobra para cima.

– Obrigada, Zak.

Começamos a caminhar na direção norte. Ela não faz nenhum esforço para andar perto de mim, mas também não está tentando se livrar de mim.

– Ei, Duquette? – Ela não olha para mim.

– O quê?

– Hoje, no torneio... você realmente foi muito menos mal do que eu esperava. Poderíamos até dizer que você não foi uma completa vergonha patética.

O elogio sarcástico e ardiloso me anima um pouco. Ao nos aproximarmos do centro de convenções, o sol começa a aparecer.

ANA

16:10

Queria tanto culpar Zak por tudo isso. Apontar o dedo para ele e o denunciar como um conspirador, que desviou o meu irmão do caminho do bem. Fazer com que leve toda a culpa por uma situação que, ao que tudo indica, será uma enorme catástrofe.

É claro que não posso fazer isso. Por mais que ele seja um alvo tentador, a única coisa da qual Zak é culpado é de falar demais. Clayton fugiu por livre e espontânea vontade. E fui eu quem permitiu que ele fizesse isso. Pelo menos, é isso que meus pais pensarão.

Meu Deus, se eu tivesse pelo menos permitido que ele fosse comer com o Zak, talvez ele tivesse ficado. Eu só estava tentando fazer a coisa certa. É só isso que tento fazer, sempre.

Zak caminha ao meu lado, assobiando alegremente. Será que ele se livrará de mim assim que chegarmos na convenção, ou realmente me ajudará a encontrar o Clayton? Se ele ajudar, vou ficar devendo muito a ele. Só de pensar em ter que vestir um dos seus chapéus de guerra, estremeço.

De repente, Zak estende a mão e agarra o meu braço. Fico enojada, até perceber que ele está apenas me desviando de uma poça na calçada, que não notei, de tão distraída. Ele solta o meu braço assim que percebe que não vou mais pisar na poça.

Balanço a cabeça. Esse cara tem falhas o bastante para encher um hangar de avião. Mas ele está comigo agora, procurando o meu irmão. Acho que isso deve contar para alguma coisa.

Lembro-me de como ele derrubou a toalha sem querer no quarto do hotel, e de como fingi não ter visto nada.

É primeira vez que vejo um, e ele tinha que pertencer logo ao Duquette.

– Então, como são essas coisas, Zak? – pergunto, tentando afastar a imagem da minha mente. – É um monte de gente jogando aqueles jogos de guerra?

Ele abre um sorriso estranho.

– É um pouco mais do que isso. E, por favor, me chame de Duque.

– Ah, vocês também assistem a filmes, não é, Zak?

Ele abre ainda mais o sorriso.

– Você vai ver. Chegamos.

O Centro Olímpico de Convenções faz jus ao seu nome; é o maior do Noroeste Pacífico. Um enorme banner pende sobre as vastas portas de entrada, dando boas-vindas a todos os visitantes da Washingcon. Sob o banner, há uma pintura alta com uma versão cibernética do general George Washington, destruindo um exército de soldados britânicos zumbis, com o que parece ser uma metralhadora movida a carvão. Não há ninguém do lado de fora, provavelmente por causa do péssimo tempo. Com uma reverência elaborada, Zak me convida a entrar.

Admito, talvez as minhas impressões sobre uma convenção de ficção científica se baseassem apenas em Duquette e seus amigos. Sabia que haveria muita gente aqui, mas esperava algo bem mais discreto.

Não esperava uma mulher de sessenta e tantos anos vestida de Smurfette. Quanto decote azul!

O saguão é enorme, encimado por banners gigantescos de momentos marcantes da história americana, encenados por robôs. Placas menores e escritas a mão pontilham as paredes:

CTHULHU PARA PRESIDENTE: DESTA VEZ, POR QUE ESCOLHER O MENOR DE DOIS MALES?
NÃO ESQUEÇAMOS: DOEM PARA O MEMORIAL DOS CAMISAS VERMELHAS REPRODUZAM-SE E POVOEM A TERRA

Mas as pessoas... meu Deus. Já deve haver mais de cem frequentadores, estendendo-se sinuosamente em duas filas, a partir das mesas de cadastro. Dezenas de outras pessoas se aglomeram ao redor, conversando, rindo, lutando com sabres de luz. E muitas estão fantasiadas.

Reconheço o Octopus do Homem-Aranha, comendo uma rosquinha com uma das mãos e segurando um refrigerante com a outra, uma fatia de pizza com a outra e uma caixa de pipoca com a outra. Vejo também um daqueles trecos robóticos do *Doctor Who*, distribuindo cerveja de um barril que, de alguma maneira, está montado no seu peito. Perto da lanchonete, uma mulher bem-apessoada atrai um círculo de admiradores. Ela veste um espartilho, e quase mais nada. Aperto os olhos para ler o que está escrito ou tatuado nos seus ombros: BEAT ME UP, SCOTTY.

– É um visual e tanto, não é? – Zak ergue uma sobrancelha malevolamente.

– Parece uma cena de um quadro de Hieronymus Bosch.

– Sim... é, exatamente o que acho. Pena que não poderemos ir para o baile de máscaras amanhã. É lá que se reúnem os *cosplayers* realmente impressionantes.

Volto a olhar para a multidão, esperando enxergar, mesmo que brevemente, o que ele descreve como "impressionante". Noto que muitos dos frequentadores se vestem de maneira quase normal, com camisas e calças jeans. Viro para perguntar ao Zak se ele costuma se fantasiar, mas ele está com as costas viradas para mim, acenando para alguém.

– Ei, Imbecil! Imbecil!

Do outro lado do saguão, um homem vestindo um macacão e um enorme capacete branco acena de volta para Zak.

– Pergunte ao seu amigo se ele viu o Clayton – ordeno.

Zak me encara com uma expressão estranha.

– Eu não conheço aquele cara – diz ele.

– Mas você acabou de...

Ele solta uma risada.

– Ah, entendi. Não, ele está fantasiado de Major Imbecil. Sabe, do filme *S.O.S. Tem um louco solto no espaço*? – Ele olha para mim, esperando alguma reação, como se o que ele estivesse falando fizesse algum sentido.

– Zak, vamos pedir para eles anunciarem o nome do Clayton nos alto-falantes, está bem?

– Eles nunca anunciariam o nome de alguém nos alto-falantes aqui, a não ser em caso de emergência muito séria.

– Mas Clayton é apenas uma criança.

Ele balança a cabeça.

– Eles ficam muito putos quando as pessoas usam a convenção como um tipo de serviço de *babá*. Se contarmos a verdade, eles vão querer ligar para a sua mãe e seu pai.

Imagino os meus pais sendo chamados para vir nos buscar neste hospício.

– Entendi. Mas, então, o que faremos?

– Você tem alguma foto dele no seu telefone? Conheço muita gente. Vamos perguntar para as pessoas.

Sigo adiante, mas ele me segura de maneira delicada.

– Opa. Ninguém simplesmente *entra* na Washingcon.

Acho que minha encarada raivosa o assusta, porque ele continua:

– É sério. Eles não vão deixar que você entre na maioria dos eventos sem um crachá. – Ele aponta para a mesa de cadastro com o dedão. – Diga a eles que eu te mandei...

Ignoro o sorrisinho metido dele.

– Zak, obrigada por...

Ele já se distraiu com outra coisa.

– Ei, Zoltan! Não o vejo desde a Con-dumb!

Enquanto Zak conversa com um cara(?) com **maquiagem de Coringa**, começo a ter uma crise de pânico. E se o Zak desaparecer sem querer (ou meio que por **querer**)? Afinal, ele adora este lugar. Não gosto de pensar **em vagar** sem destino por este mar de semi-humanidade, **tentando** desesperadamente encontrar o Clayton.

Espero até ele se despedir do amigo, enquanto **ensaio** o meu discurso sobre a importância dele se concentrar. Toco o braço dele.

– Zak?

– O quê?

De repente, penso na coisa perfeita para dizer. Só espero acertar a citação.

– Ajude-me, Obi-Wan. Você é a minha única **esperança**.

Zak abre um sorriso. Não seu sorriso marrento **de sempre**, mas um sorriso grande e bobo, como o de um **cachorrinho**. Já é um começo.

– Vá se cadastrar, Ana. Vou ver o que consigo **descobrir**.

Balanço a cabeça e entro na fila. Fico surpresa ao notar que a garota na minha frente está com um arco longo preso às costas. Quando vejo a imagem de um pássaro em chamas na camisa dela, faço a conexão. Aquele livro, **que fez** com que a prática de tiro com arco, de repente, se **tornasse** popular. Ao contrário dessa garota, no entanto, eu **realmente** sei usar um desses. Noto que a corda do arco **dela** foi presa de maneira incorreta. Ela está quase se soltando da madeira.

A fila anda rápido. Logo antes da vez dela, cutuco o seu braço.

– Com licença. Notei que você está com um probleminha aí. Se você quiser...

Estendo a mão para ajustar o arco, mas ela a empurra para longe.

– Vamos fazer o seguinte – diz ela, irritada. – Que tal você não tocar em mim?

Ela me encara, enquanto penso em algo para dizer, depois bufa e se volta para a mesa de cadastro.

Meu lado lógico e dominante quer ignorá-la por ela ser uma babaca, que não merece nem o meu desprezo. Mas eu só estava tentando ajudar. Não sei qual é o problema dela, mas isso é só mais uma prova de que este lugar não é para mim.

Mas posso falar o mesmo sobre muitos lugares, não é?

É a minha vez. Arrasto-me para a frente.

– Ei, não deixe ela te chatear – diz uma voz feminina simpática. A menina encarregada do cadastro tem a minha idade, mais ou menos. É muito magra e bonita, e veste uma camiseta esfarrapada, batom preto e brincos que pendem das suas orelhas. Além disso, ela é careca. Ela raspou completamente a cabeça.

– As pessoas são muito sensíveis com as suas fantasias – continua ela. – Mas ela foi realmente mal-educada.

– Ah, é, obrigada. – Meus sentimentos feridos desaparecem. Não consigo parar de olhar para o escalpo da menina. Parece que alguém poliu sua cabeça.

– Uma noite ou duas? – pergunta ela, educadamente.

Acordo do meu devaneio.
– Só uma.
– E qual nome você gostaria de usar no seu crachá?
– Ana Watson.
– Ah, qual foi? Ninguém usa o nome de verdade aqui.
– Ana Watson, por favor.
– Está bem. Agora, como deseja pagar?
Encaro a lista de preços. Trinta paus por apenas uma noite. Caramba. Lembro-me do que Zak disse. Sabendo muito bem que ela provavelmente rirá de mim, sigo as suas instruções.
– Zak Duquette me mandou aqui.
Isso chama a atenção da Bola de Sinuca de imediato. Ela arregala os olhos e corre a mão pela testa, como se estivesse ajustando o cabelo.
– O Duque está aqui? – diz ela, arquejando.
– É, o Zak Duquette...
– Isso, o Duque. Ah, nossa, faz tempo que não o vejo. Desde a Con-taminação. Nossa. Nós jogamos Tank Batallion por, tipo, seis horas seguidas. Aquele homem é uma *máquina*. Sabe se ele vai para o Baile dos Vampiros esta noite?
A reação da menina é tão adorável quanto repugnante. Na verdade, é mais repugnante do que qualquer outra coisa.
– Estamos apenas de passagem.
– Ah. Ele está aqui com *você*. – Ela me entrega um crachá laminado. – Bem, qualquer amigo do Duque é amigo meu. Aproveite a sua estadia. – Há um tom de irritação na voz dela agora.

– Não é bem assim... estamos só dando uma volta – sinto-me compelida a dizer. Na verdade, não posso deixar de esclarecer isso.

Ela fica imediatamente mais alegre.

– Neste caso, peça para ele ligar para a Cigana, está bem? Não, espere. Diga que mandarei uma mensagem de texto para ele. Não... é, diga para ele que talvez a gente se esbarre por aí...

– Direi que você mandou um alô – respondo, afastando-me cuidadosamente dessa louca. Meu Deus, será que este lugar é tão bizarro que o Duquette é considerado um tipo de lenda aqui? A carequinha até que não era feia, e ficou toda excitadinha ao ouvir falar do Zak. Bem, não vou passar a mensagem dela. Preciso que Zak se concentre em encontrar o Clayton. Não vou deixar que ele se distraia com a srta. Olhem-Para-Mim-e-Minha-Cabeça-Raspada-de-Hipster...

Meus pensamentos são interrompidos por um terrível grito feminino. Viro-me e vejo a menina grosseira da fila jogada no chão, agarrando seu nariz ensanguentado, e possivelmente quebrado. Ao seu lado, encontra-se o arco, sem a corda, que estalou com violência ao se desenrolar da corda.

Uma multidão se reúne ao seu redor. Alguém a ajuda a se levantar e a leva embora, soluçando lágrimas, sangue e catarro.

A sorte certamente não estava a favor dela.

Pego a arma dissimuladamente do chão e prendo a corda corretamente, com uma certa alegria maliciosa. É uma bela peça de madeira. Não é adequada para torneios, mas daria para se divertir com ela. Eu a entregarei ao setor de achados e perdidos.

Mais tarde.

Do outro lado do salão, a dona do arco está sentada em um banco. Um cara traz um saco de gelo para ela, mas ele desliza da mão dele e desaba sobre o nariz da menina. Ela solta um gemido.

Zak tinha razão. Até que este lugar é divertido.

ZAK

16:23

Nunca cheguei na Washingcon tão cedo, e tudo por culpa daquela coisa... Como se chama mesmo? Ah, escola. Graças à sra. Brinkham e ao Clayton, este ano, terei a chance de me inscrever nos melhores lugares para *Paranoia* e *Warhammer*. E talvez até assistir à bênção anual da con. Acho que, este ano, quem está comandando tudo são os Cargo Cultists.

Então, vejo Ana na fila, com um olhar confuso e um pouco deslocado. Isso tudo deve ser tão estranho para ela. Ana está tão acostumada a estar sobre controle das coisas. Essa história com o irmão dela a deixa visivelmente chateada, e, se eu conseguisse salvar o dia como um herói, ela poderia até ficar grata o suficiente para...

Para...

Não sei, talvez começar a falar comigo como se eu fosse um ser humano. Agir como se não ficasse tão contrariada sempre que me vê. Vestir um biquíni de malha de aço. Algo assim.

Mas prometi que a ajudaria, e não vou desapontá-la. É verdade que não farei nada além de agir como o Gollum para o Frodo dela, mas, às vezes, até que isso não é mau. Especialmente quando o Frodo tem olhos verdes e cabelos frisados.

Aproximo-me lentamente da mesa dos pré-cadastrados. Fico feliz em ver que é James quem está cuidando das coisas, matando aula para poder trabalhar como voluntário e entrar de graça. Ele está vestido de Teddy Roosevelt, com óculos de moldura metálica, um sabre de luz da cavalaria americana e uma tatuagem que diz: REMEMBER THE MAINE.

– Gostei do visual.

– Duque! Pensei que você não viesse. – Ele lança um olhar questionador para as minhas calças de jogos acadêmicos.

– Eu e Ana escapamos. Pensei em trazê-la para se divertir um pouco. – Não há nada de errado em exagerar um pouco.

James reaplica o seu bigode.

– Se você fosse qualquer outra pessoa, pensaria que está de sacanagem. Mas, já que é você, não vou apenas pensar, mas dizer com todas as palavras: você está de sacanagem.

– Só lamento. Ouça, você viu este moleque de treze anos por aí?

– Quem, o John Connor?

– Não, é o Clayton, irmão da Ana. É... Nós combinamos de encontrar com ele.

– Desculpe. – Ele me entrega o meu crachá. – Mas vou ficar de olho.

Um grito feminino cortante atravessa o centro de convenções. As pessoas correm até o centro do saguão, mas não consigo enxergar o que está acontecendo. Quando finalmente pego o meu kit de cadastro, todos já foram embora.

Ana cutuca o meu ombro e pergunto a ela o que está acontecendo.

– Ah, o nariz de uma menina está sangrando.

De repente, noto que ela está com um arco longo enorme pendurado nas costas.

– Onde arrumou isso?

– Na Floresta de Sherwood. Agora, já acabou de enrolar? Esqueci que estava irritada com você.

Solto uma risadinha por dentro. Começo a perceber que Ana tem um lado realmente antipático, sarcástico e cruel. Admiro todas essas características. E, se eu encontrasse o seu irmão, talvez ela também descobrisse algo em mim para gostar. Fora o meu belo rosto, é claro. Ainda bem que decidi deixar minha barba crescer este ano.

– Então, para onde vamos primeiro? – pergunta ela, afastando alguém com o cotovelo.

– Bem... não há muita coisa aberta ainda. Vamos tentar a sala dos comerciantes.

A área de vendas da Washingcon é um enorme showroom, que, em épocas tediosas, conteria estandes de seguros e demonstrações de produtos para dentistas. Hoje, parece uma feira em *Neverwhere*. Corredores e mais corredores de coisas que não existem em nenhum outro lugar do mundo. Algumas coisas que provavelmente nem deveriam existir. Tudo o que já foi censurado em uma biblioteca escolar, proibido por um código de vestuário, confiscado pela segurança de aeroportos, ou retido em quarentena na fronteira pode ser encontrado aqui. Durante doze meses do ano, essas coisas ficam esquecidas, despercebidas, nos fundos de lojas de games e livrarias. Mas quando a con começa, você pode encontrá-las aqui, e só aqui. Por bons motivos. Poucas pessoas pagariam por um cortador de pizza em forma de *Enterprise*, um bong em forma de chave de fenda sônica, ou aquela vassoura do Harry Potter que sofreu recall.

Mas o melhor de tudo é que, caso você não encontre o que procura, essas pessoas sabem onde arrumar. É aqui que James encontra itens para a sua aterrorizante coleção de revistas que antecedem o Comics Code.

Ana assobia.

– Isso aqui parece a Walmart dos amaldiçoados.

– Então, o que te agrada? Filmes japoneses pirateados? Sabres alemães que não cortariam nem manteiga? Cartas de tarô pornográficas? Camisas de força rendadas e de costas vazadas? Um montão de livros autopublicados?

– Que tal apenas encontrarmos o meu irmão?

Olho desejosamente para uma pilha de livros velhos e amarelados.

– Está bem. Quer dar uma volta e me encontrar perto do estande do Android's Dungeon?

– Não, fique comigo.

Há uma pitada, embora mínima, de sentimento na sua voz. Talvez eu esteja imaginando coisas, mas vou fingir que ela prefere a minha companhia.

Não andamos nem cinco metros e o gene consumista feminino toma conta dela. Ana para na loja de armas do One-Eyed Jack e compra um jogo de flechas sem ponta, com uma aljava de papelão. Ela parece feliz.

– Você realmente sabe atirar com este treco?

– Tirei segundo lugar nas finais regionais de tiro com arco no começo do ano. Eu realmente sei usar armas – diz ela, olhando para um homem que se esforça para manusear um machado de guerra que tem o dobro do seu tamanho.

As palavras dela são ásperas, mas seu tom não. Acho que Ana está se sentindo um pouco deslocada. Tento deixá-la mais à vontade.

– Você só precisa de leggings e um chapéu montanhês, e vai se parecer com um de nós.

– Claro, e logo logo vou parar de tomar banho e tudo.

Isso me irrita.

– Para que ser tão *hater*? Sabe, se você quisesse, poderia até se divertir. As fantasias são apenas uma fração do que acontece aqui. Há debates, bailes, filmes...

Ela nem me escuta direito, enquanto vasculha o salão à procura do irmão.

– Ana, o que *você* gosta de fazer para se divertir?

Ela dá de ombros e continua andando.

– Não tenho muito tempo livre.

– Ah, que isso? Sei que você gosta de tiro com arco. O que mais? – Não quero parecer enxerido e obsessivo, mas é uma pergunta honesta, e não custaria nada ela conversar comigo por trinta segundos.

– Discurso. Jogos acadêmicos. Grupo juvenil.

– Não, para se *divertir*.

Ela para de andar.

– Duquette, nem todos têm finais de semana livres para gastar em lugares como este. Nem todos têm tempo para passar horas jogando jogos de tabuleiro. – Não sei se ela está lamentando sua falta de tempo livre ou desprezando o fato de que sou um cara que sabe se divertir. De qualquer maneira, sinto-me um fracassado. Tento puxar um assunto inteligente.

– Então, para qual universidade pretende ir?

– A Universidade de Washington. Acho que Clayton não está aqui. O que há naquela outra sala?

– Universidade de Washington? Sério? – De alguma maneira, nunca imaginei que ela ficaria em Tacoma. Pensava que ela fosse do tipo que iria para a Universidade de Seattle, ou até alguma universidade respeitada, fora do estado.

Ana não responde, nem pergunta o que planejo fazer depois da escola. Ou quais são os meus hobbies. Ou qualquer outra coisa sobre mim.

– Venha, Ana. Vamos tentar as salas de cinema.

Começo a correr, mas ela puxa a manga da minha camisa. Ao me virar, surpreendo-me ao ver que ela está encarando os meus olhos.

– Zak, não estou tentando ignorá-lo, mas estou completamente focada em uma única coisa agora. Quando encontrarmos Clayton, você terá toda a minha atenção. – Noto um traço de sorriso nos seus lábios. Isso me anima.

– Está bem. Ei, Ana...

– Vamos nos separar. Encontre-me perto da saída.

Eu a observo descer correndo um dos corredores.

ANA

16:38

Estou inteiramente determinada a encontrar o meu irmão, mas não é por isso que me recusei a conversar com o Zak.

Foi a pergunta dele: O que faço para me divertir? Uma pergunta completamente normal.

Mas como eu poderia responder isso? Como poderia dizer a um cara que provavelmente não tem hora para chegar em casa, um cara cujos pais provavelmente dariam de ombros se soubessem que ele saiu do hotel, que não tenho praticamente nenhum tempo livre? Que nunca posso ficar de bobeira, como ele faz todos os dias? Que terei que ir para uma universidade perto de casa, para que minha mãe e meu pai possam ficar de olho em mim?

Respiro fundo e tento lembrar a mim mesma que estou trabalhando por um bem maior. Que minhas notas significam que eu provavelmente estudarei de graça. Que todas as minhas atividades extracurriculares favorecerão meu currículo. Que meus pais protetores sempre me impedirão de me meter em confusões, como Nichole. Sempre.

Geralmente, esse mantra me encoraja um pouco. Hoje, não sinto nada. Talvez porque sei que, se não encontrarmos Clayton logo, todos os meus anos de bom comportamento estarão ameaçados. Ou talvez porque estou cercada de gente se divertindo, enquanto eu não estou.

Este lugar é um labirinto. Um labirinto quente e abarrotado, que fede a fast food e cecê. Toda vez que penso já ter vasculhado todos os lugares, encontro uma seção que ainda não conheço. Frequentadores com fantasias elaboradas esbarram em mim e me cutucam com armas, e eu quase tropeço no rabo de alguém. Depois de colidir com um Tarzan seminu, paro para me recompor.

Um grupo de meninas gordinhas vestindo túnicas me encara e solta risadinhas ao passar por mim.

Mais uma vez, sou a estranha aqui.

– A fantasia parece a Pepper Potts, mas não entendo qual é a do arco.

Levanto os olhos. O homem atrás do estande de camisetas sorri para mim.

– Perdão? – Afasto-me um pouco.

– Sua fantasia. O terno executivo e a arma. Não consigo decifrar o que é. – Ele tem cerca de vinte anos, é cheinho, tem os indícios ralos de uma barba no rosto, e veste uma camisa da Universidade Miskatonic.

– Não é uma fantasia – respondo rispidamente. – Eu nem deveria estar aqui. Só preciso encontrar o meu irmão.

Ele acena com a cabeça.

– Só está dando uma voltinha com seu arco, é isso? – Ele sorri, e não consigo deixar de sorrir de volta. Acho que minha roupa é formal demais para este lugar.

– É uma longa história.

– Adoraria ouvi-la. – Ele se inclina sobre uma pilha de camisetas, sorrindo. Tenho que admitir, ele até que não é feio. Mas estou preocupada com outras coisas.

– Desculpe, preciso ir.

– Ah. Claro.

Ele soa um pouco magoado. Está visivelmente entediado, ou desesperado para vender alguma coisa. Paro para examinar as camisetas. Todas têm slogans e logos que não reconheço. Estou prestes a ir embora, quando vejo uma camiseta que parece confortável, com caracteres asiáticos.

– O que está escrito aqui?

– Em tradução livre: *Gratuidade de quinze por cento será automaticamente cobrada a grupos de cinco ou mais pessoas.*

– Como assim?

Ele sorri, o que não piora a sua aparência geral.

– Tirei isso de um cardápio de entrega. Adoro ver *hipsters* andando por aí, pensando que estão vestindo algum tipo de código dos samurais, ou o que quer que eu diga para eles.

Não consigo deixar de rir disso.

– Quanto custa?

– Vinte.

Para mim, poderia custar cem dólares, que não faria diferença.

– É, fica para a próxima.

– Espere. – Ele dobra a camisa e me entrega. – Você é tamanho P, né? Confie em mim, esse tamanho nunca esgota aqui. Você está me fazendo um favor.

Duvido muito que ele esteja apenas tentando se livrar de uma peça indesejada do estoque, mas será ótimo vestir algo menos formal. Pego a camisa com um sorriso e entro em um provador. A cabine não tem espelho, mas, com minha nova camisa e arco longo, estou com um estilo meio geek-chique. Agora, passarei despercebida, como alguém que veio aqui por livre e espontânea vontade. Volto para o estande da loja.

– Obrigada... – Olho para o crachá dele. – *Arnold Fagg*? De que revista em quadrinhos terrível você tirou isso?

O sorriso dele desaparece.

Opa, acho que não sou a única pessoa aqui usando o nome verdadeiro.

Desesperada para mudar de assunto, entrego a ele minha blusa dobrada, que minha mãe me alertou várias vezes a não manchar.

– Poderia guardar isto para mim? Talvez eu demore um tempo até encontrar o meu irmão.

– Claro. Estarei aqui até as nove.

Começo a ir embora. Ele limpa a garganta.

– E, depois das nove... Não sei, depois que você tiver encerrado seus assuntos familiares, vou organizar um debate. – Ele voltou a sorrir, mas está nervoso. – Será às nove, na sala cento e quinze sul.

– Que tipo de debate?

– Sobre como fazer suas próprias camisetas. É a minha onda, mais ou menos. Talvez você se interesse.

– Vamos ver. Mais uma vez, obrigada.

Começo a andar, tentando me concentrar em encontrar o Clayton e esquecer o Arnold e seu nome infeliz. Ele certamente não dá suas mercadorias de graça para qualquer um. E seria muito mais divertido fazer minha própria camisa do que procurar por Clayton, ou ficar no hotel.

Por um breve instante, apenas um segundo, considero voltar para o estande dele e conversar um pouco mais. Só um pouco. Só conversar. E talvez descobrir se ele costuma visitar Tacoma e... *o que diabos estou pensando?*

Claro, meus pais super permitiriam isso. Um encontro com um cara mais velho que conheci numa convenção de quadrinhos.

Eles não me deixam nem visitar minha irmã mais velha.

Clayton claramente não está aqui, então saio, irritada, para encontrar o meu guia. Meio que espero que Duquette já tenha ido embora, mas vejo-o conversando com um homem alto e de aparência estranha. A princípio, acho que o cara está fantasiado de monstro do Frankenstein, mas depois me dou conta de que ele é apenas extremamente feio. Estou prestes a interrompê-los, quando Zak ergue a voz. Não consigo ouvir suas palavras raivosas, mas o homem empurra o seu peito com tanta força que ele tropeça. O cara esquisito se afasta, com raiva.

Corro até Duquette para repreendê-lo por fazer palhaçada e desperdiçar o nosso tempo.

– Você está bem, Zak? – acabo perguntando.

Duquette levanta os olhos, surpreso em me ver.
– Não foi nada.
Então pare de brincadeira, porque precisamos encontrar o Clayton, e não ficar parados aqui...
Mais uma vez, minha boca me interrompe:
– Tem certeza? Ele te bateu com um bocado de força.
Ele não olha para mim.
– Aquele era o Cyrax – diz ele, como se isso explicasse alguma coisa. Ele começa a andar apressadamente.
– Zak, o que foi aquilo? – minha boca insiste em dizer.
– É só um cara – diz ele, a voz chiando de nervosismo.
– Aconteceram algumas coisas desagradáveis na Con-vicção do ano passado.
– O quê? – *Realmente preciso que minha boca fique calada.*
Zak esfrega a nuca.
– Bem... foi só uma situação daquelas, eu acho. Era tarde, fui buscar alguns suprimentos, e Cyrax e alguns dos seus amigos... me atacaram.
Estamos passando diante de uma mesa vazia. Agarro o braço de Duquette para detê-lo.
– Você está falando sério? Por quê?
Ele dá de ombros, com uma expressão magoada e envergonhada.
– Com esses caras, é difícil saber. Eu estava sozinho, vulnerável. Eles levaram todo o meu dinheiro, e me deixaram sem comissão por alguns dias.
Estou completamente horrorizada, tanto pelo ataque absurdo quanto pela maneira indiferente como Zak fala dele.

– Você chamou a polícia? Não acredito que eles ainda deixem esse cara entrar aqui!

Ele continua sem olhar para mim.

– O que eles poderiam fazer? Essas coisas acontecem. De qualquer maneira, ele nunca me deixou esquecer disso. Sempre que o vejo, ele me lembra do que aconteceu. – Zak chia, com os dentes cerrados. – *Frack*, eu me lembro como se fosse ontem: deitado na estrada, fraco demais para me levantar, sem nem uma mísera poção de cura...

Estou prestes a estender a mão para apertá-lo de maneira reconfortante, quando me dou conta do que estou ouvindo.

– Duquette? Quando ele te agrediu... foi em um videogame?

– É claro que não. – Ele faz uma pausa. – Foi no Dungeons and Dragons. O James estava mestrando o jogo e...

Levanto a palma da mão, tentando pensar na melhor maneira de demonstrar o que estou sentindo.

– Duquette, apesar de se esforçar muito, você não me enoja mais tanto quanto antes. Mas não tenho tempo para o seu mundinho imaginário, e sua dor imaginária.

– O que quer dizer com isso?

Lembro-me do dia em que vi minha irmã partindo em meio à noite enevoada de Tacoma, sabendo, de alguma maneira, que nunca mais voltaria a vê-la.

– Quero dizer que alguns de nós já sofremos com um bocado de dores verdadeiras em nossas vidas, e não precisamos inventar mais. Você não sabe como é isso.

Não estou preparada para a reação dele. Ele entrecerra os olhos. Aquele sorriso engraçado, com um ar imprudente, desaparece. E, de repente, estou encarando o adolescente mais raivoso que já vi. E ele está com raiva de mim.

– O que você disse? – As palavras escapam da sua boca como um sibilar lento, mortíferas como um vazamento de gás.

– Zak...

Nossos olhares se fixam um no outro, e, por um segundo, percebo que há algo a mais em Zak Duquette do que o cara que nunca para de rir e nunca leva nada a sério. Não sei o motivo, mas seu rosto expressa dor verdadeira.

Quando estou prestes a pedir desculpas (embora não saiba muito bem por quê), sua expressão desaparece. A expressão bobalhona e sorridente volta, como se uma máscara caísse sobre suas verdadeiras feições.

– Vamos lá. Conheço um cara. Ele faz parte da comissão de diretores da Washingcon. Talvez possa nos ajudar a encontrar o Clayton. – Ele me lança um sorriso fino, depois pega o celular e manda uma mensagem de texto.

Aceno com a cabeça, aliviada por não tê-lo ofendido a ponto dele não querer mais falar comigo. E um pouco curiosa.

Por qual tipo de dor você passou, Zak Duquette?

ZAK

16:54

Dor imaginária? Ana Watson tem coragem de me dizer que minha dor é imaginária? Era só o que me faltava.

Minhas memórias voltam sem ser convidadas. Os demônios que aparecem em momentos aleatórios. A razão pela qual Roger sempre me encontra jogando videogame às quatro da manhã.

Meu pai, fazendo piada dos seus problemas crônicos de banheiro.

Minha mãe e meu pai, explicando para a minha versão de dez anos de idade que ele precisará fazer uma cirurgia em breve. Fico mais impressionado com os raios X que eles levam para casa. Aquele com a massa vaga na área intestinal.

Meu pai, sempre otimista, fingindo que vai comprar uma peruca. E que finalmente encontrou uma dieta que funciona.

"Desculpe, Zak. Parece que não vou conseguir participar do acampamento este ano."

E durante aqueles finais de semana terríveis, quando ele já havia perdido tudo, quando não havia mais nada para ele fazer, além de se deitar em um sofá e esperar pelo inevitável, ele continuava passando tempo comigo. Nós nos sentávamos lá e assistíamos a séries inteiras, coisas épicas como O Senhor dos Anéis, *porque ele estava doente demais até para falar, e eu segurava a sua mão, e, mesmo àquela altura, eu não acreditava que o perderia de verdade, porque, afinal, ele era o meu único pai e...*

E, de repente, estou de volta à Washingcon, descendo o corredor, com Ana ao meu lado. E ela me encara com um olhar que quase acredito ser de preocupação genuína.

Acalme-se, Duquette. Não é culpa dela. Todos pensam que são os únicos que já sofreram.

Recebo uma mensagem de texto.

– É o Warren – digo para Ana. – Ele disse que nos encontrará no Pacific Ballroom.

Ana assente, mas não fala nada. É difícil decifrá-la. Ela sempre está tão irritadiça e nervosa, mas, às vezes, parece até que quase gosta de estar perto de mim, só um pouquinho. Se essa aposta com Warren der certo, ela pode até perder o desprezo que sente por mim.

Está anoitecendo. Os salões ficam mais lotados, à medida que os frequentadores começam a chegar dos seus escritórios de cubículos e suas mesas de assistência de informática ao redor da cidade. Os eventos começarão em breve: autógrafos, debates, games e filmes.

– Então, vocês alugam este complexo inteiro? – pergunta Ana, do nada.

– Praticamente. Não precisamos do espaço todo, mas o centro de convenções não demorou muito para se dar conta de que é melhor a gente fazer o que faz sem pessoas de fora. Especialmente depois do que aconteceu há quatro anos.

Ela solta um suspiro.

– Você claramente quer que eu pergunte o que aconteceu, então, conte-me o que aconteceu.

Respiro fundo. Esperava que ela demonstrasse pelo menos um pouco de falso entusiasmo.

– A Liga de Dança de Quadrilha de Seattle organizou o baile anual aqui. Foi uma visão e tanto, ver um caubói octogenário com calças de poliéster quase saindo na mão com um Anakin Skywalker asiático. Foi difícil decidir qual dos dois grupos era o mais bizarro.

– Alerta de *spoiler*: Eram vocês. – Ana está sorrindo, então deixo o comentário dela passar. Tenho a impressão de que eu deixaria muitas coisas passarem, só para manter aquele sorriso apontado para mim.

– Enfim, o Warren está aqui dentro. – Chegamos ao salão de bailes. As portas estão fechadas, com uma placa que diz: EVENTO PARTICULAR.

– Será que devemos bater? Já vi o tipo de coisa que acontece neste lugar, e não quero pegar ninguém em flagrante.

Solto uma risadinha, lembrando da vez em que surpreendi uma dançarina de quadrilha sendo muito amigável com um Caça-Fantasmas com a metade da idade dela.

– Não precisa. O Warren é um dos organizadores da convenção. Ele me disse para entrar. – Lembro-me de uma coisa. – Ana, quando você o conhecer... não comente nada.

– Não comente nada... sobre o quê? – Ela leva as mãos à cintura e me encara de maneira severa.

– Não é nada estranho... bem, talvez seja. – Conheço o Warren há tanto tempo que já estou acostumado com a sua peculiaridade. Talvez a Ana até ache simpático. – É só que...

Ela não está ouvindo. O olhar dela está fixado em algo atrás de mim. Eu me viro, mas não noto nada de esquisito, exceto umas dez pessoas paradas diante de uma porta, esperando por uma apresentação.

– Zak! Olhe aquele cara com o capacete de Homem de Ferro.

Solto um suspiro cansado.

– Ana, aquele é o Boba Fett. Você realmente não reconhece a diferença? – Tipo, o telêmetro direcional é uma diferença óbvia.

De repente, entendo o que ela quer dizer. O caçador de recompensas não está vestindo uma armadura. Ele veste uma camisa em tons ofuscantes de laranja e vermelho, tão conflitante que fere a minha retina a cinquenta passos de distância.

Conheço aquela camisa. Clayton a vestia da última vez que o vi. Ela é tão feia que até eu notei.

Abro um sorriso.

– Dr. Kimble, finalmente. Então, como quer fazer isso? Tipo policial bom, policial mau? – Começo a andar na direção dele.

– Espere! – Ana parece estranhamente indecisa. Não sei o que aconteceu com a líder de equipe mandona, mas não sinto saudade dela. – Zak, talvez você devesse ir falar com ele sozinho.

– Só eu? Por quê? – Isso está me cheirando a obrigações e esforço. E por que ele daria mais ouvidos a mim do que à própria irmã?

– A questão é que o Clayton sempre faz o que mandam. Sempre mesmo. Mas esta noite, nós meio que brigamos. Acho que ele está com raiva de mim. – Ela olha para o irmão, mas ele continua conversando com as outras pessoas do grupo.

Será que o Clayton é realmente tão obediente, ou será que ele só é melhor em se safar das coisas do que a Ana?

– Sobre o que vocês brigaram?

Ela me olha torto, com apenas uma sombra de sorriso. Acho que ela está sugerindo algo que sou burro demais para entender.

– Apenas fale com ele, Zak. O Clayton gosta de você. Tente convencê-lo a voltar para o hotel, pelo menos a tempo do toque de recolher, está bem? Ele não precisa voltar comigo, mas talvez você pudesse ficar de olho nele?

Conheço essa história muito bem. Tento impressionar a garota, e acabo passando tempo com o seu irmãozinho. Mas, meu Deus, aqueles olhos verdes...

– Entre no salão de bailes, Ana. Avise ao Warren que já estou chegando. Vou bater um papo com o seu irmão.

Ela me abraça com um único braço. Fico tão chocado que esqueço de retribuir o gesto.

– Você até que é um cara bacana, Zak Duquette – diz ela, depois me solta.

– Por favor, chame-me de Duque.

Ana abre a porta do salão de bailes.

– Boa sorte, Zak. Ei, como reconhecerei o Warren?

– Confie em mim. Você o reconhecerá.

Ela olha para mim de maneira inquisitiva, depois desaparece dentro do salão.

Bem, agora é comigo. Se conseguir convencer o Clay a ficar comigo e voltar para o hotel antes do apagar das luzes, a Ana ficará muito agradecida. Tão agradecida que topará um primeiro encontro. Talvez.

Acho que vou apenas confrontá-lo, de homem para homem. Apenas lembrar que ele causará muitos problemas para muitas pessoas se resolver desertar da batalha.

Misturo-me à multidão. Ao me lembrar de como ele disse que gostava de RoboCop, decido quebrar o gelo com uma citação do filme:

– Venha comigo, cidadão – digo de maneira monótona, agarrando seu braço firmemente.

O resultado é impressionante. Clayton gira a sua máscara na minha direção, depois se solta e dispara pelo corredor, abrindo caminho entre a multidão.

Estou irritado demais para ser diplomático.

– Volte aqui, seu pequeno... – Ele corre como uma lebre. Disparo atrás dele.

Não conseguirei alcançá-lo nesta correria toda. Há pessoas demais no corredor, e acho que ele é mais rápido do que eu. Felizmente, tenho um conhecimento enciclopédico do centro de convenções. Atravesso uma porta reservada para funcionários, disparo por um corredor de manutenção, aceno um olá para um cara que está tirando o lixo, e dou de cara com a cozinha vazia. Abro uma porta e espero.

Como eu já imaginava, ele passa andando, tentando ajustar sua armadura facial. Eu o agarro pela gola da camisa e o puxo para dentro da área de preparação de comida.

Estou furioso.

– Pare com isso. Você sabe o que eu quero.

Apesar do capacete, dá para perceber que Clayton está apavorado. Todo o seu corpo está tremendo, seus joelhos estão se chocando, seus seios estão arquejando...

Opa.

Boba Fett joga a máscara no chão. Sob ela, há uma garota de cabelos curtos e feições delicadas, com uns dezenove ou vinte anos de idade. Seus olhos ardem com raiva e medo.

Precisarei ser muito, muito cuidadoso para conseguir me safar desta. Respiro fundo.

– Eu...

Ela lança o seu pequeno punho para a frente (como não notei o esmalte?) e me acerta bem abaixo do olho. Tropeço para trás e me choco contra um balcão.

– Mil desculpas, srta. Pensei que você fosse outra pessoa.

Ela responde com um gancho, chacoalhando a minha mandíbula com um ruído surdo de tremer os dentes. Minha visão fica ofuscada.

– O irmãozinho da minha amiga. Por incrível que pareça, ele tem uma camisa com as mesmas...

Ela golpeia o meu plexo solar, interrompendo o meu pedido de desculpa. Fico parado, tentando sugar algum ar, com um diafragma atordoado.

– É... só... um... mal-enten... dido...

Acho que ela percebe que não estou lutando de volta. Espero que pare com o ataque, mas, como diz o ditado, nem o inferno conhece fúria igual à de uma mulher desprezada. Não vejo o pé vindo na minha direção, mas certamente o sinto atingindo o meio das minhas pernas. Desabo no chão.

Minha voz frágil balbucia em fonte corpo seis:

– Desculpe... mesmo.

Ela não me chuta mais, então, ou decidiu que já apanhei o bastante, ou está procurando um rolo de massa. Permaneço deitado em posição fetal, encarando suplicantemente um frigorífico industrial e o gelo anestesiante que provavelmente há dentro dele.

Bum. Bum. Bum.

Algo se aproxima.

BUM. BUM. BUM.

Algo está perto. Não quero olhar.

BUM.

Não consigo deixar de pensar no clássico filme de terror, com a mulher amarrada, a sombra ameaçadora que se aproxima, e os ilhéus cantando: *"Kong!"*

Giro a cabeça lentamente.

Ele é enorme. Alto, e muito largo. Ele está sem camisa, vestindo apenas leggings peludas e um capacete viking. E está coberto de pelos. Muitos e muitos pelos. Por todo o corpo.

Eu me lembro dele. Ele estava perto da Boba Fett quando eu a ataquei. Ele contorce os lábios em um rosnado, depois estala os dedos da mão. Eles soam como fogo de artilharia.

Ruh roh, Salsicha.

ANA

17:15

Não tenho a menor ideia do que esperar quando entro no salão de bailes. Zak diz que existem subculturas estranhas na convenção, e temo me deparar com algo que não poderei esquecer depois.

É uma surpresa agradável perceber que o salão está sendo preparado para um casamento. Meia dúzia de pessoas bem-vestidas abrem cadeiras, arranjam flores e amarram balões. Um cavalete perto da porta anuncia o casamento e a recepção de Horowitz e Danvers.

De repente, uma sensação de horror paralisante toma conta de mim. *Isto* é um casamento *de verdade*. Bem aqui. Na central dos *freak shows*. Pensei ter ouvido Zak dizer que a convenção ocupava todo o centro, mas ele deve ter se enganado. Esse casal com certeza não tem a menor ideia onde se meteu. Imagino a expressão no rosto da pobre noiva quando um bando de *Wookiees* bêbados invadir o salão durante os votos. Preciso avisar alguém, para que eles disponibilizem algum tipo de segurança. Onde está o amigo do Zak?

– Posso ajudá-la?

Ele é um homem muito bonito, com cerca de trinta anos de idade, com pequenas entradas nos cabelos castanhos, olhares cortantes, e não usa fantasia.

– Warren?

– Hmm, não, sou o John. Senhora, este é um evento particular.

– É sobre isso que preciso avisá-lo. Você tem ideia do que está acontecendo lá fora?

Ele parece preocupado.

– O quê?

– Uma convenção de quadrinhos! Não sei se alguém te contou, mas há algumas pessoas muito estranhas aqui este fim de semana. Talvez seja melhor pedir para alguém vigiar a porta.

Ele pisca, depois solta uma gargalhada.

– Você me assustou por um instante. Acredite em mim, estou muito ciente da convenção. Eu e minha cara-metade nos conhecemos aqui, há dois anos.

Isso só confirma a minha teoria de que estas pessoas não têm qualquer aptidão social. Esse cara convenceu a pobre namorada a se casar no desfile dos geeks. Talvez ela tenha até fingido gostar da ideia, mas nenhuma mulher no mundo se empolgaria com algo assim. Não dou dois anos para o casamento terminar. Talvez quatro... ele é gato.

– Senhorita? Você está procurando o Warren? Ele voltará já já.

– Obrigada. Posso te dar um conselho? Durante seu primeiro ano de casamento, compre flores para a sua mulher todo santo dia.

Alguém se junta a nós e diz:

– Prefiro ganhar chocolates.

É um homem grande e rechonchudo, com uma barba espessa e um rabo de cavalo grisalho. John sorri para ele.

– Este é o meu noivo, Mark. – Os dois sorriem, como se estivessem me desafiando a ter um problema com isso.

Falei mais do que deveria. Boa, Ana.

Aperto a mão do Mark.

– Parabéns aos dois.

Noto que alguém rotulou as duas seções de cadeiras como FEDERAÇÃO e ALIANÇA REBELDE. Está evidente que eles foram feitos um para o outro.

Começo a me afastar, mas paro. Sei que não é problema meu, mas esses dois parecem tão *normais*. Preciso entender por que eles estão fazendo a cerimônia aqui.

– Posso fazer uma pergunta pessoal?

Os dois meio que soltam uma risadinha.

– Você quer saber por que estamos nos casando na Washingcon?

– Sei que não é da minha conta... mas, sim. Este lugar não parece um pouco bobo para um evento tão sério?

– Uau – diz Mark. – É exatamente o que a minha irmã disse.

John solta um risinho.

– Talvez seja realmente um pouco estranho realizar a cerimônia aqui, e não em um lugar mais formal. Mas este lugar traz muitas lembranças felizes para nós dois. Sabe, há anos sou chamado de *freak*, de pervertido, de anormal, de esquisito. – Ele faz uma pausa. – Desde que saí do armário, isso só piorou.

Mark gira os olhos. Ele claramente já ouviu essa piadinha antes.

– Mas não aqui – continua John. – Aqui na convenção, sou cem por cento aceito, de maneira incondicional. Este é o único lugar para onde qualquer pessoa pode vir sem ser julgada. Por isso, decidimos que seria o lugar ideal.

Fora da linha de visão de John, Mark balança sutilmente a cabeça, apontando para o seu noivo com o dedão. Resisto à vontade de rir.

– Bem, boa sorte para o casal. – Tento fazer a saudação Vulcan, mas meus dedos não me obedecem. – Que a força esteja com vocês, e tudo mais...

Meu telefone apita. Peço licença para conferir a mensagem de texto.

É o Zak.

AQUELE NÃO ERA O CLAYTON. FIQUE ONDE ESTÁ.

Ótimo. E agora?

– Ana?

Eu me viro. Um homem alto, negro e musculoso está atrás de mim. Ele está vestido de maneira impecável, com calças passadas, camisa engomada e uma gravata com um nó perfeito, com clipe e tudo. Seus sapatos estão engraxados, e suas mãos negras são tão delicadas que acho que ele faz manicure.

E ele veste uma máscara. Uma máscara alienígena. Isso não é tão estranho por aqui, é claro. Mas a máscara dele está completamente gasta e descolorida. Parece algo que alguém encontraria no porão da casa dos pais, guardado apenas por valor sentimental.

– Warren?

– Isso. O Duque me mandou uma mensagem de texto dizendo que você está tendo dificuldade em encontrar o seu irmão? – A voz dele é grave e polida.

– É, isso. Ele não deveria estar aqui, mas estamos esperando, sabe, evitar problemas.

Warren solta uma risadinha. O riso dele é caloroso, reconfortante e *por que diabos ele está vestindo essa máscara idiota?*

– Sou um oficial da Washingcon. Talvez consiga descobrir onde o seu irmão... Qual é o nome dele?

– Clayton Watson.

– Para onde Clayton está indo. – Ele gesticula para uma mesa. Apoiando o cotovelo na parede, puxo uma cadeira enquanto ele saca um laptop de um estojo que parece caro.

– Eu não deveria estar fazendo isto – diz ele, enquanto o laptop liga. – Mas o Duque disse que é uma emergência.

Estou apaixonada pela voz deste cara. Ele soa como um radialista. Estou muito curiosa para vê-lo por completo, mas Zak me alertou a não perguntar sobre a sua peculiaridade.

– Obrigada pela ajuda.

– Imagina, não é nada. – Ele está digitando no computador. – Então, está gostando da con? Algo me diz que você não costuma vir aqui.

– Não. As coisas são meio... loucas.

Ele acena com a cabeça. Os olhos opacos e mortos do alienígena não revelam nada.

– Bem, há alguns personagens estranhos por aí, com certeza – diz ele. – Aprendi a não notar mais.

– Não diga.

– Espere um pouco. – Warren analisa o monitor. Ele até levanta a máscara um pouco para enxergar melhor, mas está inclinado para a frente, então não consigo ver seu rosto.

– Seu irmão realmente se cadastrou na convenção há cerca de duas horas. Uma noite, acesso total. Pagou em dinheiro. Crachá para menores.

– Isso não me ajuda muito.

– Bem, vamos continuar procurando... sim, encontrei. Hmmm. Parece que ele se inscreveu para o torneio de cartas de Labirintos e Monstros. Cinco e meia, no salão de convenções B três. Se você correr, chegará a tempo.

Solto um suspiro de alívio. Assim que o Zak chegar, podemos buscar o meu irmão e voltar para o hotel, depois de dar-lhe uma bela de uma surra.

Ouço um ruído alto e abafado de algum lugar do salão. No meio do corredor central, parte do chão começa a se erguer. É algum tipo de alçapão de manutenção. Ele se abre com um estrondo. Duquette emerge de algum lugar sob o piso, sujo e desgrenhado. Os organizadores do casamento o encaram por um instante, depois voltam ao trabalho.

Zak parece exausto ao desabar em uma cadeira ao meu lado. Sua camisa está manchada de graxa e a calça está rasgada na altura dos joelhos. Ele se senta e faz uma careta durante um minuto, como se sentisse dor. Por fim, solta um longo suspiro.

— Boa noite, Warren. — Ele vira para mim e acena com a cabeça.

— O que diabos estava fazendo lá embaixo? — pergunto, horrorizada.

— Lá embaixo? — Ele abre um sorriso cansado, depois solta uma risadinha.

— Zak?

Zak examina os próprios dedos, depois me encara com olhos semiabertos. Ele está sorrindo, mas seu sorriso é duro e desconfortável, quase de raiva.

— Quer saber do algo divertido, Ana? As camisas promocionais do filme *Operação Anarquia* têm a mesma cor da que o seu irmão estava usando. Eu persegui uma pobre garota por metade deste edifício, antes de notar que *você* havia se enganado.

Por trás da sua máscara, ouço Warren fazer um som de desaprovação. Repasso a cena na minha cabeça. Zak tem razão. Fui a primeira a confundir a menina com o Clayton.

— Ela ficou chateada?

Ele solta uma risadinha mal-humorada.

— Sim, e expressou isso de maneira bem enfática. Ela e o namorado, que prometeu quebrar todos os ossos do meu corpo. Felizmente, ele caiu no truque do 'a sua epiderme está aparecendo', e consegui escapar pelos túneis de manutenção. — Zak faz uma pausa longa o suficiente para o silêncio se tornar desagradável. — E você, como tem passado?

— Warren descobriu onde está o Clayton. — Minha tentativa de mudar de assunto não funciona.

– Que ótimo. Espero que você consiga cuidar disso. Estou tentando fugir de um viking bastante desagradável.

Warren limpa a garganta.

– Duque, você quer que eu chame a segurança?

– Não precisa. – Ele se levanta. Lentamente, como se algo doesse. – Assim que recolhermos nossa ovelha perdida, daremos no pé. Já estou farto deste dia miserável. – Ele acena com a cabeça. – Warren.

Tento falar alguma coisa, mas Zak se distrai ao ver os noivos.

– John! Mark! Vocês vão finalmente santificar o casamento? – Ele caminha até eles.

Viro-me para Warren.

– Bem, acho que é isso – digo. Depois de buscar o Clayton, voltaremos para o hotel. Crise resolvida.

Warren me encara com seus olhos inexpressivos.

– Ah, não olhe assim para mim.

– Desculpe. Assim está melhor? – Sua expressão não muda, é claro.

– Muito engraçado.

– Mas então... – Ele olha para as suas unhas perfeitas. – De onde você conhece o Duque, afinal?

Olho para o Zak. Ele está perto dos noivos, fazendo malabares com alguns brindes de casamento. Os três estão rindo.

De onde o conheço? Ele é o idiota que foi forçado a participar da minha equipe de jogos acadêmicos, depois salvou o dia. Ele é o babaca que convenceu o meu irmão a fugir, depois quase morreu tentando resgatá-lo. Ele é um geek completo, de quem as pessoas gostam instantaneamente. E eu já o vi pelado.

– Ele é meu amigo. – Não olho para Warren. Mesmo por trás da máscara, consigo sentir seus olhos me perfurando.

Ele limpa a garganta.

– Alguém me disse que o Duque não viria para a Washingcon este ano. Ainda bem que ele conseguiu vir. Não seria a mesma coisa sem ele.

– É. – *Pena que ele não pode ficar.*

Eu me levanto para buscar o Duquette. Ele me encontra no meio do caminho. Seu humor parece ter melhorado.

– Preciso comprar um presente para Mark e John antes de deixarmos a cidade. Eles registraram a lista de presentes na Crate and Barrel, na Target e na Rock Bottom Comics.

– Zak, nós temos que buscar o Clayton.

Ele franze a testa e morde o lábio.

– Certo.

– Zak... – Respiro fundo, já arrependida pelo que estou prestes a dizer. – Obrigada por vir aqui. Sei que você preferiria estar com os seus amigos. Se encontrarmos o Clayton logo, quem sabe você não possa nos mostrar um pouco mais da convenção? Ainda temos algumas horas antes do toque de recolher e eu... te devo uma.

O rosto de Zak lentamente se dobra em um sorriso. Não é um sorriso arrogante, é até bastante caloroso. Simpático.

– Obrigado, Ana.

Afasto-me e pego o meu arco antes de retribuir o sorriso.

– Venha, vamos buscar o Clayton. Ainda teremos uma hora e pouco antes da hora de voltar. E a verdade é que não estamos fazendo nada de errado, né? A sra. Brinkham disse que podíamos sair para comer, e eles têm comida aqui, certo? Então, na verdade, não estamos fazendo nada de tão ruim. Quer dizer...

Estou tagarelando. Pareço uma idiota. Na frente de Duquette. Felizmente, ele não ri de mim.

– Vamos, Zak.

Ele abre a porta do salão de bailes para mim.

– Me chame de Duque.

– Não.

– Então, que tal Eddie Baby?

– Não.

– Renaldo?

– Não.

– Docinho?

– Pare de falar agora.

– Está bem.

Descemos o corredor, lado a lado.

ZAK

17:36

As coisas ficaram interessantes.

Gosto de acreditar que Ana está finalmente se afeiçoando a mim, enxergando-me como algo além do geek que pode ajudá-la a encontrar o seu irmão. Mas acho que estou apenas sendo otimista demais. Ela provavelmente só se deu conta de que seus pais não estão aqui, e que pode relaxar, para variar.

Ana caminha ao meu lado, agarrando nervosamente o seu arco e olhando para trás sempre que alguém grita. Eu quase me esqueço de que sou eu quem tem um contrato de morte pela minha cabeça.

Preciso pensar em algo divertido para fazermos na próxima hora. Algo tranquilo e não muito bizarro. Algum lugar onde eu não corra o risco de dar de cara com Atila e sua namorada (acho que minha hombridade não aguentaria mais nenhuma agressão). Só tenho uma chance de fazer isso dar certo.

Um baile? Não, pareceria demais um encontro romântico.
Um filme? Tenho a impressão de que nossos gostos não batem.
Um jogo? Ela ficaria entediada.
A Furry Fiesta? Deus do céu, não.

– Ana, você gostaria...

Ela para de repente, com um olhar de pânico absoluto. Eu me viro, esperando ver o viking disparando na minha direção. Mas ela enfia a mão na bolsa e saca um telefone celular, que está tocando.

– É a minha mãe – sussurra ela, arregalando os olhos verdes.

Não sei como responder a isso.

Um grupo muito barulhento de *bronies* caminha pelo corredor.

– Preciso encontrar um lugar silencioso! – chia ela, quando o telefone volta a tocar.

Faço um reconhecimento rápido do terreno e a guio até uma sala de conferências vazia. Ela solta um suspiro, apoia o arco contra a parede e atende o telefone.

– Oi, mãe. – A voz dela está trêmula.

Começo a sair de fininho para dar alguma privacidade para ela, mas sua mão dispara e agarra o meu pulso. Ela não está fazendo contato visual comigo, mas me segura de maneira quase dolorosa. Ou ela está me mantendo refém, ou só precisa de um pouco de apoio moral. Seja qual for a razão, não vou a lugar algum.

– Está tudo ótimo – diz ela ao telefone, com palavras rápidas e desconfortáveis. – Sim, fomos muito bem... sim... ah, Landon e Sonya e, é, Landon e Sonya. Sim.

Ela me agarra com mais força. Seus minúsculos dedos manipulam os ossos do meu punho para onde eles não deveriam ir. Minha mão fica pálida com o corte de circulação de sangue. Só o meu orgulho masculino me impede de arrancar o punho da mão dela.

– Clayton? Ah, ele está bem... – A voz de Ana aumenta uma oitava. – Ele... ele... ele...

Vamos, Ana, é uma mentira fácil. Ele está no banheiro. Tomando um banho. Comendo uma pizza com o Landon. Conversando com a sra. Brinkham. Diga qualquer coisa!

– Ele, é... – Os olhos esmeralda dela estão enormes. Minhas juntas estão começando a estalar, crepitar e rebentar. Ela está prestes a ter um ataque de pânico. Consigo ver isso no seu rosto. Ela está a um segundo de revelar toda a verdade.

Agarro o telefone da sua mão. Ela solta o meu punho, surpresa.

– Alô, sra. Watson? – Falo o mais alto e de maneira mais amigável possível.

– Quem está falando? – pergunta a mãe de Ana. Ela também está falando alto, mas seu tom não é nem um pouco amigável.

– Meu nome é Zak Duquette, e sou o mais novo membro da equipe de jogos acadêmicos do Colégio Secundário Meriwether Lewis. Ana já disse que ela e Clayton foram incríveis hoje? Quer dizer, a equipe inteira mandou bem, mas os seus filhos, uau! Você deveria estar muito orgulhosa.

Ela fica em silêncio por um segundo.

– É, sim. Agora, o Clayton...

– Sim, ele está dividindo o quarto comigo e Landon. Espero que ele não se importe com roncos. Certas noites, chego até a chacoalhar as janelas. – Solto uma gargalhada falsa. Ana me encara como se eu tivesse acabado de puxar o pino de uma granada. – Enfim, vamos todos sair para jantar daqui a pouco. O Clay acabou de entrar no banheiro.

– Tentei ligar para o Clayton... – começa a dizer a sra. Watson.

– É, o coitado largou o telefone na van. Eu teria achado graça, se já não tivesse feito a mesma coisa uma vez. Esqueci o telefone em um McDonald's de Gig Harbor. Voltei uma semana depois e, por incrível que pareça, o telefone continuava lá.

– Eu...

– Então, vou avisá-lo que você ligou. Vamos dormir cedo hoje, então ele provavelmente te ligará de volta de manhã. Ei, talvez você possa tirar uma dúvida minha. O primeiro governador de Nova York foi Elihu Johnson, não foi?

– Eu...

– Obrigado! O Landon estava tentando me convencer de que foi o Roscoe Conkling, acredita? Enfim, foi ótimo falar com você. Se chegarmos à competição nacional, espero que você possa vir assistir. Vamos lá, CSML!

– Espere, passe o telefone de volta para a Ana...

– Como? Desculpe, mas acho que estamos perdendo sinal...

Desligo e passo o telefone para a Ana.

Ela está catatônica. Só percebo que ela não está em coma porque suas pálpebras estão tremendo.

– Muitas palavras, muito rápido – digo. – É o segredo de uma boa mentira. Eles não sabem ao certo o que você falou, depois se culpam pela própria confusão.

O telefone dela volta a tocar.

– Não atenda. Sua bateria acabou de morrer.

Isso parece acordá-la do seu estado de transe. Ela guarda o telefone no bolso, pega o arco e se inclina na minha direção.

– Obrigada, Zak. Me deu um branco. Ainda bem que você estava aqui.

Tento dar de ombros.

– Uma vez, James e eu fomos de carro até Eugene. Eu convenci a minha mãe de que havia passado o tempo todo no porão. Não foi nada.

– Foi sim, Zak.

Para a minha surpresa, Ana aperta a minha mão delicadamente, depois entrelaça os nossos dedos. Sua expressão é calorosa e sedutora.

– Mas se tentar fazer algo assim de novo, eu te mato.

Ela sorri para mim, e deixamos o salão juntos.

E, por mais alguns poucos segundos, só por um instante, ela continua segurando a minha mão.

ANA

17:50

Chegamos à sala de conferências que Warren nos indicou. Zak passa vários minutos conversando com um monte de gente. Todas têm crachás com fitas e broches, o que me leva a crer que são autoridades da convenção.

Enquanto ele conversa, penso na sua artimanha com a minha mãe. Ela provavelmente ficará furiosa. Mas...

Furiosa com o menino irritante no telefone, e não comigo. Quando voltar, vou simplesmente dizer que o reserva cretino da equipe pensou que estava sendo engraçadinho. Vou culpar qualquer confusão a respeito do Clayton no Zak. Fingirei que é tudo culpa dele. Sem problemas.

Mas eu teria que retratar Zak como um vagabundo idiota. E, depois de passar algumas horas com ele, sei que isso não é verdade. Pelo menos, não é a verdade absoluta.

E lá está ele, parado diante de mim, com uma expressão encabulada.

– O negócio é o seguinte, Ana...

Eu me contraio imediatamente. Qualquer explicação que comece com essas palavras só pode acabar em más notícias.

– Sim, Zak?

Ele cutuca uma folha nas suas mãos.

– Clayton está aqui. Warren tinha razão, ele está no torneio de Labirintos e Monstros e já passou para o segundo round. Aposto que o malandrinho roubou as minhas cartas, e é por isso que está se saindo tão bem.

Solto um suspiro de alívio.

– Onde fica isso?

– Além daquela porta dupla.

Já estou em movimento. Zak limpa a garganta.

– Duquette, sinto que você está prestes a me irritar.

Ele dá de ombros.

– Você não pode entrar enquanto um jogo estiver em andamento. Eles não aceitam espectadores. – Ele aponta para um homem barrigudo e calvo com um uniforme branco, com péssima postura, perto da entrada. Um segurança de aluguel.

– Você está falando sério? – Corro o dedo pelo meu arco. O segurança é um alvo tentador.

– Acalme-se, Guilherme Tell. Eles estão jogando por um prêmio de trezentos dólares. Não querem que membros do público ajudem seus amigos.

– E como diabos eles fariam isso?

Zak parece não entender o que é uma pergunta retórica.

– Bem, teve um ano em que uns caras adulteraram uma rede primitiva de fibras ópticas...

Minha dor de cabeça está voltando.

– Quanto tempo demorará esse jogo?

– Se ele se sair bem, talvez umas duas horas.

Olho para um relógio na parede. Se esperarmos por Clayton, depois esperarmos por um táxi, e mais uma viagem de meia hora de volta... ficará muito apertado. E se ele conseguir escapar de novo?

– Você não pode entrar como jogador, Duquette?

Zak não encara os meus olhos.

– Ana...

– Desembuche. – Pouso o arco sobre uma mesa, para poder levar as mãos à cintura.

– No ano passado... rolaram algumas coisas desagradáveis. Eles meio que pediram que eu não voltasse mais. De maneira bastante oficial. – Ele tenta sorrir, mas acho que minha expressão o intimida.

– Que maravilha. Então, não há outra maneira de entrar?

Ele balança a cabeça.

– Teremos que esperá-lo aqui fora. Você está com fome?

Eu não respondo. Tenho a sensação de que, se não encurralarmos o meu irmão agora mesmo, o perderemos para sempre nesta multidão. Já imagino a sra. Brinkham, batendo à porta do quarto de hotel dos meninos. Ela começa a entrar em pânico, sem saber onde se encontra metade da equipe. Ela pega o telefone e liga para os meus pais...

– Última chamada! – Sou lançada de volta à realidade.
– Última chamada para a competição de Labirintos e Monstros. Inscrevam-se agora, ou percam-se por toda a eternidade.

Zak chuta o pé do banco como uma criança entediada de dez anos em uma igreja. Só há uma coisa a fazer.

– Vou me inscrever! – Agarro a prancheta da mão do anunciante e escrevo o meu nome. Segundo o papel, começaremos em cinco minutos.

Meu companheiro fica chocado.

– Ana, você não sabe jogar.

Volto a me sentar, com as pernas cruzadas, e abro um sorriso.

– Ensine-me tudo o que sabe. Você tem trezentos segundos.

A sala de conferências onde vamos competir está cheia de mesas portáteis. Dezenas de competidores estão enfiados em cadeiras, e sinto que muitos deles não sabem o que é um sabonete. Procuro o meu irmão, mas acho que ele não está aqui.

– Com licença – digo a um homem de meia-idade e de aparência normal. – Onde estão as pessoas que competiram no último round?

– Hum, acho que eles colocaram os vencedores em uma sala de espera privada, até que seja a vez deles de jogar de novo. Ei, belo arco, você está fantasiada de...

– Não.

Droga. Parece que serei obrigada a tentar encontrar o Clayton na marra. Depois que eu tiver perdido, pedirei para o Zak reunir alguns marinheiros do espaço para atacar o círculo dos vencedores.

Enquanto isso, não tenho outra escolha senão tentar jogar esse diabo de jogo. Recebi um pacote de cartas de Labirintos e Monstros embrulhado em alumínio, e Duquette disse que não tenho a menor chance de vencer. Parece que os jogadores passam anos construindo seus baralhos. Ele diz conhecer pessoas que gastaram mais de mil dólares nas suas cartas, mas que tipo de fracassado faria algo assim?

– Ana Watson! Não esperava ver você aqui!

Aperto os olhos ao olhar para o meu oponente.

– Eu te conheço?

Ele se inclina para a frente.

– Sou eu, James. O amigo do Zak. Não sabia que você gostava de jogar. Por que não quis se juntar a nós na biblioteca?

– É um interesse recente. – Quase pergunto por que ele está vestido como o presidente Theodore Roosevelt, mas me detenho. Não quero que ele explique.

– Na verdade, James, só estou aqui porque estou tentando encontrar o meu irmão, Clayton. Preciso chegar ao segundo round, e, aparentemente, o idiota do Zak foi banido por trapacear.

James parece surpreendentemente soturno.

– Não exatamente, Ana. No ano passado, ele estava a um round de ser campeão. E ele entregou o jogo. – Sua voz tinha o tom sombrio de um anúncio de utilidade pública sobre os perigos da metanfetamina.

– Por quê?

– Bem, o Duque nega tudo, mas ele perdeu de propósito, para que o seu oponente pudesse impressionar sua namorada.

Abro o meu pacote de cartas e finjo embaralhá-las, tentando imaginar o tipo de garota que se impressionaria com um campeão deste jogo.

Parece tão improvável quanto encontrar alguém que se impressione com o campeão de um torneio de jogos acadêmicos.

– Cavalheiros! – late o árbitro ciborgue. – E, mm, dama. – Ele acena a cabeça na minha direção. – Vocês todos conhecem as regras. Podem começar quando estiverem preparados.

Tento me lembrar do que Zak disse. Um troll bate um mago, um mago bate um gnomo... uma carta vermelha supera uma laranja, e assim por diante, por todo o espectro da luz visível... feitiços valem dois... não, cinco...

– James? Que tal *me* impressionar? – digo, com olhos sedutores.

– Desculpe, Ana. Na mesa de jogo, negócios são negócios. – Ele tira os óculos de aro metálico e veste um grande par de óculos escuros espelhados. Depois, abre as cartas bem diante do seu nariz.

Óculos escuros espelhados.

Consigo ver nitidamente toda a sua mão. Todas as suas cartas.

Engulo em seco, embaralho as minhas cartas, e decoro a mão dele.

– Vou abrir com um troll vermelho... não, laranja. E aposto quinhentos manás.

Reúno as minhas cartas e meu arco. James se senta, desalentado, sem conseguir acreditar que perdeu para uma novata como eu. Quanto mais ele ia mal no jogo, mais aproximava as cartas do rosto. Preciso alertá-lo sobre isso. Depois.

– Obrigada, James. Lamento que não tenha se saído tão bem.

Ele abre um meio sorriso.

– *C'est la guerre.*

A sala dos vencedores é idêntica ao outro espaço, mas menor. Cerca de vinte caras esperam, beliscando lanches, lendo e conversando. Um homem dedilha um violão. Clayton não está entre eles.

Não é hora de ter boas maneiras.

– Alguém viu um menino de treze anos? – grito, sem preâmbulo. – Loiro, de óculos?

– O Clayton? – pergunta alguém. – Sim, joguei contra ele na rodada de desempate. Ficou pau a pau, mas eu venci.

– Como assim? Quer dizer que ele já foi embora? Ele disse para onde ia? – *Joguei esse jogo idiota à toa?*

– Ele disse que queria conferir o evento da SAC.

Outra série de letras sem sentido.

– Onde fica isso?

Ele me encara, como se eu não estivesse fazendo nenhum sentido.

– No pátio. Ei, você não pode ir embora agora!

Já estou me aproximando da porta.

— A não ser que a Sexta Emenda tenha sido revogada, posso, sim.

Alguém bloqueia o meu caminho. Um cara alto. Encaro o seu rosto e sufoco um grito ao ver sua máscara horrível. Quase grito de novo ao me dar conta de que ele não está usando uma máscara.

É Cyrax, o nêmese de Zak.

Ele é muito feio de perto. Embora não consiga identificar exatamente o quê, algo a respeito do seu rosto me dá calafrios. As suas olheiras, seu cabelo preto e ralo, seus lábios cor de fígado e seu nariz torto... em um mar de pessoas pouco atraentes, Cyrax se destaca.

— Vai a algum lugar, minha jovem?

Seu hálito não fede, mas tem uma qualidade estranha e bolorenta, como o cheiro de quando ligamos a caldeira pela primeira vez no outono.

— Preciso ir. Emergência familiar. — Tento me espremer ao redor dele, mas ele inclina o corpo para o lado.

— No meio do jogo? Mas eu vou ser o seu oponente. Você pode pelo menos terminar o round, certamente.

Entendo por que o Zak não gosta deste cara.

— Eu entrego o jogo. Você vence. Saia do meu caminho.

Ele não se move.

— Infelizmente, não é assim que as coisas funcionam... — ele confere o meu crachá — ... Ana. Este é o círculo dos vencedores. Se não formos até o fim, não haverá vencedor.

Olho para os nossos espectadores. O violonista acena em confirmação.

Cyrax abre um sorriso. Ouço sua mandíbula estalando.

– Vamos, Ana. Esforcei-me muito e esperei por tempo demais para abandonar o jogo agora. – Ele estende uma mão ossuda. – Vamos jogar.

Embora eu consiga compreender mais do que ninguém o esforço e o sacrifício necessários para se tornar o campeão em alguma coisa, esta não é a hora para isso. Esta pode ser a minha última chance de resgatar o Clayton, e não vou gastar meu tempo conversando com esta assombração de altura anormal. Tento forçar a passagem.

Ele agarra o meu braço. Seus dedos ossudos apertam o meu punho.

– Vamos jogar.

Agora você foi longe demais. Lanço o braço para trás e atinjo a barriga dele com o punho. Não uso toda a minha força, mas o bastante para ele entender que ninguém me segura assim. Nunca.

É como atingir um espantalho. As juntas do meu punho se enterram na sua camisa, mas não encontram resistência nenhuma. É como socar um saco de folhas. Soco outra vez, mas não adianta nada. Ele não solta o meu braço.

Ele volta a falar, como se eu não tivesse acabado de esmurrá-lo.

– Você é amiga do Zak Duquette, não é? Sim, lembro de você. Deve ser por isso que quer tanto desistir. Porque está pré-programada para perder. Como o Zak. Não é?

Tento forçar a mão dele e soltar o meu punho, mas parece que Cyrax me prendeu com uma algema. Ele está começando a me assustar. Eu poderia gritar por ajuda, mas

James não está mais aqui, e, de alguma maneira, duvido que estes jogadores façam alguma coisa.

– Então, você vai jogar ou continuar sendo uma perdedora, como o seu namoradinho?

Bem, eu tentei me soltar. Fiz o meu melhor. Não tenho escolha. Preciso me defender. E defender o Zak, eu acho.

– Bem, já que você não quer me deixar ir embora...

A boca de Cyrax se expande, revelando dentes acinzentados.

– Então *todos* vão embora.

Estendo a mão livre e puxo o alarme de incêndio.

Uma sirene ensurdecedora enche o ambiente, como eu esperava.

Cyrax solta o meu braço, como eu planejava. Agarrando o meu arco, disparo em direção à porta.

De repente, os borrifadores extintores de incêndio são ativados. Fios de um líquido químico verde chovem sobre a sala, encharcando as cartas caras de todos.

Eu não esperava por isto.

ZAK

19:09

Caminho nervosamente de um lado para o outro, e a ausência prolongada de Ana não ajuda. Já fui e voltei da lanchonete tantas vezes que os caras que estavam jogando xadrez rápido pareciam até incomodados.

Que vergonha ser obrigado a mandar Ana para o torneio. Eu deveria estar defendendo o meu título, mas, no ano passado, Nealish pareceu tão triste e desesperado que fui obrigado a oferecer a ele uma chance de tirar uma onda diante daquela garota de quem ele gostava. Agora, eles viraram namorados, e estou banido vitaliciamente de jogar, por ter entregado o jogo. É o que ganho por ser altruísta.

Por que a Ana está demorando tanto? Ela provavelmente encontrou o Clayton e está se esforçando para arrastá-lo de lá pelo nariz. Espero que eles não acabem derrubando uma mesa.

– Psss! – Alguém está chiando alto do outro lado da praça de alimentação. Olho na sua direção. É uma pessoa baixa, vestindo apenas um manto preto com capuz. Não consigo ver suas feições, nem o seu rosto.

Mas o arco longo e os calçados com salto e bico fino a entregam.

Ana chia de novo, e joga o ombro na minha direção. Eu me junto a ela.

– Esta é realmente uma noite amena para uma sexta – digo, com um sotaque italiano carregado.

Ana ignora minha tentativa de criar intriga.

– Clayton deixou o torneio – sussurra ela. – Ele foi para um negócio chamado SAC. O que é isso?

– A Sociedade de Anacronismo Criativo – respondo baixinho. – Eles fazem encenações da Idade Média. Qual é a deste manto? E por que está sussurrando?

Ela balança o capuz.

– Não sei sobre você, mas *eu* estou sussurrando porque eles não queriam me deixar sair do torneio, então meio que causei uma confusão.

Sinto algo desconfortável nas minhas entranhas.

– Hmm, Ana? Isso teve alguma coisa a ver com aquelas sirenes que ouvi agora há pouco?

– Digamos apenas que quero sair daqui o mais rápido possível. Para que lado fica o pátio?

– Fica no final deste corredor.

Ela pega o arco e segue em frente.

– Meu Deus, estou tão arrependida de ter vindo até aqui.

Queria ficar calado. Realmente queria. Não é como se eu esperasse que a seríssima Ana Watson, de repente, começasse a se divertir na Washingcon. Ou se divertir comigo.

Mas não há sentido em falar alguma coisa. Ela está assustada, desconfortável, e quer ir embora. O que sinto não é importante.

Mas, de alguma maneira, um pequeno ganido escapa da minha boca. Um ganidinho, como o de um cachorrinho cujo rabo acabou de ser pisado por alguém. Completamente involuntário.

Ela ouve e se vira.

Não consigo ver seu rosto direito sob o capuz, mas um feixe de luz permite que eu veja seus olhos. O verde deles brilha sob as sombras, quase como um lindo Jawa.

E, por um instante, aqueles olhos sorriem para mim.

Ela me dá as costas, e eu a sigo. É claro.

– Mas, espere – digo abruptamente. – Por que estamos indo para o pátio?

– Alguém me disse que a SAC se reúne lá. O que eles fazem mesmo?

– Fantasias. Concursos. Eles são um grupo divertido. – Sim, eles costumam ser divertidos. Quase sempre. Exceto por uma ou duas vezes por ano. Adoraria ter uma programação para conferir. De repente, percebo que talvez Clayton esteja em apuros.

Ana está falando:

– Então, se fica em um pátio, ele não vai conseguir escapar, não é?

– Na verdade, está mais para um terreno baldio, mas, com sorte, conseguiremos encurralá-lo. – *Por favor, por favor, por favor, dê-nos sorte.*

Ana parece muito aliviada.

– Ainda bem. – Ela sorri para mim.

Estou preocupado demais para sorrir de volta. Não deve ser esta noite. Esforço-me para lembrar. A programação dizia que era sábado à noite, não é? Ou era sexta?

Respiro com um pouco mais de facilidade quando alcançamos o saguão de fundos do centro. Uma jovem mãe passa por nós, segurando a mão de uma adorável princesinha, decorada com papel crepom e cartolina. Atrás dela, dois jovens gladiadores passam correndo, duelando com espadas de plástico.

Graças a Deus. A SAC está apresentando fantasias infantis hoje. Não tenho com o que me preocupar.

Passamos entre mesas onde dois hippies de meia-idade limpam os restos de cola e purpurina, depois atravessamos a porta dupla e somos recebidos pelo ar frio da noite.

E encontramos um campo de batalha.

Atrás do centro de convenções, encontra-se um enorme terreno baldio. Ele tem o tamanho de um quarteirão. A construção de um prédio de escritórios deveria ter começado há dois anos, mas algum processo jurídico impediu que isso acontecesse, e o lugar continua sendo um campo vazio e lamacento.

Um campo coberto por duzentos guerreiros, prontos para se enfrentar em um brutal combate corpo a corpo.

Ainda não está completamente escuro, apenas nublado. Relâmpagos distantes iluminam os combatentes em explosões estranhas e aleatórias.

Eles se organizam em fileiras rígidas, em dois exércitos, separados por um descampado do tamanho de um campo de futebol americano. Todo tipo de combatente que já existiu, da queda de Roma ao Iluminismo, parece estar a postos, preparado para matar. Astecas de peitos nus. Guardas suíços, com toda a vestimenta papal. Conquistadores. Ninjas. Vikings. Cruzados. Eles mantêm suas espadas em riste, em prontidão. Na escuridão, é fácil deixar de notar que cada espada, clava e machado é feito de PVC acolchoado.

O ambiente está carregado de umidade e suor. Há um clima de expectativa no ar, como se cada lado estivesse esperando que o outro atacasse primeiro. Todos parecem respirar em uníssono.

Ana agarra o meu ombro.

– Zak? O que está acontecendo?

– A batalha anual. Este ano, é Badon Hill.

– Eles estão apenas brincando de lutar, não é? – Ela me aperta com mais força.

Aponto para um pequeno grupo de espectadores, amontoados contra o prédio.

– Está vendo o Hannibal Lecter e o Professor Moriarty ali? Eles são médicos plantonistas de verdade. Estão aqui por um bom motivo.

– Você vê meu irmão em algum lugar?

Os exércitos continuam parados, como se esperassem por um sinal.

Noto um pirata com um binóculo.

– Posso usar isto um segundo, marujo?

Subo no conjunto de ar-condicionado e, com o binóculo emprestado, vasculho a multidão, tentando desesperadamente localizar meu colega de jogos acadêmicos.

– Ali, Zak. Sob o poste de luz.

Ajusto o foco do aparelho. Isso! Ele não está vestindo seus óculos, mas tenho certeza de que é ele.

– Bingo. Uau, que coincidência existirem duas camisas com aquelas mesmas cores!

– Vou buscá-lo. – Ela marcha em direção à terra de ninguém.

– Opa! – Salto de cima do ar-condicionado e pulo na frente dela. Não quero Ana lá no meio quando os dentes começarem a voar. – Deixe que eu vou buscá-lo.

– Está bem. – Ela concorda tão rápido que é quase insultante. – Vá buscá-lo, antes que...

Uma nota solitária e estranha de uma gaita de fole corta o céu noturno. Dois portadores de tocha vestindo preto emergem da escuridão, seguidos por um homem enorme de cabeça raspada, com uma tanga. Seu corpo é coberto de tatuagens. O único outro adorno é um tapa-olho, que acho que não faz parte da fantasia.

Com uma voz grave e gutural, mas clara, ele começa a recitar a ode de batalha. As palavras nunca deixam de me emocionar, e olha que eu mal falo a língua dos orcs.

– Tarde demais. Vou ter que fazer isso da maneira mais difícil. – Vasculho rapidamente a área. Agarro uma espada de duas mãos abandonada, encostada contra o prédio.

As palavras do orc atingiram um crescendo. As pessoas começam a se inquietar.

– Zak? Será que isso é uma boa ideia? – Ana parece realmente preocupada.

– Eu ficarei bem. – *Engulo em seco.*

De repente, ela sorri.

– É claro que sim. Aposto que você faz isso todos os anos, não é?

Abro um sorriso.

– Claro.

Não. Nunca. Tenho medo demais. Ainda me lembro de assinar o gesso do James, da única vez em que ele participou.

Um mulher anã passa um chifre para o general orc. É agora.

– Saia daqui, Ana. Mas que tal um beijo de boa sorte primeiro?

Ela tira o capuz, e, por um segundo, acho que meu plano realmente funcionou. Mas ela apenas sorri.

– De jeito nenhum. Tenha cuidado. Volte inteiro, Zak.

Corro para me juntar ao exército mais próximo.

– Me chame de Duque. Todos os outros chamam!

Mal posso ouvi-la por trás do barulho ensurdecedor da trombeta de chifre.

– Nem todos.

Alguns membros da SAC ignoraram o período mandatório, entre 900 e 1600 D.C. Enfio-me entre um hoplita grego e um *doughboy* da Primeira Guerra. Marchamos adiante.

A princípio, não há som algum além da cadência inquietante de pés calçados marchando juntos (e as notas inapropriadas da música "Wipe Out", vindas de um carro no quarteirão vizinho). Ninguém parece ansioso para ser o primeiro a tombar em batalha. Considero a ideia indigna de dar a volta no edifício e capturar Clayton por trás.

Um grito atravessa a noite: LIBERDADE!

Uma figura escura corre adiante, na nossa direção, do lado inimigo, e a fita crepe da sua arma reluz.

Dentro de segundos, todos se chocam em combate. Gritos de guerra cortam o ar.

– PELA ESCÓCIA!
– ALLAHU AKBAR!
– COLHER!
– SÓ PODE HAVER UM!
– VIVE LA FRANCE!

Levanto a minha arma e grito a única coisa que me vem à cabeça:

– EQUIPE DE JOGOS ACADÊMICOS DO COLÉGIO SECUNDÁRIO MERIWETHER LEWIS!

Abaixo a cabeça e disparo para a frente. Sou acotovelado e empurrado pela multidão, mas consigo atravessar a zona neutra sem ser desafiado por ninguém. Um *berserker* germânico tenta arrancar a minha cabeça com um machado de guerra bastante realista, mas eu me esquivo bem na hora. Salto sobre o corpo gemedor de um cavaleiro teutônico e me lanço para trás das linhas inimigas.

O combate corpo a corpo já começou de verdade. O som abominável de plástico contra pele enche a noite. Quase tropeço sobre um arqueiro esparramado no chão, e faço uma careta quando o aparelho dentário de alguém acerta o meu olho. Por sorte, ninguém me escolheu ainda.

A distância, vejo o poste de luz onde Clayton estava. Se eu conseguisse chegar até lá...

– *Banzai!* – Um samurai salta no meu caminho, com a catana em riste sobre sua cabeça. Suas duas narinas estão sangrando, mas ele não parece notar.

Felizmente, eu o conheço.

– Ei, Paul, esta não é uma boa hora.

Ele responde lançando a espada contra a minha cabeça. Ela atinge meu crânio com força destruidora.

– Ai! – Tropeço para trás. Ele golpeia outra vez. Por puro instinto, consigo aparar o golpe com a minha arma. Estou sendo empurrado.

Algo bloqueia o meu caminho. Algum idiota estacionou o carro ilegalmente neste terreno, um decisão da qual certamente se arrependerá amanhã de manhã. Subo, de bunda, sobre o capô. Paul erra o golpe, e sua espada atinge o automóvel com tanta força que derruba o espelho retrovisor. Aproveito para golpeá-lo também. Isso só parece irritá-lo mais. Ele salta sobre o capô, de pé. Subo no teto do carro e acabo rachando o para-brisa.

Paul salta para a frente, determinado a me eviscerar. Faço o que me parece natural, esquivando-me. O momentum o impulsiona adiante e ele cambaleia perigosamente, a um metro do chão. Lanço a espada contra as costelas dele, e ele sai voando.

Eu deveria sair correndo, mas preciso ver se Paul está bem. Eu o vejo deitado na lama, sem se mover. Desço do carro e paro ao seu lado.

– Paul?

Ele entra em movimento, sacando uma espada curta do cinto. De metal. Estou prestes a implorar por perdão, mas ele abre a própria túnica, posiciona a lâmina contra a barriga nua e começa a declamar algo que soa como uma prece em japonês.

Boa sorte com isto. Corro para os fundos da batalha, que já está definhando.

Não há ninguém perto do poste de luz. Procuro desesperadamente por Clayton, mas continuo tonto. Será que é ele ali? Sim! Ele está armado com dois *nunchakus* e está golpeando que nem um louco um cossaco obeso.

– Acabou a brincadeira, Clay. – Cambaleio na sua direção, batendo com a espada contra a palma da mão. De repente, ela desaba no chão, quando dois gigantescos braços me agarram em um abraço de urso por trás.

– Eu me rendo! Eu me rendo! – consigo dizer, em um chiado.

Não adianta nada. Chuto e me debato como um criança de três anos, mas, mesmo assim, meu captor me arrasta até a reclusa área de lixo, atrás do centro de convenções. Ele me deposita grosseiramente contra o receptáculo de coleta de óleo de cozinha.

Levanto com um salto, encarando diretamente o peitoral do meu agressor. Levanto a cabeça para ver o seu rosto. Ele me encara de cima, por debaixo dos seus chifres de viking.

Ai, meu Deus.

– Preciso te machucar, camarada. Não é nada pessoal.

O pânico está me deixando agitado.

– Na verdade, acho que isso seria muito pessoal.

Ele contrai os ombros.

– Você agarrou a minha namorada. Não posso deixar isso para lá.

Cadê a legião romana quando mais preciso dela?

– Foi tudo um mal-entendido. Pensei que ela fosse um garotinho.

Acho que não foi a melhor coisa a dizer. Ele agarra a minha camisa, um pedaço enorme dela rasga na sua mão. Para compensar, ele agarra o meu cabelo. Seu punho, do tamanho de um pernil, está preparado para me atingir. Tento arrancar os dedos que agarram o meu crânio, mas eles não vão a lugar nenhum.

– Tente pensar em outra coisa – diz ele, com um tom sincero de compaixão. – Ouvi dizer que isso ajuda.

Sou tomado por uma sensação estranha de paz. Fecho os olhos.

Conte-me sobre os coelhos, George.

De repente, estou sendo abraçado. Abraçado? Ele me envolveu completamente em seus braços robustos. Será que esqueceu nossas diferenças, solidificando nossa trégua com um constrangedor abraço de amizade?

Nada disso. Ele está me esmagando. Minhas costelas começam a se rearranjar, à medida que seus braços me espremem mais e mais. Meus olhos voltam a abrir e quase saltam das órbitas, enquanto o Conan metodicamente estreita o seu aperto, tão implacável quanto uma jiboia esmagando uma cabra.

Ele sorri para mim, mas começo a ver tudo cinza, porque meu diafragma não consegue mais se distender, cortando o fluxo de ar para a minha cabeça.

Este seria um ótimo momento para falar algo engraçado e cortante, que fizesse o meu atormentador perceber seu erro e me soltar.

Urrrrggggghhhh.

O cinza dá lugar ao preto. Estou morrendo.

Eu estava ciente dos riscos. Faz parte de ser um integrante da equipe de jogos acadêmicos. Nem todos voltam vivos.

De repente, um grito de dor enche o ar. E acho que ele não saiu da minha boca. Fico surpreso ao descobrir que não estou mais sendo assassinado, e que estou me apoiando contra a parede do prédio. O viking agarra a própria cabeça e urra.

Uma valquíria se encontra na entrada do beco. Com dois metros e quinze de altura e seios nus, ela se agiganta sobre nós, erguendo sua espada em chamas.

Balanço a cabeça e a visão se desfaz, revelando Ana, com uma clava de PVC, que ela quebrou com perfeição sobre o crânio do Conan.

Ele apoia a mão na testa ferida e começa a fazer um barulho que não deveria ser produzido por nenhuma garganta humana. Como o som que a explosão de Tunguska deve ter feito. Atordoado e aterrorizado com o que ele fará com a Ana, lanço-me para a frente.

Ela é mais rápida. Com um movimento hábil, agarra algo das costas e salta.

Por um instante, acho que ela esfaqueou o rosto dele. Quando o grito de guerra dele se transforma em um urro de dor, percebo o que aconteceu.

Ana sacou uma das flechas sem ponta que comprou no salão dos comerciantes e a enfiou no nariz do Viking, o mais fundo possível.

É muito cômico vê-lo saltando de pé em pé, latindo de dor, sacudindo os braços como Curly Howard, com uma vara de plástico de cinquenta centímetros se projetando da narina.

– Hum, Duquette? – Ana puxa o que sobrou da minha camisa.

Certo. Precisamos fugir. Felizmente, meus anos de amizade com os muitos fumantes daqui terão finalmente valido a pena.

– Por aqui! – Dobramos a esquina, e, como sempre, alguém usou uma pedra para manter uma das portas da cozinha aberta, para poder escapar e apreciar um cigarrinho. Assim que atravessamos, chuto a pedra para longe. O monstro já está nos perseguindo, bufando como um touro pelo seu nariz sangrento, mas ele não nos alcançará desta vez. A porta tranca por dentro.

Ao fechá-la, vejo uma figura solitária de relance. Ele está em pé sobre um dos muros baixos que cercam o pátio, ressaltado por uma das luzes de segurança.

Aquela estúpida camisa laranja e vermelha.

A porta se fecha na minha cara. Clayton olha na minha direção. E acena para mim.

ANA

20:13

Zak se senta no banco de um dos corredores de acesso à cozinha. Ele encara a parede à sua frente em silêncio por uns dez minutos.

Estou começando a ficar preocupada. Quando eu o trouxe até aqui, pensei que ele ficaria com raiva de mim. Talvez eu estivesse violando as regras da batalha, ou algo assim, ao ajudá-lo, mas ele continua em silêncio, e não responde quando falo o seu nome. Não achei que aquele grandalhão o tivesse machucado tanto, mas mesmo assim. Minha mãe me mostrou certa vez uma matéria de revista sobre um garoto que foi atingido na cabeça por uma bola de beisebol e parecia estar bem, mas desabou duas horas depois e morreu de hemorragia.

E se Zak tiver se machucado de verdade? Será que devo ligar para a emergência ou tentar descobrir se a convenção conta com algum serviço de enfermaria? Espere, Zak não disse que havia médicos na batalha?

Paralisada e indecisa, acabo comprando um refrigerante em uma sala de lazer de funcionários vazia.

– Zak? Tente beber isto.

Ele não olha para mim, mas pega a lata gelada e a aperta contra a lombar.

Mais silêncio. Deve estar doendo. Não sabia que ele era capaz de ficar calado por tanto tempo.

– Ana? – Ele interrompe o silêncio, mas não olha para mim.

– Sim, Zak?

– Você é católica? Vi que estava usando um crucifixo mais cedo.

Minha felicidade por ele ter voltado a falar dá lugar à minha preocupação de que ele não esteja falando nada com nada.

– É, sim, sou. Por quê?

Ele fica calado por um instante.

– Sou metodista. Mas não se preocupe. Podemos educar as crianças dentro da fé que você quiser. – Zak olha para mim e me oferece um sorriso de cachorrinho. Ele está bem.

– Que bom ver que você não sofreu danos cerebrais, Duquette. Quer dizer, não mais do que o normal.

Ele continua me oprimindo com aquele sorriso superior.

– Então, quando vou conhecer os seus pais?

– Pare com isso. Você não está tão atordoado assim. – *E pare de sorrir desse jeito.*

147

– Ana, você acabou de realizar a façanha mais bizarra da convenção em anos. Foi tipo...

– Eu só o golpeei quando ele não estava esperando. Não foi nada.

– Nada? Ana, você salvou a minha vida! Ou pelo menos algumas das minhas costelas. Você acabou com um ogro em um combate corpo a corpo. Isso é incrível. Pare um pouco para pensar em como você é sinistramente sinistra.

É, bem. Está bem, Zak tem razão, até que aquilo foi maneiro. Talvez até um pouco... fodão. E agora ele me considera uma espécie de lenda. Até que isso não é nada mau.

– Zak? Você está bem o bastante para continuar procurando por Clayton? Está tudo bem?

Ele saca a lata de refrigerante de dentro da camisa, abre-a e bebe ruidosamente a espuma no topo.

– Sim, vou ficar bem. Mas ouça, Ana, estive pensando. Eu e você não fizemos nada de errado esta noite. Isso é meio que algo novo para mim. Mas pense sobre isso. Foi Clayton quem fugiu e mentiu. Foi tudo ele.

Acho que entendo o que ele está tentando dizer.

– E daí?

– Então, bem... talvez a gente devesse deixá-lo levar o tranco. Quer dizer, não quero que ele seja descoberto, mas também não quero levar a culpa por ele. E também não entendo por que você deveria levar a culpa. Você nunca se meteu em confusão, e, se Brinkham descobrir que estou aqui, serei reprovado na aula dela.

Estou chocada.

– Você está sendo reprovado na aula de *saúde*?

– Estou. Até contratei um professor particular especializado em uso de desodorante. Mas o que estou querendo dizer é: por que deveríamos pagar o pato pelo que Clayton está fazendo? Quem sabe, quando seus pais descobrirem que ele não é perfeito, talvez peguem até mais leve com você.

O argumento dele faz sentido, mas, como nos quadrinhos que ele gosta tanto, a história só faz sentido se você conhece o contexto.

– Zak, meus pais, eles... – Fico paralisada, lembrando-me daquela noite terrível, da última vez em que vi Nichole. Minha única irmã. – Você não entenderia.

– Tente explicar. Às vezes, conversar ajuda.

Algo na maneira como ele diz isso faz com que eu olhe para ele. Talvez por ser a primeira vez que o ouço falar alguma coisa que não seja uma piada ou uma reclamação.

Ele continua largado sobre o banco, apoiado contra a parede, parecendo maltratado e exausto. Seus olhos castanhos estão quase fechados, mas, mesmo assim, ele não para de olhar para mim, com o lábio inferior tremendo levemente e formando um pequeno sorriso. De repente, afasto os olhos e encaro o chão. O viking rasgou parte da sua camisa, revelando seu peito pálido. Lembro-me mais uma vez da cena no hotel, quando ele derrubou a toalha.

– Entendi – diz Zak, confundindo o meu silêncio com irritação. – Não é da minha conta. – Ele não parece magoado, só cansado.

Também estou cansada. Cansada de perambular por esta convenção idiota. Cansada da sra. Brinkham, dos meus pais, de Clayton, o menino-prodígio, da Nichole, que age como se nada disso fosse culpa dela.

Inclino-me para trás no banco, ao lado de Zak.

– Clayton e eu... temos uma irmã mais velha. Nichole. Ela costumava ser meio louca. Queria só se divertir, contar piadas e se esforçar o mínimo possível.

De repente, fico paralisada com horror. Estou descrevendo a Nichole... mas também estou descrevendo o próprio Duquette. Eita.

– Continue.

– Bem, um dia ela foi longe demais. Longe demais de verdade. Acabou engravidando no último ano de escola. – Dou-me conta de que esta é a primeira vez que compartilho essa história com alguém.

Zak solta um chiado doloroso entre os dentes.

– Caramba. E como acabou isso?

– Nada bem, Zak. Quando meus pais descobriram, eles... – Perco o fio da meada. *O que estou prestes a dizer não pode ser desdito. Será que realmente quero que Zak saiba?* – Eles a expulsaram de casa.

Zak arregala os olhos por um instante. Temo que ele comece a falar, mas ele fica calado e escuta.

– Ela nunca mais voltou para casa. Meus pais nunca conheceram o neto. – *Nem eu.* – Enfim, é por isso que esta noite é tão importante. Estou encarregada de cuidar do Clayton. Não posso simplesmente ligar para a mamãe e o papai e dizer que o deixei fugir. Na minha casa, não temos segundas chances, Duquette. Aprendi isso há dois anos.

É estranho falar isso em voz alta. A situação seria risível, se não tivesse acontecido de verdade.

Duquette voltou a me encarar. E está sorrindo. Juro que se ele fizer uma piadinha, ou citar algum filme, chutarei suas costelas feridas.

Mas ele se levanta. Lentamente, como uma múmia de filme de terror.

– Venha, vamos encontrar o Clayton.

Eu me levanto.

– Será que temos alguma chance? Você falou...

– Falo muitas coisas. A noite é uma criança, e acho que nós dois somos capazes de superar um calouro.

A confiança exausta de Zak é meio contagiante. Talvez a gente realmente encontre o Clayton. Talvez a gente consiga fazer isso sem que nos descubram. Talvez a gente vença a competição amanhã. Talvez.

Ele se vira para mim e pega o meu braço. Não, não o meu braço. Ele meio que segura a manga solta do meu manto.

– Ana, ouça. Eu...

– Duque! – Um homem vestindo um terno de três peças, um chapéu preto e óculos escuros desce o corredor em passos lentos. Ele está com um maço de cigarros proibidos na mão, provavelmente pronto para fumar escondido em uma área que pensou estar vazia.

Zak morde o lábio. O que quer que ele estivesse prestes a dizer terá que esperar.

– Ei, Elwood.

Eles fazem aquele tipo de abraço masculino estranho, só com as palmas das mãos e os ombros. Enquanto conversam brevemente, Zak olha de relance para mim e pisca o olho.

Nossa, como esse moleque é marrento e irritante. Mas então me lembro das coisas pelas quais ele passou lá fora. Ele fez aquilo por mim, o que é mais do que qualquer pessoa fez desde que a Nichole foi embora.

Estou começando a não desgostar de Zak Duquette. Estou realmente começando a não desgostar dele.

ZAK

20:29

A convenção costuma atingir seu ponto máximo de lotação entre as oito e as onze. Todos que vêm estão aqui, e as pessoas que não vão passar a noite ainda não foram embora.

    O centro está tão abarrotado agora que é difícil se mover. Cada sala de jogos está cheia de jogadores aturdidos por cafeína, acomodando-se para maratonas que durarão a noite inteira. Os corredores estão transbordando com frequentadores, grupos conversando, cantando e começando a beber de verdade. A maioria deixou suas fantasias complicadas de lado e adotou roupas comuns. O ar fede a suor, cecê e vapores da cerveja barata fornecida a qualquer um com um crachá de adulto. Muitas dessas pessoas não têm o melhor domínio dos costumes sociais tradicionais, e ficam paradas no meio das passagens, bloqueando o caminho dos pedestres.

Espremo-me entre a multidão, destemido, seguido de perto por Ana. Estou determinado a encontrar o Clayton, mesmo que tenha que vasculhar cada cinema, seção de jogos e festa particular do edifício. Sou tão corajoso e determinado quanto Cristóvão Colombo.

Também estou igualmente perdido. Nunca encontraremos o irmão da Ana nesta confusão. Não se ele quiser continuar escondido.

Olho para trás. Ana continua com seu manto, seu arco e a aljava presa às costas. Ela é tão silenciosa quanto uma elfa assassina.

Lembro-me do que ela falou sobre a sua irmã. Jesus. Sei que engravidar é sério, mas expulsar sua própria filha de casa... Não é de se espantar que Ana seja tão cricri. Eu também seria, se soubesse que meu primeiro erro poderia ser o último.

Isso faz com que eu realmente queira encontrar o Clayton. Só para que ela pare de se preocupar. E talvez fique um pouco impressionada comigo.

– Zak? – Sua voz quase não me alcança neste corredor barulhento.

– Oi?

– Estamos andando em círculos, não estamos?

Eu poderia mentir, mas ela saberia imediatamente.

– Desculpe, Ana. Eu... acho que já não sei mais o que fazer.

Seu comportamento durão e quase raivoso não muda. Mas, por apenas um segundo, vejo um lampejo de pânico atravessando seus olhos verdes. Acho que eu não teria notado isso mais cedo.

Solto um suspiro. Só o que nos resta é a opção nuclear.

– Talvez esteja na hora de anunciar que há uma criança desaparecida. Deixar que os seguranças encontrem o seu irmão.

Ela balança a cabeça.

– Você disse que eles ligariam para os meus pais. Ou ligariam para a sra. Brinkham.

Isso é verdade. Mas nosso tempo está se esgotando.

– Ana, acho que não temos muita escolha. Quer dizer, será que seus pais não prefeririam ficar sabendo disso agora, por você, do que mais tarde, pela sra. B?

A resposta dela me surpreende.

– Está com fome? Eu estou!

Sem esperar por uma resposta, ela finca seus dedos ossudos no meu braço e me arrasta até uma pequena pizzaria.

Um garçom nos informa que eles fecharão em dez minutos, mas aceita nosso pedido de duas pizzas brotinho.

Permanecemos sentados, de frente um para o outro, em um silêncio constrangedor.

– Ana, o que está acontecendo? Você tem agido de maneira meio estranha desde o jogo de cartas.

Ela brinca com um pote de queijo ralado.

– É, lembra que eu disse que meio que causei uma confusão quando eles não me deixaram sair?

– Lembro.

– Bem... – De repente, ela solta uma risada. – Eu acionei o alarme de incêndio. Esvaziei todo o salão. É por isso que não posso pedir a ajuda da segurança. Acho que eles podem estar procurando por *mim*.

A confissão de Ana me deixa aterrorizado e ao mesmo tempo encantado. Imagino o caos que ela deve ter causado, com as sirenes ensurdecedoras e as cartas espalhadas por todos os lados. Terei que perguntar ao James sobre isso mais tarde.

– É por isso que você está vestindo este manto? Para que ninguém a reconheça?

Ela acena com a cabeça.

– Sua rebelde. De qualquer maneira, acho que ninguém ficará muito chateado por um alarme falso.

– Bem, não foi apenas o alarme... – começa Ana.

Somos interrompidos pela voz do HAL 9000 cantando "Daisy, Daisy". Confiro o meu telefone.

– Desculpe, é só a minha mãe me dando boa-noite – murmuro.

– Moram só vocês dois juntos, você e sua mãe? – pergunta Ana, enquanto respondo a mensagem.

– Sim. – Depois, lembro-me do invasor. – Bem, e o Roger.

Felizmente, o garçom traz as nossas pizzas brotinho requentadas, e eu não preciso explicar.

Ana pega um punhado de guardanapos e começa a enxugar o óleo da pizza.

– Então, Roger é o seu padrasto? – pergunta ela.

Ótimo.

– Que tal a gente não chamá-lo disso? Vamos chamá-lo do cara que apareceu do nada no ano passado e se casou com a minha mãe, enquanto ela ainda estava vulnerável.

Ela olha para mim. Eu acho. Na verdade, continuo vendo apenas o seu capuz.

– Você passa muito tempo com seu pai de verdade?

Parece que levei um tapa na cara. Como ela pode perguntar algo assim?

Espere. Eu não cheguei a contar para ela. Ela acha que meus pais são divorciados.

– Não. Eu nunca o vejo.

– Ahh.

Exatamente.

– Então, como é esse tal de Roger?

Se estivéssemos ao ar livre, eu cuspiria no chão.

– Um atletinha idiota. Não para de tentar me fazer jogar futebol americano, ser o *quarterback* titular ou algo assim.

Ana solta uma risada, forte e alta. Eu a encaro. Ela não se desculpa. Seus dentes sorriem para mim de dentro da caverna do seu capuz.

– Então, ele realmente é tão babaca assim?

Eu reviro os olhos.

– Antigamente, eu podia chegar da escola e relaxar na minha própria casa. Agora, o Roger não me deixa em paz. Ele sempre vem com um papo tipo... – Faço uma voz cartunescamente idiota. – 'Ei, Zak, quer jogar uma bola? Ei, Zak, quer jogar sinuca? Zak, o campeonato regional de tourada da Finlândia está passando na televisão. Quer assistir comigo?'

Ana catou todos os pepperonis da sua pizza. Eles desaparecem, um por um, dentro do seu capuz.

– Ele não percebe que você não curte esse tipo de coisa?

– Não estou nem aí. Só sei que minha mãe só o conhecia havia alguns meses quando ele se mudou para a nossa casa. Por que ela o convidaria para morar conosco?

Ana dá de ombros.

– Porque ela é uma mulher – responde.

– É claro que ela é... – De repente, dou-me conta do que ela está querendo dizer.

– Ana!

– Ouça, Zak. – Ela abaixa o capuz. Sua voz assume aquele tom ligeiramente mandão que me irritou tanto durante o torneio. – Sei que não gosta de pensar nela dessa maneira, mas é verdade. Você vai ter que aceitar o fato de que sua mãe precisa de um homem na sua vida.

Ela tinha um homem na vida dela. Um que a amava mais do que ninguém. Não como o Roger.

Ana continua:

– Acho que já deve fazer um tempo desde que seu pai foi embora? Seria ótimo se você conseguisse agir como um adulto em relação...

– Meu pai morreu, Ana!

Pronto, falei. Quase nunca falo sobre isso, mas falei. E agora Ana me encara, atordoada. É tarde demais para voltar atrás.

– Ele morreu há alguns anos. Câncer. Foi muito lento, e rápido demais. E é por isso que não suporto o Roger. Sim, sei que minha mãe precisa dele, mas não me importo. Ela amava o meu pai. Ela ainda estaria com ele se... sabe. Você entende como é isso, Ana?

Essas poucas frases exigiram muito de mim, fisicamente. Quase nunca falo sobre o meu pai, exceto em tons sussurrados e respeitosos, com a minha mãe. E Ana só fica sentada, boquiaberta, olhando para mim e meu ataque de sinceridade excessiva.

Boa, Zak. Jogue seu pai morto sobre a mesa. Isso só vai tornar esta noite ainda mais desconfortável.

De repente, para a minha surpresa, Ana estende o braço e segura a minha mão. Levanto os olhos, perplexo.

Ela está sorrindo para mim. É um sorriso triste. Ela continua agarrando a minha mão. Não de uma maneira que eu chamaria de romântica, mas reconfortante mesmo assim. Encaramos os olhos um do outro por um instante, e é... é legal.

– Zakory? Desculpe-me pelo que eu disse mais cedo, sobre você não saber o que é dor. Você... esconde bem.

Ela abre mais o sorriso, e eu o retribuo.

– Você sabe como sou, sempre disposto a dar uma boa risada.

Ana baixa os olhos.

– Não sei o que é perder um pai. Mas perdi a Nichole. Então... meio que sei como você se sente. Quer dizer, sei que não é a mesma coisa...

Pouso a minha mão livre sobre as mãos dela.

– Qualquer perda é uma perda, Ana. Sinto falta do meu pai, você sente falta da sua irmã. Mas ouça. Logo antes de perdermos o meu pai, naquela última semana, ele me disse uma coisa que nunca esqueci. Algo que me ajuda a encarar esses momentos difíceis.

A mão dela aperta a minha.

– O que foi?

Uma quentinha desaba na mesa, ao nosso lado.

– Vamos fechar, pessoal – diz o garçom.

Solto a mão dela.

– Mais tarde eu te conto.

ANA

20:58

A grade de segurança de metal fecha logo atrás de nós quando deixamos o restaurante. Reajusto o meu manto, enquanto Zak manda uma mensagem de texto para alguém.

Sou assombrada pela expressão nos olhos dele quando me contou sobre a doença do seu pai. Eu poderia ter apostado que nada de trágico jamais tivesse acontecido na vida deste garoto. Como ele consegue esconder isso tão bem?

Da mesma maneira que eu, imagino.

– Zak? Está quase na hora do toque de recolher. Estamos perdidos?

Ele abre um sorriso confiante.

– Não. Quase, mas ainda não. Deixe-me só...

– Ah, Huckleberry! – grita alguém do outro lado do saguão.

Eu não dou importância, mas Zak está com uma expressão tão aterrorizada no rosto que acho que ele viu o viking de novo. Sigo o seu olhar, mas tudo o que vejo é uma garota de uns quinze anos, aproximando-se de mim bem rápido. Ela é muito baixa, com cabelos pintados de carmesim e presos com força em marias-chiquinhas, usa um vestido de guingão e meias-calças listradas de branco e verde, pintou grandes sardas nas bochechas e usa um brilho cereja mal aplicado nos lábios. Uma nuvem de perfume com cheiro de frutas a circunda.

– Ah, Huckleberry! – grita ela, em um falsete afetado. – Você não me ligooooou!

Duquette fica estático, como se tivesse sido eletrocutado com um taser.

– Ah, hum, olá, Jen.

Ela arregala os olhos.

– Hihi, quem é Jen? – Ela finca o dedo indicador na própria bochecha, abrindo uma covinha na sua mandíbula.

Zak engole em seco.

– Desculpe. Olá, *Moranguinho*. Hum, essa é minha amiga, Ana. – Ele me agarra pelos dois braços e me posiciona na sua frente.

A menina faz uma reverência.

– É um prazer *grão* grande te conhecer, Ana Banana! Tenho certeza de que seremos amigas extraespeciais! – Ela volta a olhar para o Zak. – Você me disse que não viria este ano.

Zak me encara, mas eu apenas ajusto o capuz.

– Bem, foi uma coisa de último minuto.

– Nunca esquecerei o tempo fofinho que passamos juntos na Con-denação, Huckleberry. Fiquei *grão* tristinha por você não ter me ligado.

Ela esfrega o punho no canto do olho.

Zak não fala nada. Ele fica paralisado, engolindo em seco sem parar, com os olhos arregalados e apavorados. Embora ache este espetáculo hilário, e embora realmente quisesse saber toda a história por trás disto, decido resgatá-lo. Zoarei ele mais tarde.

– Hum, Moranguinho? Não queríamos ir embora, mas Zak, é, *Huckleberry* e eu precisamos encontrar o meu irmão. Ele está perdido.

Moranguinho junta as mãos no peito e inclina a cabeça.

– Ah, nossa, que notícia tristinha! Que espantoso! Posso ajudar?

Se fosse qualquer outra garota, eu diria que ela estava sendo sarcástica. Mas acho que a Moranguinho é apenas louca. Ligo o meu telefone e encontro uma foto do meu irmão.

– Você o viu em algum lugar?

– Clayty Waity! – grita ela, para a minha surpresa absoluta.

– Você o viu? – pergunta Zak, igualmente surpreso.

– Ele estava na sala de caraoquê. Cantamos 'Summer Lovin' juntos. Foi tão divertidinho!

Era o Clayton, com certeza. Ele ama esse filme. Que sorte.

– Você acha que ele ainda está por lá?

Moranguinho balança a cabeça, liberando uma nuvem nauseante de feromônios com sabor de frutas.

– Isso foi de tarde. Mas ele disse que me encontraria na... – Ela para de repente.

– Onde? – implora Zak.

O sorriso da Moranguinho desaparece.

– Você sabe o que eu quero, Duque. – Sua voz agora é mais grave, normal. Quase ardente.

Duquette me encara com a expressão de quem está prestes a fazer algo vergonhoso. Depois, ele ajeita a coluna e sorri para Moranguinho.

– Você é maravilhosa como um sorriso feito de arco-íris de sorvete. Você é linda como um narciso em um campo de jujubas. Você é adorável como um gatinho fantasiado de coelhinho.

Ela belisca a bochecha dele.

– Você é um queridinho. O Clayton disse que me encontraria no Baile dos Vampiros, esta noite.

– Obrigado, Moranguinho.

– Zak? – Ela está franzindo a testa. – Ligue-me, está bem? É sério. – Há um tom de mágoa na sua voz.

Ele acena com a cabeça.

– Vou ligar. Eu juro. – Ele realmente soa sincero.

Agarro Duquette pelo ombro e o arrasto para fora dali. Ao olhar para trás, Moranguinho sorri para mim e acena com os dedos. Não aceno de volta.

Não falo nada até alcançarmos uma pequena alcova, onde um homem vende CDs com sua própria foto na capa.

– Huckleberry?

– Eu estava solitário – murmura Duquette. – Não quero falar sobre isso. – O sorriso meio abobalhado no seu rosto prova que ele está disposto a pelo menos *pensar* sobre a Moranguinho.

O que diabos há de errado com este lugar? Primeiro a careca, agora isso. Será que as regras aqui são tão distorcidas que o Zak é uma espécie de Adônis?

– Afinal, quando é esse tal de Baile dos Vampiros? – pergunto. – Espere, deixe-me adivinhar: meia-noite.

– Você aprende rápido. Quer esperar tanto tempo assim, ou prefere pedir ao Warren para fazer um anúncio para os seguranças?

Não, não posso envolver a segurança. Não depois que acionei o alarme de incêndio. Zak ainda não sabe que acionei também os borrifadores. Talvez eu devesse fazer uma confissão completa.

De repente, a cabeça de Zak explode em uma nuvem de névoa vermelha. Por um instante confuso, acho que ele levou um tiro. Quando o copo de plástico atinge o meu sapato, percebo que, na verdade, alguém derrubou uma bebida na sua cabeça.

Um andar acima, um mezanino se estende por todo o corredor e uma menina com o rosto enfaixado nos encara com fogo nos olhos.

– O que diabos?! – late Zak, apertando os olhos por trás do líquido pegajoso.

– Sua piranha idiota! – grita a garota, mas ela não está falando com o Zak. – Você quase quebrou o meu nariz, mexendo no meu arco! Você ainda está com ele! Devolva isso! É meu! Ei! – Ela corre em direção à escada, mas já estou fugindo. Zak me acompanha, mas, no momento, minha única preocupação é escapar.

O banheiro masculino é tão nojento quanto eu esperava. Fileiras de caras se estendem sinuosamente atrás de mictórios, grunhindo e se contorcendo para abrir suas armaduras de plástico. Ninguém parece notar a minha presença ao lado da pia.

Duquette está com a cabeça enfiada sob uma torneira. A água fica vermelha com os resíduos de granizado. A bebida cobre o seu cabelo, suas orelhas, sua camisa, tudo.

A garota queria me acertar.

Zak fecha a torneira e enfia a cabeça sob o secador. O aparelho não quer ligar. Com um suspiro, ele começa a secar o cabelo com toalhas de papel.

– Tenho que dizer, Ana, você tem um talento e tanto para fazer amizades. Primeiro a Boba Fett, depois o viking, e agora a morte que vem do céu.

Não se esqueça de uma dezena de jogadores de cartas revoltados.

– Desculpe, Zak.

Ele tira a camisa e começa a encharcá-la na pia. Fico chocada com o quanto ele é pálido, mesmo para alguém de Washington, em pleno mês de março. Mais uma vez, lembro-me da situação que aconteceu mais cedo, quando o vi sem camisa. E sem calça.

Zak torce a camisa e a estende diante de si, encarando-a com tristeza. Molhada, manchada e completamente rasgada, não sobrou muita coisa. Ele força um risinho.

– Talvez eu devesse fazer topless pelo resto da noite. Dar esse presentinho para as damas. – Zak flexiona os músculos, abrindo mais o sorriso. Ele não tem nenhum músculo de verdade, mas também tem zero de gordura. E ele não é esquelético como tantos outros caras, só esguio. Como será que arrumou essa cicatriz na barriga?

– Ana? Eu estava só brincando.

De repente, afasto o olhar, envergonhada pela maneira como eu o estava encarando. Esta convenção está fazendo coisas estranhas com a minha cabeça. Tento não olhar enquanto Zak volta a vestir a camisa destroçada. No processo, ele acaba abrindo outro enorme buraco nas costas.

– Ótimo.

Eu me aproximo dele quando alguém passa para lavar as mãos.

– Você não conhece alguém que pudesse te emprestar uma roupa?

Ele levanta os ombros não muito largos.

– Claro, mas eu teria que encontrá-los, depois ir até o quarto deles. Temos tempo para isso?

Tempo? Isso me dá uma ideia. Olho para o meu relógio.

– Na verdade, acho que conheço alguém que pode te ajudar. Onde fica a ala sul?

ZAK

21:47

Não entendo como Ana pode conhecer alguém aqui, ainda mais bem o bastante para conseguir roupas emprestadas para mim. Depois que ofereço algumas direções, ela me guia até uma sala de conferências, onde um painel acabou de terminar. Leio a programação: *Crie Suas Próprias Camisetas Com Silkscreen.*
— Ana! Você veio. – Um cara robusto, que estava empacotando seu equipamento, para, com uma expressão reluzente ao ver a Ana.
Como ela conhece este cara?
Ana me puxa grosseiramente para dentro da sala.
— Oi, Arnold. Este é o meu amigo, Zak.
Ele olha para mim, estudando minhas roupas rasgadas e manchadas.

– *Walking Dead?*
– Não, só estou cansado, obrigado.
Ele volta a olhar para Ana.
– Ainda estou com a sua blusa.
O que diabos?
– Obrigada, Arnold. Você acha que conseguiria arrumar uma camisa para o Zak?

Ele me encara com uma expressão de intenso desgosto. Abro um sorriso, tentando parecer másculo e possessivo em relação à Ana, mas não um babaca nem muito exagerado, porque realmente preciso muito de uma camisa. Por sorte, já ensaiei essa expressão zilhões de vezes.

– Verei o que posso fazer – responde Arnold, forçando simpatia.

Ana não nota. Ela está conferindo o telefone.

– Obrigada. Ei, Duquette, perdemos o toque de recolher. Vou ligar para a sra. Brinkham e inventar uma desculpa.

– O que você vai falar?

Ana começa a balançar o pé enquanto pensa.

– É... pegamos um táxi para visitar o museu de arte, mas o pneu furou, e tivemos que esperar pelo reboque, depois o taxista arrumou uma briga com o cara do reboque...

Eu a interrompo, levantando a palma da mão.

– Boas mentiras são sempre as mais simples. Diga a ela que levei Clayton e você para assistir a um filme japonês no cinema de arte perto do hotel. Acabou que era a versão do diretor, mais longa, e você está ligando do saguão, para avisar que vamos nos atrasar.

Ela se volta para o Arnold, balançando a cabeça.

– Este cara é um verdadeiro artista em mentir. E obrigada pela camisa. – Ana caminha até o fundo da sala para fazer a ligação.

Quando olho para o Arnold, ele está me encarando como se eu fosse algo que quer espremer através da sua silkscreen. Não sei de onde ele conhece a Ana, mas seus planos com ela claramente não me incluíam.

– Seu tamanho é PP, não é? Todas as minhas camisetas custam trinta dólares.

– Tenho seis dólares.

– Então, acho que você está sem sorte.

Encaramos um ao outro por um instante. Nossos pescoços viram lentamente, até que nós dois estamos encarando a Ana, que está tendo uma conversa agitada ao telefone, no canto da sala. Arnold murmura algo baixinho, depois puxa uma camisa de uma caixa.

– Toma. – Ele joga a camisa para mim. Sua estampa faz com que ela pareça um smoking vermelho-fogo. Eu a visto, agradecido.

– Obrigado, camarada. E, se isso fizer você se sentir melhor, fui totalmente jogado pra *friend-zone*.

Ele abre um sorrisinho.

– Ela está te levando para fazer compras. Isso é sempre um bom sinal.

Gostaria de me gabar, mas sei que não tenho a menor chance com ela.

– Ela é muito pra mim. Minhas previsões não são muito positivas nesse sentido.

Arnold continua empacotando seu equipamento.

– É, bem, eles disseram que teríamos cidades lunares em 1990. E ninguém jamais previu a internet, ou as câmeras digitais. Às vezes, os melhores palpites dão errado, e as teorias mais improváveis se confirmam.

Aceno em agradecimento e vou me juntar a Ana. Ele limpa a garganta de maneira grosseira. Quando me viro, ele está com a palma da mão estendida para mim. Envergonhado, entrego-lhe meus últimos seis dólares.

Sentada em uma cadeira dobrável, Ana encara o seu telefone. Apesar da teoria de Arnold sobre previsões incorretas, a expressão dela não indica boas notícias.

– Ana?

Ela levanta a cabeça.

– Conversei com a sra. Brinkham. Meu avô Watson acabou de ter um ataque cardíaco fulminante. Eles o trouxeram para um hospital aqui em Seattle.

Será que esta convenção foi amaldiçoada? Seria possível que duas pessoas tivessem sortes tão horríveis?

Sento-me ao lado dela, tentando pensar em algumas palavras de consolo. Mas, estranhamente, ela não parece triste.

– O estranho é que o vovô Watson morreu há dez anos. E meu outro avô mora em Miami.

– Espere...

Ela encara algum ponto distante.

– Parece que o Clayton ligou para a sra. Brinkham mais cedo. Disse que eles levaram meu avô correndo para a emergência, e que você nos ajudou a pegar um táxi. Parece que você é tão cavalheiro que decidiu ficar lá conosco até que meus pais chegassem. A sra. Brinkham está muito impressionada com você.

Sinto as minhas mãos se fecharem em punhos.

– Seu irmãozinho tem se mantido ocupado.

Ana acena com a cabeça.

– Tentando criar um álibi para todos nós. Ele te viu na batalha, não viu? Ele sabe que estamos aqui.

– Esta é uma péssima mentira. É complicada demais. E se você tivesse falado a coisa errada? E se a sra. Brinkham decidir ligar para os seus pais?

Ana se levanta.

– Bem, por enquanto, ela está acreditando. Graças ao Clayton, estamos seguros por mais algum tempo.

– Lembre-me de agradecer a ele.

Ana boceja longamente.

– Bem, não agradeça demais. Pelo menos não na frente dele.

Meu telefone toca. Deve ser a sra. Brinkham. Paro um instante para um rápido desenvolvimento de personagem. Estou na sala de espera do hospital, preocupado, com muita cafeína no sistema e exausto.

Na verdade, isso não é muito longe da verdade. Atendo o telefone, mas não é a minha professora. É o James.

– Duque! Você, por acaso, irritou um lunático vestido como um bárbaro?

– Hum... hoje? Deixe-me pensar um pouco...

– Para de babaquice. Ele está aqui na suíte de hospitalidade, bebendo hidromel pra cacete. Ele sabe quem você é, e está pronto para arrancar os seus braços.

Que maravilha.

– Já enfrentei coisa pior.

– Duque! Ele está acompanhado de amigos. Você precisa ir embora da convenção antes que ele te encontre. Ou se esconder por algumas horas. Pode usar o quarto de hotel do Jerry.

Eu agradeço e desligo.

– Ana?

Ela me encara com seu sorriso puritano e seus grandes olhos verdes. E, embora a ideia de levá-la para um quarto de hotel pareça tentadora, não estou a fim de me acovardar agora.

Vou me acovardar em breve, mas não agora.

– Preciso de um pouco de cafeína.

ANA

21:55

Está tudo saindo do meu controle. A questão não é se tudo desabará sobre mim, mas quando. Meu próprio irmão vai nos meter em uma encrenca maior do que jamais estivemos, e o único capaz de evitar isso é um cara que acredita em hobbits.

Encostados em uma parede, Duquette e eu bebemos refrigerantes assistindo a um desfile de seres humanos passar por nós. Finalmente noto o ridículo combo de smoking e camisa que ele está vestindo. Não consigo deixar de rir.

Ele sorri de volta.

– O que realmente me preocupa é vestir uma camisa vermelha por aqui.

– Não entendi.

Seu sorriso se alarga.

– Você tem tanto o que aprender.

Desvio os olhos. É difícil me concentrar quando Zak sorri dessa maneira. Como ele consegue ficar tão calmo? Dentro de minutos, ou horas, tudo começará a desmoronar. Meus pais vão me matar, e a sra. Brinkham matará Zak. E, no entanto, aqui está ele, brincando como se não se preocupasse com absolutamente nada. Por que ele está fazendo isto, afinal? O que ele ganha com isto? Será que isso tudo não passa de um plano para me impressionar?

Zak se espreguiça, depois se inclina sutilmente para o lado, esfregando as costas. Lembro-me de quantas vezes ele se machucou esta noite. De como ele me falou sobre o seu pai, e eu contei para ele da Nichole.

Ele está sendo legal comigo... porque é um cara legal. Insolente e irritante, e com um projeto de barba horrível, mas legal.

– Ei, Zak?

Ele ajeita o corpo.

– O quê?

– É... eu queria te agradecer por tudo o que fez hoje. Sabe. Caso eu não tenha outra oportunidade para fazer isso, eu queria te dizer...

Ele franze a testa.

– Pare com isso.

– Com o quê?

– De falar como se eu estivesse prestes a invadir um batalhão inimigo. Vamos passar o dia de amanhã juntos, lembra? Sem falar da escola, semana que vem.

Eu pensava que continuaria vendo a Nichole. Nada é certo.

– Quero falar mesmo assim, Zak. Obrigada. Por tudo. Qualquer pessoa sã já teria me abandonado há muito tempo.

Ele volta a sorrir, com a mesma atitude otimista irritante.

– Me chame de Duque. E, hum, Ana, quando tudo isso tiver passado, eu e você poderíamos...

Ele para de falar, mas sua boca continua se movendo.

– O quê?

– Eu disse que talvez você quisesse... – Ele perde o fio da meada.

– Nossa, Zak, eu adoraria *murmúrio murmúrio* com você.

Ele limpa a garganta, sorri, depois começa de novo:

– Talvez a gente pudesse sair juntos e fazer algo mais tranquilo. Assistir a um filme, ou comer alguma coisa, ou algo assim.

Seu sorriso confiante nunca falha, mas o restante do seu rosto está nervoso. Isso me deixa feliz. Faz com que eu me sinta superior à Careca e à Moranguinho.

– Zak, obrigada, mas não posso. Meus pais não me deixam namorar.

Ele tenta recuar.

– Não quis dizer sair assim – diz ele imediatamente, de maneira pouco convincente. – Só como *amigos*... – Ele faz uma pausa, como se eu fosse me opor a ser chamada assim. – ... dando uma volta juntos.

Balanço a cabeça.

– Desculpe. Minha mãe e meu pai estão convencidos de que, se eu fizer qualquer coisa com um garoto, ele acabará me arrastando para algum antro de depravação.

Imagino que ele discutirá comigo, mas, naquele instante, um homem vestindo uma armadura cai de joelhos, arranca o capacete da cabeça, e começa a vomitar ruidosamente dentro dele.

Zak desvia os olhos.

– É uma atitude um pouco paranoica, não acha?

Nós dois rimos. Zak ajuda o Sir Vomitão a se levantar, que cambaleia, e nós dois permanecemos meio que parados ali. Sinto um frio no ar. Zak não olha para mim.

Não fique assim. Sei que não sou a primeira menina a te dar um toco.

E não tenho muita escolha. Não é como se eu pudesse sair de casa escondida para me encontrar com você. Isso é exatamente o que a Nichole fez.

Não que eu realmente queira sair com o Duquette para assistir a um dos seus filmes bizarros ou algo assim. Ou me sentar com ele em algum lugar e conversar. Falar sobre as questões familiares dele. Contar a ele mais sobre a Nichole. Contar com ele para me ajudar a resolver algumas coisas na minha cabeça.

– Zak?

– Hum?

– O que faremos agora?

Assim que falo isso, percebo que ele pode interpretar mal as minhas palavras. Quase esclareço que estou falando sobre a busca pelo meu irmão, mas decido não fazê-lo.

Zak dá de ombros. Noto que o gesto o leva a fazer uma careta de dor. Quanta dor física será que ele está escondendo?

– Sei lá. Acho que a gente pode dar um pulo no Baile de Vampiros e esperar que a Moranguinho não esteja alucinando de novo.

– E até lá? Será que devemos continuar procurando?

– Acho melhor não. O James ligou e disse que o Conan andou bebendo e reunindo uma horda de bárbaros para me trucidar.

Estendo a mão e dou um tapa atrás da cabeça imbecil do Duquette. Com força.

– Ai!

– Seu idiota! E você resolveu ficar parado aqui fora comigo? E se esse maluco aparecer por aqui? – Desfiro outro tapa.

– Para!

– Aquele cara tentou te matar! E agora ele está bêbado? Quer morrer, por acaso?

Ele me encara, mudo. Eu o agrido mais uma vez.

– Por que fez isso? – pergunta ele.

– Não sei. Pela violência no Oriente Médio. O aquecimento global. Qualquer coisa. – Abro um sorriso doce. Ele esfrega a parte de trás da cabeça e crava os olhos em mim.

– Bem, eu não me importaria em relaxar um pouco até a hora do baile. Em algum lugar que ninguém nos notará. Quer aprender como se joga Illuminati?

– Não.

– Podemos assistir a um filme... não, espere... – Ele confere o telefone. – Você não quer me acompanhar até o casamento de Mark e John? Ninguém nos incomodará lá. E vai ter bolo.

Só de pensar em ir para a cerimônia, já fico deprimida. Eles parecem caras legais e tudo mais, mas não posso ficar sentada durante uma hora, assistindo a duas pessoas que não conheço se casando, enquanto meu irmão perambula por aí, arruinando a minha vida.

– Zak, eu...

– Ei, é aquele filho da mãe que perseguiu a namorada do Eric!

Quem grita isso é um varapau, vestindo peles e leggings. Eu não o reconheço, mas ele encara o Zak com raiva.

– Eric! – Ele vira e grita para os fundos do corredor: – Chega aqui! É aquele cara que tentou raptar a Lisa!

Olho para o Zak.

– É a galera do seu amiguinho viking?

Zak acena com a cabeça, ainda largado sobre o banco.

– Eles não nos seguiriam para dentro do casamento, não é?

– Provavelmente não.

Nós nos levantamos, fazemos um cumprimento com punhos cerrados, depois disparamos corredor abaixo.

Conseguimos voltar para o lugar onde Zak atacou a Boba Fett. A horda parece não ter conseguido nos acompanhar, ou talvez nós os tenhamos despistado logo no começo.

– Eu perguntaria se estamos malvestidos para a ocasião, mas algo me diz que não.

As pessoas estão enchendo o salão de baile. Muitos usam vestidos e ternos, mas alguns foram vestidos de maneira mais criativa. Há ewoks, stormtroopers, klingons e uma menina com aquele biquíni da Princesa Leia.

Zak me oferece o seu braço. Eu aceito.

Somos recebidos por dois recepcionistas, fantasiados de Mr. Spock e Obi-Wan Kenobi.

– Vocês estão com os Horowitz ou os Danvers?

– Somos amigos dos dois – responde Zak.

O Vulcan nos indica a fileira vazia dos fundos.

– Vida longa e próspera.

– E que a força esteja com vocês... sempre.

Zak parece um pouco desconfortável. Talvez isto seja demais até para ele. Logo nos sentamos.

– Não vou a um casamento desde que a minha mãe e Roger resolveram juntar as tralhas. Você já esteve em algum?

– Não, eu... – De repente, sou tomada pela lembrança, que me atinge como um tapa na cara. Aquele bilhete da Nichole. Sua caligrafia linda no cartão de convite.

– Ei, Ana, está tudo bem?

Balanço a cabeça. *Pense em outra coisa, Ana.*

– Ei?

Zak não cala a boca. Fica sentado, me encarando, todo preocupado, com aqueles grandes olhos castanhos, esperando que eu fale com ele. Ele deve ser a primeira pessoa desde que... talvez, desde que Nichole foi embora, que quis ter uma conversa séria sobre mim. Apenas sobre mim.

Pensar nisso me deixa tão chocada que quase o estapeio de novo, só porque não sei mais como reagir.

– Zak, você já fez alguma coisa da qual se envergonhasse de verdade?

Ele abre a boca para responder, mas hesita.

– Hum, nada que eu queira te contar agora.

– Depois que Nichole foi embora, acho que a mamãe e o papai esperavam que ela ligasse, para implorar que eles a deixassem voltar para casa e discutir a possibilidade de adoção. Mas ela nunca fez isso. E, quanto mais tempo ela passava fora, mais eles se preocupavam. Um dia, ela nos enviou uma carta, dizendo que Pete e ela estavam morando em Olympia, e que, quando nossos pais estivessem dispostos a conversar, poderiam ir visitá-los. – Paro para respirar. – E eles se recusaram a fazer isso. Tinham um plano para Nichole, e ele não incluía ela ser uma adolescente grávida morando com um cara qualquer.

O que não conto para o Zak é que implorei desesperadamente aos meus pais para que eles deixassem que pelo menos eu fosse visitá-la, mas eles recusaram veementemente.

Mesmo quando o neto deles nasceu. Estar com a razão continuava sendo mais importante. Não apenas para os meus pais, mas também para a Nichole. Todos eles estavam dispostos a destruir nossa família, para não arredar o pé nem um centímetro.

– Então Nichole começou a me escrever. Ela não tinha um computador, mas, mesmo assim, conseguia me mandar alguns e-mails de vez em quando. A vida estava difícil para ela, mas acho que Pete e ela sobreviveram do amor que sentiam um pelo outro, e do ódio que sentiam do resto do mundo. E, depois que meu sobrinho nasceu, eles me convidaram várias vezes para visitá-los. Acho que você pode imaginar como meus pais reagiram a isso. Mas, no ano passado... no ano passado, eles decidiram que iriam finalmente se casar. Eles haviam economizado dinheiro, e as coisas iam bem. Então, eles me mandaram um convite. Na verdade... a Nichole me ligou. Ela me convidou para ser a sua dama de honra.

Estou ofegante, como se estivesse me esforçando para não passar mal. Tentando conter as lembranças terríveis. Mas preciso contar a história inteira para ele.

– E eu não fui, Zak. Eu disse para a Nichole que a mamãe e o papai tiveram um treco e não permitiriam que eu me afastasse deles.

Preciso me esforçar muito para encará-lo.

– Você já ouviu algo tão patético?

Como sempre, ele tenta me animar.

– Ana, a culpa não é sua. Você mesma disse que seus pais não são muito racionais.

Eu deveria me calar agora. Por algum motivo, o Zak parece gostar de mim. Não há por que revelar para ele a minha vergonha.

Mas ele me contou sobre o pai. Devo a ele uma lembrança dolorosa.

– Eles nem sabiam do casamento, Zak. Eles não foram convidados. Nichole não os queria lá.

– Então... – Ele deixa a palavra pairar no ar.

– Então, se eu fosse, seria por conta própria. Saindo escondida de casa e tudo mais. Já estava com tudo planejado. Eu deveria ir a um torneio de debates aquele fim de semana. Mas, na verdade, uma amiga da Nichole ia me deixar na rodoviária. Mas, se eu fizesse isso...

Enquanto me esforço para continuar, Zak termina o meu pensamento por mim:

– Seus pais teriam descoberto. E você teria se metido em encrenca pela primeira vez. – Ele não está sorrindo, mas seus olhos são calorosos e solidários.

– Eu teria que enfrentá-los, admitir que havia violado as regras e assumir as consequências. E, quem sabe, talvez isso tivesse mudado algumas coisas. Talvez eles tivessem percebido o quanto estavam sendo intransigentes. Mas... eu não consegui. Fiquei assustada demais. Acabei indo ao torneio. Perdi o casamento da minha irmã. Até hoje, não conheço o meu sobrinho. Tudo porque não consegui enfrentar os meus pais.

Pronto. Falei. Perdi um evento familiar único porque não queria levar uma bronca.

Zak coça a cabeça.

– Ninguém pode culpá-la...

– Não tente minimizar a situação! – O salão de bailes está bastante lotado agora, e vários convidados olham para mim. – Se você estivesse no meu lugar, teria ido. Teria até ido de carona, se precisasse. Sei que não há desculpa para o que fiz.

Zak desvia o olhar, e fica sentado, balançando as pernas por um tempo irritantemente longo. Depois, ele olha para mim. Preparo-me para uma resposta boboca, que explique o meu comportamento. Ele se vira para mim.

– Ana, você é uma das pessoas mais inteligentes que conheço, e eu conheço muitas pessoas espertas. Algum dia, vou te ver na televisão e dizer, 'Ei, eu a conheço. Nós costumávamos...' – Ele perde as palavras. – 'Andar juntos'. Mas, Ana, sua mãe não poderá segurar a sua mão quando você estiver sendo nomeada para a Suprema Corte, ou seja lá o que planeja fazer da vida. E, se você permitir que seus pais te usem para vencer uma briga com a sua irmã, então não terá um futuro muito bom. Talvez seja a hora de você se posicionar. Caramba, o Clayton já tomou essa decisão por você.

É fácil para Zak falar isso. Há muito mais em jogo para mim do que para ele.

– Zak, acho que você não entende muito bem como as coisas são para mim. Veja se entende o que quero dizer. Você certamente era muito próximo do seu pai. Mas você já fez alguma besteira de verdade? Já fez algo idiota, mesmo sabendo que tomaria uma bronca enorme depois?

– Claro.

– E você se preocupou que ele deixasse de te considerar seu filho depois?

– É claro que não... – Ele fica paralisado ao entender o que quero dizer com isso.

– Bem, eu penso nisso todos os dias. Vivo com medo de tirar uma nota ruim, ficar em detenção, ou acabar brigando com eles. E já estou quase terminando os estudos. Quando eu me formar, as coisas serão diferentes. Estarei na faculdade.

– Então, acho que você vai ter que segurar as pontas por mais alguns meses – diz Zak, sem muito entusiasmo.

– É. – Mas, ao responder, sei que estou mentindo para nós dois. Porque, mesmo na faculdade, ainda estarei morando na casa deles. Estudando na faculdade que eles escolheram para mim. Com um toque de recolher e ligações monitoradas, e pais que estão só esperando para eu pisar na bola. Dezoito anos sendo uma menina perfeita. A faculdade será mais quatro anos de escola secundária.

Sinto uma lágrima se formando no meu olho.

– Ana?

– Shhh. A cerimônia está prestes a começar. – Pouso a minha mão sobre a dele.

Ficamos sentados ali, de mãos dadas. Não sei o que Zak está pensando. Eu estou pensando no futuro. E na Nichole. E em como tenho culpado meus pais por tudo, porque isso é fácil. E sobre esse bobo, que até que não é nada feio, e me leva em aventuras.

ZAK

22:25

Estraguei tudo. Eu deveria ter dito algo maneiro, mas dei muito mole.

Nunca me diverti tanto em uma convenção, e só porque ela está comigo. Não paro de esperar que ela peça para eu parar de segui-la, mas ela não faz isso, e quero ajudá-la com seus problemas familiares, mas o que eu poderia falar depois de uma história assim... *E, o tempo todo, só quero falar para ela que...*

SÓ TRABALHO SEM DIVERSÃO FAZ DE JACK UM BOBÃO

SÓ TRABALHO SEM DIVERSÃO FAZ DE JACK UM BOBÃO

SÓ TRABALHO SEM DIVERSÃO FAZ DE JACK UM BOBÃO

Com um bocado de autocontrole, reprimo o ataque de pânico. Algo me diz que precisarei manter a cabeça no lugar até meia-noite, quando teremos nossa última chance de capturar o Clayton.

Um acorde de órgão silencia a multidão sussurrante. O músico começa a tocar o tema de *Jornada nas Estrelas*, depois faz uma transição perfeita para a "Marcha Imperial".

– É tão legal quando as pessoas conseguem se unir em um casamento misto – sussurro.

– Um deles é judeu, por acaso?

– Não, mas John é fã de *Jornada nas Estrelas*, e Mark gosta de *Star Wars*...

– Shh.

John e Mark surgem de alas opostas, vestindo smokings idênticos. Eles dão as mãos na frente do salão e sorriem um para o outro. Geralmente, as demonstrações de afeto entre eles me causam desconforto (sim, eu sei, não há nada de errado com isso, mas é o que acontece, está bem?), mas hoje fico emocionado pelo quanto eles estão visivelmente apaixonados.

O padre assume o pódio. Como todos os membros da sua seita, ele carrega um cachimbo apagado preso entre os dentes.

– Amados, estamos reunidos aqui esta noite, diante da Federação dos Planetas Unidos e da Aliança Rebelde, para unir estes dois homens no santo matrimônio. – Ele fala isso tudo com a lábia tranquila de um apresentador de programa de auditório. O cachimbo nunca deixa a sua boca.

– O bom livro nos diz que não devemos separar o que Deus uniu. Bem, Deus não pôde vir hoje, mas me enviou para resolver isto.

Esse verso da Bíblia me lembra alguma coisa. Onde foi que eu o ouvi? Em algum lugar desagradável. Na Grande Inquisição? Não...

Há seis meses. Na capela quase vazia da Igreja Metodista Unida. O reverendo Weiss leu esse mesmo verso diante da minha mãe e de Roger.

Minha mãe estava muito bonita, com um vestido novo, segurando um buquê de flores de seda. Roger, enfiado na mesma camisa e gravata que vestia para o trabalho todos os dias, e um terno apertado demais. Eles se encararam como um casal de bêbados paquerando.

Eu me sentei na primeira fileira, enojado pelo espetáculo. E com o sorriso mais amarelo do mundo estampado no rosto, como a armadilha de mandíbula do filme Jogos Mortais. *Havia apenas uns quinze espectadores. Alguns colegas de trabalho da minha mãe e do Roger, eu e os meus avós.*

Não apenas os pais da minha mãe, mas também os pais do meu pai. Que haviam enterrado o seu filho apenas algumas semanas antes. E agora, lá estavam eles, assistindo a sua viúva casando novamente. Eu havia esperado que eles evitassem aquela farsa trágica, mas não. Eles viajaram de avião de Los Angeles só para estar lá.

Eu me sentei, desconfortável em meu terno, entortando silenciosamente um livro de preces e tentando não gritar.

Minha mãe só o conhecia havia dois meses. Dois meses.

Esperei o padre chegar à parte onde as pessoas devem falar alguma coisa caso se oponham à união, sabendo muito bem que ficaria calado. Mas parece que eles só falam isso nos casamentos das sitcons.

O padre abençoou oficialmente a posição eterna de Roger sobre o nosso sofá. Desviei os olhos quando minha mãe o beijou. Os outros aplaudiram e nós nos arrastamos em direção à fila de recepção.

Fui o último a passar. Beijei a bochecha da minha mãe e acenei para o Roger. Ele me deteve.

– Zak. Quero agradecer a você por ter vindo. Este é o dia mais importante da minha vida, e, bem, espero poder conhecê-lo melhor. Eu realmente gostaria muito disso.

Sorri. De repente, o mundo pareceu se mover em câmera lenta, quando lancei o punho para trás e o soquei, com toda a minha força, no seu rosto gordo e sorridente. Ele não esperava por isso, e foi lançado para trás.

Minha mãe soltou um berro. O padre tentou me segurar, mas foi lento demais. Saltei sobre o Roger e comecei a esmurrar sua boca, seu nariz, seus olhos. Ele gemeu impotentemente, com sangue jorrando dos ouvidos, enquanto o rosto inanimado do Jesus no altar me encarava com um ar de condenação debochada...

Eu deveria ser escritor. Este é um final muito melhor do que o que realmente aconteceu, quando apertei frouxamente a mão de Roger e fui buscar uma fatia de bolo.

Ana me cutuca com seu cotovelo pontiagudo.

– Você está rosnando – sussurra ela. – Cala a boca.

Eu me aquieto.

O padre atingiu um crescendo:

– E você, Mark David Danvers, aceita este homem como seu legítimo esposo, para amar e respeitar, na saúde e na doença, até que a mão gélida da morte venha buscar um dos dois?

– Aceito.

– Então, pelo poder investido em mim por quaisquer deuses que estejam nos assistindo agora, declaro-vos marido e marido!

Eles não se beijam, mas apenas seguram as mãos um do outro e se entreolham por um instante prolongado.

– Eu te amo – diz John.

– Eu sei – responde Mark.

Todos suspiram, e eles finalmente se beijam.

Olho para Ana a fim de explicar os votos, mas ela está enxugando uma lágrima do olho.

– Nossa, dá para perceber que eles estão apaixonados. A maneira como eles se olharam.

É, eu também percebi. Aquele olhar de devoção profunda.

A mesma maneira *joojooflop* com a qual minha mãe e Roger se encararam. E *ainda* se encaram.

Toco o ombro de Ana.

– Preciso de bolo.

Estamos amontoados ao redor da pequena mesa do bufê. Ana observa um dos bolos, que conta com uma imagem da Estrela da Morte brasonada sobre ele.

– Era para isto ser uma lua? – pergunta ela.

– ISTO NÃO É UMA LUA! – respondem aos berros todos ao redor, inclusive eu.

Ana entrecerra os olhos, com a expressão de irritação que já conheço tão bem.

– Duquette, você é uma fonte inesgotável de cultura inútil, não é?

Fico ligeiramente ofendido.

– Olha quem fala, senhorita capitã da equipe de jogos acadêmicos.

– Isto é diferente.

– Diferente como?

– Apenas... é – gagueja ela.

– Ótimo argumento. É sério, o seu caso é tão grave quanto o meu. Te vi no torneio hoje. Você conhece mais fatos aleatórios do que eu. Admita, não há como participar dos jogos acadêmicos se você não gosta de conhecimentos gerais.

Ela passa muito tempo em silêncio. Será que falei algo errado?

– Eu odeio os jogos acadêmicos, Zak – sussurra ela. – Sempre odiei. – Ela solta uma risada, mas não está brincando.

– O quê?

– Odeio, Zak. Toda semana, gasto horas treinando e decorando informações inúteis, e agora arrastei o meu irmão junto. Arrastei *você* junto!

Estou estupefato demais para articular qualquer resposta. A garota que ralhou comigo mais cedo a respeito da importância do torneio... ela também não queria estar lá?

– Mas você é tão boa nisso! Brinkham acha que você é capaz de caminhar sobre a água.

Ana bufa.

– Só faço isso porque causa uma boa impressão em uma ficha de inscrição para a faculdade. Eles querem pessoas com muitos interesses diferentes. É por isso que participo. Com tiro com arco, é a mesma coisa. Até que poderia ser divertido, mas agora é apenas mais uma coisa idiota que tenho que fazer. – Ela estende o braço para trás, para tocar o arco preso às suas costas, mas se detém. – Não importa. Tudo isso acabará em maio. E quanto a você? O que planeja fazer depois de se formar?

Dou de ombros, mais interessado nas revelações dela.

– Faculdade comunitária, eu acho.

– Você acha? – Ana me encara, horrorizada. – Você ainda não fez a sua inscrição?

– Por que a pressa? É a faculdade comunitária. Não há exatamente uma lista de espera.

– Mas talvez as vagas das aulas se esgotem. Zak, você precisa resolver essas coisas.

– Já já eu faço isso. – *Caramba, como fomos parar neste assunto? Parece que estou em um encontro romântico com a sra. Brinkham.*

Vejo apenas uma sombra da Ana, capitã da equipe de jogos acadêmicos.

– Está falando sério, Duquette? Você não precisa marcar uma reunião com um conselheiro? E quanto aos seus livros? Não precisa entregar o seu histórico escolar?

– Resolverei tudo quando voltarmos. Ei, onde aquele cara conseguiu essas salsichinhas?

Ana dá um peteleco em uma bala de menta no meu prato. Com sua precisão de arqueira, ela quase aloja a bala na minha narina.

– Ai.

– Concentre-se, Jedi. O que planeja estudar?

– Computação.

– Seja mais específico.

Agora, estou em um encontro com a minha mãe.

– Que isso, Ana, por que todo esse papo escolar?

– Por quê? Porque esta noite vi um cara muito interessante lutar contra um samurai, engatinhar pelo sistema de ventilação e derrotar vários competidores excelentes nos jogos acadêmicos, com um mínimo de esforço. Eu odiaria que ele jogasse a vida fora e se tornasse um *fanboy* triste e obeso de meia-idade.

– Para o seu governo, eu me tornarei um *fanboy* obeso e feliz. – Como os noivos, não tenho a menor vergonha do meu estilo de vida. Então, por que o desdém de Ana me perturba tanto?

– Duquette, você está tão ansioso assim para viver mais dois anos com o Roger? Você já pelo menos considerou outras faculdades?

– Lamento, Ana, mas os comitês de bolsas de estudos não estão exatamente batendo à minha porta.

Ela inclina a cabeça.

– Ouça. O alarme de incêndio está tocando?

– Acho que não.

– Ah. Jurava ter ouvido um som fazendo miiimiiimiii – diz ela, imitando um lamento agudo.

– O que quer de mim, Ana?

Ela se aproxima de mim. Muito perto. Ouço as balas de menta caindo do meu prato, mas não consigo afastar os olhos do rosto de Ana. Noto, pela primeira vez, as pequenas linhas ao redor dos seus olhos. Linhas de risada. Ou, mais provavelmente, linhas de estresse.

– Duquette, olhe ao redor. Qualquer uma dessas pessoas poderia parar em um jornal algum dia, mas as manchetes diriam algo como 'centenas de gatos' ou 'preso por invasão de privacidade'. De você eu espero mais do que a faculdade comunitária e um cubículo.

– Olha quem está falando. Imagino que você conseguiria algo muito melhor do que a Universidade de Washington. Então, qual de nós dois está realmente dando mole?

Acho que passei do ponto, mas ela apenas joga o cabelo para trás. Ou tenta. Ele é tão encaracolado que não se move.

– A questão é a seguinte, Zak...

De repente, ela pega a sua fatia de bolo e a enfia na minha boca. Preciso tomar um gole para não engasgar.

– Já é quase meia-noite. Nossa última chance de encontrar o meu irmão. Vamos logo.

Depois de tossir e cuspir um bocado, consigo engolir o bolo. Ainda quero falar umas verdades para ela.

Ana vira e olha para mim. E pisca.

É uma coisinha de nada. Ela provavelmente não tinha nenhuma segunda intenção ao fazê-lo.

Mas eu me calo e a sigo.

ANA

00:07

Dezenas de macas estão alinhadas ao longo deste corredor. A princípio, penso que isso é o resultado da batalha que ocorreu mais cedo, mas então vejo as placas: CAMPANHA DE DOAÇÃO DE SANGUE DO BAILE DOS VAMPIROS.

– Até que isso é inteligente – digo para Zak, impressionada pela caridade inesperada.

– O quê?

– Ah, realizar uma campanha de doação de sangue com vampiros. É uma boa conexão.

Zak para de andar. Depois de um instante, ele sorri.

– Sabe, eles fazem isso desde que comecei a vir aqui, mas nunca tinha ligado os pontos. Hm.

Espero Zak dar as costas para mim para bater com a palma da mão na testa. Para um cara inteligente, Duquette consegue ser incrivelmente idiota de vez em quando. Se ele pelo menos parasse para pensar um pouco, e não fizesse piada de tudo, e aparasse a barba e se vestisse um pouco melhor... ah, não adianta.

Entramos no salão de festa. Ele é minúsculo; não muito maior do que a sala onde nos encontramos com o Arnold. As luzes estão muito baixas, é claro. Em um canto escuro, o DJ toca algo lento e húngaro. Os vampiros pairam em cantos escuros, vestindo roupas elegantes do século dezenove: homens vestem cartolas, golas de folhos e suspensórios; mulheres usam vestidos de gala com corpetes que apertam e erguem seus decotes contra seus queixos. Todos usam sombra nos olhos e pó facial para parecerem mortos (pelo menos, imagino que seja maquiagem). Para o meu alívio, ninguém está muito animado.

É impossível reconhecer qualquer um na escuridão.

– Consegue ver alguém que poderia ser o Clayton? – pergunto para o Zak.

– Sim, mas não quero cometer o mesmo erro de novo. Vamos ficar perto da porta e manter os olhos abertos.

Os mortos-vivos começam a se reunir em pares. Eles me lembram assombrações, dançando valsas na penumbra. As pessoas nos encaram. Com o meu manto e a camisa de Zak, estamos malvestidos. Mais uma vez, não me encaixo muito bem no ambiente.

– Você vem aqui todo ano? – pergunto para Zak.

– Não. – Pela primeira vez, ele não tem nenhuma história elaborada a oferecer. Continuamos parados ali, em um silêncio constrangedor.

O DJ começa a tocar outra música lenta. As pessoas mudam de parceiros, se movendo silenciosamente ao ritmo da batida, com um farfalhar de seda e o tamborilar de calçados com polainas. Isso me lembra um baile escolar.

Não que eu já tenha ido para algum. Teve aquela ocasião no ano passado, quando o Landon me convidou para o baile de formatura, e eu disse não. Não tive escolha. Meus pais não me deixariam ir para uma festa com um menino. Então, ele simplesmente chamou a Sonya.

– Ei, Ana, se liga.

Mesmo sob a meia-luz, reconheço o cabelo vermelho fluorescente da menina gorducha com um corpete mal amarrado parada perto da porta. Moranguinho. Ela está pairando perto da entrada, com as mãos presas diante do corpo. Quando um garoto entra no salão, ela abre um sorriso, que se desfaz instantaneamente.

– Ela continua esperando o seu irmão. Será que ele deu um bolo nela?

Sabia que não seria tão fácil encontrar o Clayton.

– Então, se ele não vem, onde estará?

Duquette não está ouvindo. Ele continua encarando a sua ex.

– Ela parece tão triste. Talvez eu devesse convidá-la para dançar. – Ele se afasta de mim.

De jeito nenhum.

Lanço o meu braço para a frente e o agarro pela cintura. Ignorando suas costelas machucadas, eu o puxo para perto de mim. Posiciono a mão dele na lateral do meu corpo. Depois, abro um sorriso.

Zak retribui o sorriso, mas parece um pouco assustado.

– Ou eu poderia ficar aqui e dançar com você – diz ele, segurando a minha outra mão e começando a me guiar.

Percebo imediatamente que Zak não tem nenhum ritmo. Ele me gira pelo salão a um ritmo muito mais rápido do que a valsa que vem dos alto-falantes. Ele sorri para mim, e eu sorrio de volta.

O que diabos me levou a agarrá-lo daquela maneira? Acho que não queria que ele começasse a dançar com a Moranguinho, quando deveríamos estar procurando o Clayton. Preciso mantê-lo focado na nossa busca, e não recordando os bons tempos que passou com aquela boneca viva.

Falando nisso, vasculho o salão de festas, tentando ver se o Clayton chegou. O gira-gira de Zak está machucando o meu pescoço, e o meu arco não para de cutucar a minha têmpora, mas noto que Moranguinho continua sozinha. E que Arnold também está aqui. Ele faz uma reverência para uma mulher com uma enorme máscara de dominó, que permite que ele segure a sua mão. Há uma mulher do casamento aqui. Um cara da batalha da SAC. Mas nada de Clayton.

Zak esbarra em outro dançarino e solta um gemido. Isso me lembra o quanto esta noite tem sido fisicamente extenuante para ele.

– Quer parar, Zak?

– Estou bem. É só um machucadinho na coluna.

Talvez eu não devesse tê-lo tirado para dançar. Talvez ele não esteja se divertindo.

A música termina, e Zak se afasta lentamente. Quando a música seguinte começa, pergunto-me se ele quer dançar novamente. Ou talvez ele prefira continuar procurando por Clayton. A escolha é dele. O que me importa?

– Posso interromper?

É a Cigana, a menina careca da área de cadastro. Agora, ela está com um vestido que deixa seu pescoço fino exposto, assim como as sardas bonitinhas dos seus ombros e seu amplo decote. Todas coisas que não possuo.

Como também não tenho o Zak. Ela o guia para longe de mim. Ou, pelo menos, está tentando. Acho que Zak está momentaneamente atordoado.

– Venha, Duque, você me prometeu uma dança. – Ela já está tentando colocar os braços ao redor do pescoço dele e nem olha para mim.

O que me importa se ele quiser dançar com o Tio Chico Addams? Ela o conhece há muito tempo, e está na cara que tem uma quedinha por ele, mas, se quiser dançar com ele, terá que ser por cima do meu cadáver.

Enfio-me entre eles antes de perder a paciência.

– Com licença! – diz Cabeça lustrosa, irritada.

Recuso-me a recuar.

– A licença é toda sua. Mas, no momento, estou com o Zak. Tenha uma boa noite.

A testa dela se enruga até a nuca. Ela está prestes a falar algo, mas, por fim, nós duas encaramos o Zak. A decisão é dele.

Por um instante terrível, acho que ele escolherá a bola de boliche humana, e que acabei de fazer um papelão. Mas, para o meu alívio, ele segura a minha mão.

– Deixa para outra hora, Cigana.

Voltamos para a pista de dança. Zak está com um sorrisinho no rosto. Espero que ele faça algum comentário espertinho sobre estar sendo disputado por duas mulheres, mas ele apenas sorri. Nossa, que sorriso.

Vasculho rapidamente o salão, mas meu irmão ainda não está aqui. A Moranguinho também desapareceu. Volto minha atenção para o meu parceiro. Ele continua sorrindo. Eu deveria falar que é melhor irmos embora. Deveria falar que estamos gastando tempo à toa aqui.

No entanto, continuo dançando. Para falar a verdade, não estamos dançando de verdade. Só estamos meio que parados, balançando levemente de um lado para o outro, com os rostos muito próximos.

Zak se aproxima de mim. Consigo sentir sua respiração quente na minha boca.

Ah, meu Deus, ele vai me beijar.

Nossa. Que babaca presunçoso e egocêntrico. Só porque o deixei dançar comigo, ele acha que tem o direito de apertar seus lábios contra os meus?

Mas... não é isso que ele faz. Ele só paira ali por um instante, depois se afasta.

Ah, meu Deus, ele NÃO vai me beijar. Aqui estamos, juntos na pista de dança, depois que fui obrigada a expulsar as outras garotas à sua volta, e ele não vai tomar uma atitude? Como assim?

Está bem, talvez eu realmente o tenha estapeado, gritado com ele e o chamado de idiota. Mas isso aconteceu há *várias horas.*

Zak volta a se aproximar, com um sorriso tímido.

Vamos lá, Zak. Decida-se.

Nosso narizes estão quase encostando. Ele afasta uma mecha do meu cabelo para trás da minha orelha.

O que está esperando, Duquette?

E então, ele toma uma atitude. É constrangedor e lindo.

O meu primeiro beijo.

ZAK

00:30

Ela me deixou beijá-la. Caramba, Ana Watson está me deixando beijá-la.

Diabos, ela está me beijando de volta. Nós estamos nos beijando.

É tão quente e macio e lindo. Não quero que isto termine nunca.

Falando nisso...

Afasto-me antes que a situação fique constrangedora. Preciso ir com calma, não posso forçar a barra. Não com a Ana. Não posso correr o risco de assustá-la.

Ela morde o lábio inferior e baixa a cabeça, mas continua a me encarar de maneira encabulada. Ela é uma gracinha. Queria poder dizer isso a ela. Queria poder dizer que acho ela incrível. Queria poder correr os dedos por aquela floresta de cabelos escuros e crespos. Queria poder beijá-la outra vez.

Em vez disso, apoio a minha cabeça ao lado da dela, e ficamos parados, sem dançar, apenas abraçados.

E pensar que quase passei a noite jogando cartas.

Será que devo falar alguma coisa? Aproveitar o momento? Avisar a Ana que devemos continuar nossa procura por Clayton? Falar para Ana que sinto... o quê?

Um telefone toca. Ana se afasta com um sorriso pesaroso, que se desfaz quando vê de quem é a mensagem de texto.

– É do meu irmão!

Nós dois nos inclinamos para a frente, para ler a mensagem:

OLHEM ATRÁS DE VOCÊS

Lentamente, nos viramos na direção da porta, vasculhando a sala à procura de Clayton. Não o vejo. Só consigo ver um monte de vampiros. Vejo Arnold, o cara da camiseta, tentando beijar sua parceira de dança, e solto uma risadinha quando ela evita o beijo; Kevin, um dos seguranças da convenção; e...

Opa.

Kevin. Ele estava trabalhando no jogo de Labirintos e Monstros. Ana arqueja e cobre a cabeça com o capuz, mas tenho certeza de que fomos avistados.

– Aquele cara estava no torneio – chia ela. – Ele deve ter visto quando disparei o alarme.

Ele atravessa o salão na nossa direção, mas há apenas uma porta, e ele a está bloqueando.

Ana tenta se esconder atrás de mim. Caramba, se ela acha que seus pais ficarão loucos por ela ter perdido o Clayton, imagina o que farão se ela for detida pela polícia da convenção.

Faça alguma coisa, Duquette! Pense!

Não, isso sempre me causa problemas. Hora de agir.

Arnold está ao meu lado, conversando com sua parceira de dança, uma mulher mascarada que parece querer escapar dele. Eu me inclino e pouso o braço no ombro dos dois.

– Hum, olá? – diz a mulher, com um sotaque indiano puxado.

– Você! – chia Arnold, que visivelmente já não aguenta mais olhar para a minha cara.

Olho de soslaio para Ana. Kevin a encurralou. Ela está sacudindo freneticamente o seu capuz. Não tenho mais tempo.

Solto o ombro da menina.

– Arnold, perdão. Mas estou fazendo isso pelo bem de todos.

Então, lanço o punho contra a barriga flácida dele. Ele desaba de joelhos, com um chiado de agonia e um olhar de descrença.

É a primeira vez que soco alguém com violência, e isso faz com que eu me sinta muito mal, mas meu plano está funcionando. Metade das pessoas no salão de dança viram para olhar para nós. Incluindo o Kevin.

Arnold se levanta, com uma expressão perigosa. Esse talvez tenha sido o único golpe que conseguirei acertar nesta luta. Ao menos criará uma comoção grande o bastante para distrair Kevin e oferecer a Ana uma chance de escapar.

Arnold ergue os punhos. Preciso permitir que ele me acerte uma vez. Espero que não seja no nariz.

– Tire as mãos dele!

Não vejo o rosto dela, mas, a julgar pelo sotaque, é a parceira de dança do Arnold. Um segundo depois, ela salta nas minhas costas, unhando a minha bochecha. Cambaleio para a frente. Arnold não está esperando por isso, e minha testa atinge o dorso do seu nariz. Ele solta um berro e tropeça para trás, atingindo a mesa do DJ. A música dá um salto, depois para.

– Porrada, porrada, porrada! – grito, enquanto a garota me puxa pelo cabelo até o chão. Ao nos debatermos, nossas pernas tropeçam em várias criaturas da noite. As pessoas gritam, confusas. Alguém acende as luzes, transformando o esfumaçado túmulo europeu na sala de conferências B11. Kevin está correndo na minha direção. Ana para indecisamente perto da porta. Gesticulo para que ela vá embora. Tento me levantar, mas alguém se joga contra as minhas pernas. Sou lançado ao chão. Arnold, sua parceira, Kevin e alguns vampiros muito revoltados se amontoam sobre mim.

Pena que deixei o alho no bolso de outra calça.

– Ei, moça! Vista a sua camisa!

É a voz da Ana. Arnold e Kevin olham na direção dela.

– Vocês duas! Isto aqui não é esse tipo de convenção! Não tirem as suas roupas!

Engatinho para trás, como um caranguejo. Ana ainda está parada perto da porta. Todos os homens no salão se empurram na direção da porta, desesperados para ver o que Ana estava descrevendo. Assim que Kevin se distrai, corro na direção dela. Seguro sua mão e nós...

Não temos para onde ir. A multidão está bloqueando a saída. Assim que eles perceberem que não há orgia nenhuma no corredor, estaremos perdidos.

– Venham comigo se quiserem viver.

Um homem baixinho vestindo um sobretudo apareceu atrás de nós. Sua voz tem um tom chiado e mecânico. Ele veste uma cartola, que esconde o seu rosto.

– O quê?

Ele encosta um aparelho de voz artificial contra a garganta.

– Por aqui. Agora. – Sem esperar para ver se estamos seguindo, ele corre para trás da cadeira do DJ e afasta a cortina decorativa.

Há uma porta escondida atrás dela, com a palavra MANUTENÇÃO.

Não temos tempo para pensar. Abro a porta de supetão e praticamente arrasto Ana através dela. Assim que a porta se fecha, nosso guia tira o chapéu para mim.

Clayton. Aquele vermezinho estava nos assistindo o tempo todo.

Ana fica momentaneamente atordoada pela visão do seu irmão, mas sei que não temos nem um segundo a perder. Puxando a sua mão, corro por um labirinto de cadeiras empilhadas. Levo alguns segundos para me recompor, mas finalmente alcançamos uma escadaria. Começamos a descer.

Depois de três andares, atingimos o recinto abaixo do porão. Uma porta pesada bloqueia o caminho. Eu me aproximo do teclado numérico e digito o código: 12345.

Adentramos as Entranhas. O Poço. O Covil da Laracna. O Subcomplexo.

Nas verdade, não passa de um monte de grades de estoque, do gerador, da área de acesso ao encanamento e de outras tralhas mundanas, mas a vista dos túneis iluminados por lanternas de emergência e dos armários realmente torna o lugar mágico. Lembro-me dos incontáveis jogos de pique-lanterna, RPG *live action* e caças ao tesouro dos quais participei aqui embaixo.

Ana remove o seu capuz.

– Estamos seguros? Ninguém nos seguiu, não é?

Paro para escutar, mas a única coisa que consigo ouvir é o zumbido do gerador, interrompido por um gotejar quando alguém nos andares de cima puxa uma descarga.

– Estamos seguros.

– Bem, e quanto ao Clayton? Você acha que o segurança...

– Não. Ele vai ficar bem.

A gente se senta em um banco. Esfrego o pescoço no local onde a parceira de Arnold me arranhou. Quando afasto a mão, meus dedos estão pontilhados de sangue.

– Ótimo raciocínio rápido, Ana. Nada mais certeiro como a possibilidade de ver uma menina pelada para esvaziar um salão lotado.

– Vi isso em um filme. – Ela olha diretamente para a frente, prendendo seu arco entre os joelhos.

– Pensei que estivéssemos mortos. Quando...

Ana olha para mim, com a testa franzida.

– Por que você o socou?

– Quem?

– O Arnold! – Sua voz está esganiçada e irritada. – Por que diabos você o agrediu?

– Você estava prestes a ser presa! Eu precisava criar uma distração!

– Agredindo aquele pobre coitado? – Seu tom é crítico. – Está maluco, Duquette?

– Como assim? Fiz aquilo para salvar a sua pele! Por que se importa com isso, afinal?

Ela abre a boca, mas não fala nada por um instante, como se não acreditasse no que eu havia acabado de perguntar.

– Ele é um cara legal, te deu essa camisa, e é assim que você retribui?

– Ele vai sobreviver. Eu o ajudei a parecer um lutador na frente daquela menina.

Ana balança a cabeça.

– Nem todos são imbecis como você.

– Quer dizer que agora sou um imbecil? Falando nisso, por que ele está com a sua blusa?

Ana desvia os olhos.

– Não fale mais comigo. Só... não fale nada.

Ela cruza os braços e eu encaro as suas costas. Quase me levanto e vou embora. Quase.

Sério, Ana Watson? Depois de tudo pelo que passamos, você vai ficar irritada agora? Quem se importa com o Arnold? Por acaso se importa com o que fiz por você? Acha que quero ficar neste porão com você? Você age como se gostasse de mim, depois age como se me detestasse. Tem alguma ideia de como eu estava nervoso quando te beijei? Acho que não mereço isso. Acho...

Lentamente, sem olhar para mim, Ana desliza a mão na minha direção. Ela para no meio do banco, com a palma virada para cima.

Será que ela quer que eu a toque? Não consigo ver o seu rosto. O que fazer? Queria ter um D20 agora para jogar e ajudar a tomar uma decisão.

Colocando tudo a perder, pouso a minha mão sobre a dela. Ainda sem olhar para mim, Ana fecha os dedos entre os meus.

– Ana?

– Cala a boca, Duquette. Ainda estou irritada com você.

Permanecemos sentados em silêncio, de mãos dadas, sem falar e sem olhar um para o outro.

Mas de mãos dadas.

Ao longo dos anos, já trouxe oito garotas para este porão, ou para lugares equivalentes em outras convenções. Cheguei a primeira base com oito delas, e a segunda com uma.

Mas estar sentado neste banco com a Ana Watson revoltada comigo, agarrando os meus dedos... é melhor. É muito melhor.

ANA

01:16

As coisas não deveriam terminar assim. Não consigo parar de pensar naquele beijo na pista de dança. É verdade que não tenho nada com que compará-lo, mas aquele momento com Zak... foi tão inesperado, confuso e maravilhoso. E, bem quando eu deveria estar aproveitando e relaxando por um instante, aquele segurança idiota apareceu, Zak se transformou em um bárbaro idiota, meu irmão apareceu vestido como o sr. Hyde, e agora estamos escondidos em um calabouço.

Porque é assim que acontece o primeiro beijo de Ana Watson. É claro.

Seria bom ficar um pouco aqui embaixo, evitando a polícia, os vikings, a Boba Fett, a Tributo e o Cyrax, mas sei que isso é impraticável. Além disso, continuo com raiva do Zak por ter socado o Arnold. Solto a mão dele.

– Zak? Perdemos o toque de recolher.

Ele acena com a cabeça, com um ar deprimido.

– Você tem dinheiro para pegar um táxi?

– Não. E você?

Balanço a cabeça.

– Conhece alguém que possa nos dar uma carona até o hotel?

Zak faz que sim. É claro que ele conhece. Porque ele é Zak Duquette, e sempre tem um plano.

– Conheço um cara. Ele não está aqui, mas sempre acorda muito cedo. Vai nos levar.

Eu me levanto. Zak faz o mesmo.

– Por aqui, Ana. O túnel passa por baixo do edifício, até o saguão. De lá, ligarei para ele.

Conseguimos caminhar em silêncio por trinta segundos antes que Zak abra a boca de novo:

– Sabe, nem tudo está perdido. Na verdade, existe uma saída fácil para esta situação.

Quero acreditar nele. Quero pensar que Zak Duquette tem uma solução para o nosso dilema que não envolva uma viagem no tempo, ou a construção de sósias robóticas de nós mesmos.

– Diga.

Ele sorri para mim, o seu velho sorriso lisonjeiro.

– É tão fácil que não acredito que não pensei nisso antes. Vou simplesmente dizer para a sra. Brinkham que tudo isto foi culpa minha.

– O quê?

Ele abre ainda mais o sorriso.

– É perfeito. É só dizer que arrastei Clayton até aqui, e que você me seguiu para tentar resgatá-lo. Ela acreditará nisso. Protegerei você e seu irmão. Problema resolvido!

Juro que quase o estapeio de novo.

– Duquette, você é idiota?

Sua expressão murcha.

– Acha realmente que vou deixar você levar a culpa por essa confusão? Acha que vou lançar você aos lobos, só porque isso é mais fácil? – Ele realmente não deve esperar muito de mim.

Zak dá de ombros.

– Ouça, Ana, você passou a noite inteira me dizendo que seus pais te crucificarão. Bem, dessa forma a gente evita isso. Minha mãe não se importará se eu me meter em uma pequena confusão. E, se eu repetir na matéria de saúde, e daí? Não vou para Harvard mesmo.

Tento agarrar as suas lapelas, mas elas não passam de pinturas na sua camisa.

– Você acha que eu penso que você acha... – Respiro fundo e começo de novo. – Você acha que tenho tão pouco respeito por você assim? Que não é importante para mim?

Sua expressão fica confusa.

– Você é um idiota, Duquette, mas isso não é culpa sua. E quando encontrarmos a sra. Brinkham, eu a encararei, olharei diretamente nos seus olhos... – Abro um sorriso fraco. – ... e culparei Clayton por tudo isto.

Zak começa a falar alguma coisa, mas eu me viro e me afasto. A oferta dele de fazer o papel de herói realmente mexeu comigo. Será possível que ele me enxergue como uma pessoa tão egoísta? Realmente acha que tudo o que fez por mim esta noite significa tão pouco para mim?

Desacelero o passo, para Zak me alcançar. Olhamos de relance um para o outro, mas logo desviamos os olhos. Droga, logo quando começo a tolerá-lo, fica tudo uma bagunça.

Talvez eu possa voltar a vê-lo. Não na escola, mas talvez possa aceitar a proposta dele de sair qualquer dia desses. É só explicar as coisas para a mamãe e o papai. Eles entenderão.

Claro, até parece. Um desfecho tão provável e realista quanto os filmes do Zak. O que quer que a gente quase tenha começado um com o outro, já era.

É uma pena, porque, às vezes, até que ele tem um lado encantador e heroico.

– Meu Deus, olha esta bagunça!

Às vezes.

Zak está apontando para uma pilha de sacolas de fast-food e outros pedaços de lixo que alguém deixou espalhados sobre o chão. Um panfleto da Washingcon prova que a bagunça não foi feita por um funcionário do hotel.

– Tem gente que parece ter sido criada em chiqueiro. – Para a minha surpresa, ele se ajoelha e começa a catar o lixo.

– Para com isso, Zak. Isso não é problema seu.

Ele continua enfiando embrulhos em uma sacola do McDonald's.

– Ana, a Washingcon não é exatamente uma convenção qualquer. O Warren me disse que os donos do edifício adorariam que a gente parasse de vir. E, se eles receberem reclamações o suficiente, terão uma desculpa para nos expulsar daqui. Aí, teríamos que nos reunir em outra cidade, como Portland. Eu odiaria isso. – Ele enche demais a sacola e o fundo gordurento rasga.

Agacho-me para ajudá-lo.

– Esta convenção realmente é o centro do seu universo, não é? – Estremeço ao tentar imaginar que tipo de acordo faustiano a sra. Brinkham o obrigou a aceitar para convencê-lo a perder isto.

Zak junta o lixo em uma grande bola gordurosa e o enfia em uma lixeira.

– Quando o meu pai morreu – diz ele, com as costas viradas para mim –, não saí de casa por dois meses, exceto para ir para a escola. Às vezes, nem isso. Mas, quando começou a Washingcon, eu fui. Isso me ajudou a superar. Aqui... aqui é o meu lugar feliz. – Zak olha para mim. – Isso é meio idiota, não é?

Não acho nada idiota.

– Eu gostaria de ter um lugar feliz.

Olhamos um para o outro por muito tempo. Acho que nós dois estamos esperando que o outro tome alguma atitude. Zak acaba piscando, depois aponta para uma mochila marrom de vinil que alguém esqueceu no chão.

– Olha isso. – Ele pega algo no chão, ao lado da mochila. É a ponta de um "cigarro" enrolado a mão. Isso explica o odor levemente adocicado no ar.

– Você já fumou um? – pergunto.

Ele abre um sorrisinho.

– Uma vez. No ano passado. Aqui mesmo, aliás.

Não sei muito bem o que pensar sobre isso.

– Como foi?

– Eu... – Ele solta uma risada. – Tossi tanto que acabei vomitando.

Eu o beijo imediatamente. Um beijo rápido, mas forte.

– Uau! – diz ele, cambaleando um pouco. – Por que você fez isso?

Porque você não mentiu e disse, "Cara, eu fiquei tão chapado!", como muitos outros caras teriam feito.

Estendo o braço e soco o ombro dele de leve.

– Por nada.

– Ei! – late uma voz. – O que estão fazendo aqui?

Um homem vestindo um macacão nos encara de um corredor lateral. Ele é jovem, mas suas feições parecem gastas pelo tempo, como alguém que viveu muito rápido e intensamente. Seus olhos arredondados nos encaram, desconfiados.

– Esqueci a minha mochila – diz Zak, com uma confiança enfastiada. Ele pega a mochila abandonada, segura a minha mão e me puxa adiante.

Zak me guia por um sinuoso corredor de fundos, até alcançarmos um elevador de carga. O trajeto de volta ao primeiro andar é curto, e o tempo todo não paramos de nos mexer. Não fazemos isso por um motivo específico. Acho que só estamos agitados depois de quase sermos pegos, pela falta de sono, e, bem, por outros motivos.

Logo alcançamos o edifício central. Embora o evento esteja bem mais vazio, a festa está começando a esquentar. Literalmente. Há tanto calor humano que parece estar fazendo uns duzentos e cinquenta graus. Os homens tiraram suas camisas. E as mulheres também, revelando seus corpetes, roupas íntimas e armaduras. Um homem vestindo uma máscara de carrasco serve licor de um barril de madeira, para dentro de um recipiente de couro de um sátiro.

Zak me acotovela. Em um canto isolado, dois frequentadores estão encostados contra a parede, dando um amasso sério. Arquejo ao perceber que eles são o Arnold e a menina mascarada do baile.

– Eu disse que ele se daria bem com a briga. Fiz com que ele parecesse um guerreiro ferido.

– Ah, cala a boca.

Zak solta uma risada.

– Vou deixar isto na recepção, rapidinho – diz ele, levantando a pequena mochila.

Olho para o meu arco, melancolicamente.

– É melhor você se livrar disto também, eu acho.

Zak vasculha a mochila e folheia maços amassados de papel quadriculado.

– O que está fazendo?

– Tentando descobrir a quem isto pertence. Talvez eu conheça o dono.

Isso não me surpreenderia. Se o papa aparecesse por aqui e apertasse a mão do Zak, acho que todos perguntariam, "Quem é aquele com o Duque?".

– Ei, Zak, você vai ligar logo para o seu amigo, para arrumar a nossa carona?

– Sim, vou... – Ele para de falar, fascinado por algo no fundo da mochila.

– O que foi?

O rosto branquelo dele fica ainda mais pálido. Algo está inquietando o inabalável Zak Duquette. Meu Deus, não tem uma cabeça humana ali dentro, não é?

– Zak?

Ele não responde. Não olha para mim. Espio cautelosamente pela abertura da mochila.

Aninhado entre algumas camisas velhas, vemos um saco de plástico, cheio de um pó fino e branco. Não é grande, mas é grande o bastante.

Por incrível que pareça, não me desespero. É como se eu estivesse assistindo a um filme, e duas outras pessoas tivessem acabado de cometer um grave erro de julgamento.

Zak claramente não vê as coisas da mesma maneira. A mochila começa a tremer na sua mão.

– Ana, isto é cocaína! – sussurra ele, um pouco alto.

– Como você sabe?

– O que mais poderia ser?

– Não sei. Heroína?

Isso não acalma o Duquette. Ele fica estático, encarando a mochila na sua mão, com o suor se acumulando na testa. É a primeira vez que o vejo tão nervoso, e isso não me ajuda a ficar tranquila.

– Ana, você sabe o que acontecerá comigo se alguém me pegar com esta porcaria?

– Eles não vão te pegar. – Parece que terei que assumir o controle da situação. Pego as roupas e papéis soltos do chão e os enfio na mochila. Zak fica rígido, com olhos arregalados.

– Prisão, Ana! Não posso ir para a prisão! Você sabe o que acontece com caras como eu lá dentro? Você já assistiu a *Um Sonho de Liberdade*, não?

– Acalme-se, Duquette! Agora mesmo.

Ele para de tremer, mas agarra a mochila com tanta força que as juntas das mãos ficam brancas. Termino de encher a mochila e a fecho.

– Isto não tem nada a ver conosco. Está vendo a mesa de cadastro? Vá até lá, diga a alguém que encontrou isto no banheiro, e o problema será deles. Não nosso. Entendeu?

Zak apenas me encara. Eu o chacoalho.

– Zak! É só ir até lá e deixar a mochila. Isto não é problema nosso. Será como se nunca tivéssemos visto nada. Isto nunca aconteceu.

– Certo – chia ele. Com a sutileza de um homem carregando uma bomba, ele se vira para ir.

De repente, duas mãos escuras agarram os nossos ombros.

– Venham comigo. Os dois.

ZAK

01:46

Sei que é o Warren, antes mesmo de me virar e ver a máscara. E está mais do que claro do que isto se trata.

– No meu escritório. Agora. – Warren não está nada feliz.

Ana parece nauseada, mas eu até que estou um pouco feliz que ele tenha nos encontrado. Eu e Warren temos história. Com um pouco de convencimento, e alguma lembrança dos tempos em que o próprio Warren burlava as regras, livrarei a pele da Ana em pouco tempo. Depois, poderemos dar cabo da mochila e acabar com esta noite ridícula.

Ele nos guia por uma porta onde está escrito SEGURANÇA, e entramos em uma pequenina sala cercada por monitores de televisão. Ana se senta melancolicamente. Eu me jogo ao seu lado. Warren se senta de frente para nós, encarando-nos por trás da sua máscara indecifrável.

É melhor acabar logo com isto.

– Então, qual é o problema? – pergunto, distraído pela imagem de uma garota de harém dançando na câmera três.

– Sua amiga ativou um alarme de incêndio no torneio de Labirintos e Monstros, Zakory. Não adianta negar; as câmeras de segurança registraram tudo.

Abro um sorriso, como se todos nós fôssemos rir muito disso um dia.

– Warren, Warren, Warren. Acho que me lembro de um certo rapaz, para quem estou olhando neste exato momento, que, uma vez, mijou em uma viatura da polícia. Todos já cometemos loucuras na convenção.

Posso jurar que os olhos alienígenas dele se entrecerram por um instante.

Sem me abalar, continuo:

– Veja só, o Cyrax estava mexendo com a Ana. Ele não queria deixá-la sair da sala. Ela entrou em pânico, mas quem poderia culpá-la? Se quer culpar alguém, acho que deveria ser o Cyrax. Não é, Ana?

Ela não responde; apenas encara o próprio colo. Warren não fala nada. Não sei por que todos estão tão sérios.

– Tranquilo, Warren. Foram só algumas sirenes. Nada demais.

Ele não responde. Apenas levanta o controle remoto e o aponta para o monitor. Vejo a imagem granulada e em preto e branco de um torneio de cartas. Reconheço o Cyrax. Fico satisfeito ao ver Ana enterrar o seu punho na barriga dele.

– Viu! Ele não a deixa ir embora. A culpa não foi dela. Não...

A Ana do vídeo estende a mão e puxa o alarme de incêndio. O Cyrax se afasta, e Ana corre...

Por que todos os jogadores estão levantando com um salto? O que está caindo do teto?

Warren se vira para mim.

– Quando Ana puxou o alarme, ela ativou os extintores de incêndio.

Sinto que levei um chute na boca do estômago. Lembro-me de James guardando cuidadosamente suas cartas em protetores de plástico, e só as tirando na hora da batalha. Viro para a minha companheira.

– Você se esqueceu de mencionar esse detalhe, Ana. – Não acredito que ela não me contou a história completa. Ela fez com que tudo parecesse não passar de um mal-entendido. Todas aquelas cartas. Sem falar dos tapetes, das mesas, de tudo.

Ana levanta o rosto e olha para mim, em agonia, com uma expressão de culpa.

– Desculpe, Zak. Eu não sabia que os extintores de incêndio seriam ativados.

– Você deveria ter me contado!

– Cala a boca, Duque – diz Warren. – Lidarei com você depois.

De repente, o tom autoritário de Warren me irrita. Se ele quer ser levado a sério, deveria tirar essa máscara.

Ana está acuada, mas não derrotada.

– Desculpe. Desculpe mesmo. Mas aquele cara não queria me deixar ir embora, e ninguém queria me ajudar. Entrei em pânico, não tive escolha.

– Você poderia ter chamado um segurança, srta. Watson, agora o centro de convenções não devolverá mais o depósito caução de dois mil dólares, e provavelmente deveremos mais do que isso. Fora as centenas de cartas que foram destruídas. Fora o fato de que o torneio ficou sem vencedor. Fora o fato...

Esmurro a mesa. Embora eu não esteja satisfeito com as meias verdades da Ana, preciso assumir um lado.

– Fora o fato de que aquele idiota estava mantendo a Ana refém! Ouça o que está dizendo! Ela precisou tomar uma atitude para conseguir escapar!

– Zak – alerta Ana, gesticulando para a mochila de contrabando no meu colo. – Calma.

Respiro fundo. Sei que Warren está em uma encrenca enorme por causa daqueles extintores de incêndio, mas não é possível que ele planeje sacrificar a Ana por isso.

Ele balança a máscara.

– Desculpe. Terei que entregar a Ana para as autoridades. Não tenho escolha.

– Mas...

– Não tenho escolha! – enfatiza Warren.

Ana está completamente pálida. Temo que ela esteja em estado de choque. Seus olhos verdes são círculos apavorados. Todos os seus pesadelos estão se transformando em realidade.

Warren tem provas contra ela. Ele vai chamar a polícia. Eles a levarão para a delegacia e ligarão para os seus pais.

Ana baixa a cabeça, provavelmente imaginando isso tudo, e coisas piores. Além disso, perderemos o resto do torneio de jogos acadêmicos.

Game over, cara. Game over.

– Warren – começo a dizer. – Por favor. Pelos velhos tempos.

Aquela máscara idiota me impede de ler a sua expressão.

– Desculpe, Duque, mas você não tem nada a ver com isso. Se quiser ajudar a sua amiga, ligue para os pais dela e os avise sobre o que está acontecendo.

Ana parece prestes a desmaiar. Acho que é isso que me leva a tomar uma atitude drástica.

– Você quer chamar a polícia, Warren? Está bem. Faça isso. Mas, quando eles chegarem, mostrarei a eles esta surpresinha que encontrei no porão.

Minha ação dramática perde um pouco o impacto quando sou obrigado a vasculhar entre um monte de roupas velhas, à procura do saquinho. Eu o lanço sobre a mesa. O pacote de pó branco desliza e para bem na frente do Warren. Ele dá um salto para trás na sua cadeira, assustado, depois aponta seus olhos alienígenas e inexpressivos para mim.

– Duquette! – grita Ana, horrorizada.

– Que tal? Encontrei isso no porão. Isso vale mais de cinco mil. – Assumindo que *Grand Theft Auto* esteja falando a verdade. – Alguém deve estar enlouquecido atrás disso. Então, vamos chamar a polícia. Adoraria mostrar para eles o tipo de coisa que acontece por aqui.

Os olhos de Warren pulam repetidamente do saco para mim, eu acho. Ana fica apenas sentada na sua cadeira.

– Eles vasculharão cada centímetro deste lugar, tentando descobrir a quem pertence isso. Eles trarão os cachorros.

Prenderão todos os menores de idade que estiverem bebendo, todos os maconheiros deste lugar. Acha que o pessoal do centro de convenções está puto? Espere só até eles realizarem uma batida completa. Acha que eles nos deixarão voltar algum dia?

– Acalme-se, Duque.

– Não, Warren. Você queria levar isto até as últimas consequências, então vamos levar isto até as últimas consequências. Talvez eu diga para os policiais que há mais disso por aqui. Talvez eles vasculhem cada quarto do hotel. Talvez eu ligue para os jornais, para que eles noticiem a grande batida de drogas. – Paro para limpar a saliva no meu queixo.

– Duque! – late Warren.

– A escolha é sua. Ou você deixa a Ana ir embora, ou fecharei a Washingcon. Talvez para sempre.

Nossa. Eu realmente acabei de dizer isso?

– Zak, não... – diz Ana, mas eu a interrompo com um movimento de corte. A escolha é do Warren. Espero não ter ido longe demais.

Depois de um longo instante, ele guarda o saquinho em uma gaveta.

– Vocês dois. Saiam da minha frente. – Pela sua voz, dá para perceber que ele está com muita raiva. – Quero vocês fora daqui até o nascer do sol.

Nós dois nos levantamos, tremendo.

– E não voltem mais aqui. Nenhum dos dois. Nem amanhã, nem no ano que vem, nunca.

Nossa. Banido da Washingcon para sempre. Ouvi dizer que isso era possível, mas, como a garota que perdeu o braço ao colocá-lo para fora da janela do ônibus escolar, ou o garoto que ganhou apenas carvão do Papai Noel, sempre acreditei que isso não passava de uma história para assustar criancinhas.

Ana fica parada, tremendo um pouco. Seguro o seu braço delicadamente e a puxo para fora da sala. Espero até a porta se fechar atrás de nós. Espero até alcançarmos o meio do corredor. Depois, começo a correr.

– Zak, espere!

Eu não paro. Fui banido da Washingcon para sempre. Nunca mais poderei voltar.

Preciso ficar sozinho.

ANA

02:30

É mais fácil seguir o Zak do que a trama de um livro sobre vampiros, mas não o acompanho. Sou a última pessoa com quem ele deveria estar agora. Sigo-o de longe até a parte do hotel do centro de convenções. Ele entra escondido no refeitório, onde servem o café da manhã. Não entro imediatamente. Espero cinco minutos para que ele possa se recompor. Depois, junto-me a ele na sala escura.

As cadeiras estão empilhadas de cabeça para baixo sobre todas as mesas, menos uma. Zak está sentado na escuridão, com o rosto enterrado nos braços, parecendo um bêbado desmaiado. Ele levanta a cabeça um pouco quando me aproximo. Durante um instante, consigo ver seus olhos, refletindo a luz do saguão. Ele me lembra o Uma vez-ildo.

Zak, eu estaria morta se meus pais tivessem que me buscar na delegacia. Sei que sou culpada pelos extintores, mas obrigada por desviar a culpa. Obrigada por abrir mão da coisa mais importante da sua vida.

Em vez de falar isso, apenas paro atrás dele. Pouso as mãos nos seus ombros e começo a massagear seu pescoço e costas. Já vi a Sonya fazendo isso com o Landon quando ele fica chateado. Sempre parece acalmá-lo.

– Ana? – murmura Zak, depois de algum tempo.

– Sim?

– Isto está me machucando muito. Por favor, pare.

Paro imediatamente. Abaixo uma das cadeiras e me sento ao seu lado.

Será que ele quer que eu vá embora? Será que, quando ele finalmente se sentar direito, pedirá que eu vá embora? Para sempre. Quer dizer, não é todo dia que arruinamos a vida de alguém. Se ele quiser me expulsar daqui, terá todo o direito de fazê-lo.

Lentamente, ele se senta em uma postura ereta. Não dá para enxergar direito à meia-luz, mas seus olhos parecem avermelhados.

Boa, Ana. Você conhece um cara legal que gosta de você, que abriria mão de tudo por você, e você o destrói completamente. Ótimo trabalho.

– Zak, eu...

Ele balança a cabeça.

– Não se desculpe. Você não fez nada de errado.

– Mas...

– Estou cansado do Warren agindo como se fosse o Jesus da Washingcon. Se Cyrax estava mexendo com você, impedindo que você fosse embora, é ele quem deveria ser arrastado para a delegacia, não você.

– Mas o problema não era seu, Zak. Sei o que isso significa para você.

– O problema é meu, sim, Ana. – De repente, ele se levanta e começa a deixar a sala, lento o bastante para que eu consiga alcançá-lo.

De volta à convenção, as coisas continuam animadas. As pessoas cantam, bebem e fazem malabares. Continuo impressionada com este mundo que nem sabia que existia. Um mundo do qual quase fiz parte.

– Ei, não é o fim do mundo – diz Zak, com a expressão animada de um coveiro. – Agora, terei tempo de sobra para me dedicar a todos aqueles projetos paralelos que tenho deixado de lado. Aquele laser do Apocalipse não se construirá sozinho.

– Você poderá treinar suas técnicas de combate.

A beirada da sua boca levanta de leve. Talvez eu ainda consiga vê-lo sorrindo de novo.

– Ou talvez trabalhar no meu roteiro. Mas você terá que ser a protagonista.

O sorriso está quase se formando.

– Eu aceito. Mas sem cenas de nudez.

– Ah, Ana. Tudo pela arte.

– Eu quero ler o roteiro primeiro.

Zak se volta para mim, e sua boca se alarga. Ele vai sorrir. Zak Duquette voltará a sorrir para mim, e tudo ficará bem.

De repente, seu rosto murcha. Todos os seus músculos se fecham em uma carranca. Seus olhos perdem o brilho. Suas costas se curvam.

Porque eu o destruí. Eu o arruinei. Fomos amigos por um dia, e roubei tudo que importava para ele.

Caminhamos lentamente em direção à saída.

– Zak? Se isso serve de consolo, minha vida teria acabado se eu tivesse sido presa. Obrigada.

De repente, o meu telefone toca. Quase não o ouço por trás do chiado de um Darth Vader que passa por nós.

Quem estaria me ligando no meio da noite?

Como sempre, Zak percebe o perigo imediatamente.

– Não atenda, a não ser que seja o Clayton. Você está apagada no hotel, ou em uma sala de emergência, no hospital.

Confiro o número, apavorada.

– É o meu pai.

Zak faz uma careta. Nós dois olhamos para o aparelho, até que ele para de tocar. Alguns segundos depois, ele volta a tocar, com um tom que indica que há uma mensagem de voz.

Acesso a mensagem no viva voz, mas meu dedo fica paralisado antes que eu consiga ativá-la. Zak segura a minha mão delicadamente e aperta o botão.

– Ana! Aqui é o seu pai. A sra. Brinkham acabou de me ligar, dizendo que você e Clayton estão visitando seu avô no hospital. Não sei em que tipo de confusão vocês estão se metendo, mas pode ter certeza de que acabou. Já informei a sua professora que vocês mentiram para ela. É melhor voltarem imediatamente para o hotel. Sua mãe estará lá amanhã de manhã para buscá-los no torneio.

Apoio-me no braço do Zak à procura de apoio. De apoio de verdade. Sinto que estou prestes a desabar. Mas a mensagem ainda não terminou.

– Você não tem ideia do quanto estou decepcionado. Principalmente com você, Ana.

Guardo o telefone no bolso, depois encaro o Duquette.

– Bem, é isso. Eu... – *Ah, que se dane.* – Estou ferrada.

– Calma. Vamos pensar em alguma coisa. – Já consigo ver as engrenagens ardilosas girando na cabeça dele.

– Você não entende, Zak. Meu pai já disse isso antes. Para a Nichole. Na noite em que ele a expulsou de casa.

– Ah, Ana...

Dou uma fungada.

– Zak? Hoje mais cedo, você falou que seu pai te disse alguma coisa que o ajudou a atravessar tempos difíceis. O que foi? – Um pouco de consolo agora não me faria mal.

Zak desvia o olhar. Ele fica parado por um instante, lembrando.

– Na verdade, foi a última vez que falei com ele, Ana. Ele entrou em coma aquela noite, mas conversamos muito aquele dia. E nunca esquecerei isso. Ele olhou para mim... olhou para mim...

Zak leva um instante para se recompor.

– Ele olhou para mim e disse, 'Filho. Às vezes, a vida é uma merda, não é?'

Espero pelo resto da história, pelas palavras inspiradoras. De repente, percebo que é só isso.

O pior é que o sr. Duquette tinha razão. A vida realmente é uma merda. De verdade.

De repente, começo a rir. Do absurdo de estar em uma convenção de quadrinhos no meio da madrugada. Do fato do meu irmão estar por aí zanzando como um lunático. Do fato de eu estar correndo o risco de ser presa. Do fato do meu primeiro beijo ter sido com o último cara de quem pensei que seria amigo. Gargalho sem parar.

Em seguida, abraço o pescoço de Duquette, enterro o rosto no seu ombro e começo a chorar.

E, durante alguns minutos, ficamos parados, abraçados, e fingimos que nossos mundos não acabaram de desmoronar.

ZAK

02:51

Ana me abraça, soluçando baixinho. E não há nada que eu possa fazer para melhorar as coisas.

Eu costumava acreditar em finais felizes. Costumava aceitar essa coisa de felizes para sempre em tecnicolor. Não importa o quanto a situação fique preta, o Indiana Jones sempre derrotará os nazistas. Han e Lando explodirão a Estrela da Morte, e John McClane matará os terroristas com piadinhas mordazes. Sempre acreditei nisso.

Até que o papai ficou doente. Depois, percebi que tudo isso não passa de fantasias de Hollywood.

Como agora, por exemplo. Entrei na lista negra da Washingcon, e a garota de quem eu estou realmente começando a gostar, a garota que era muita areia para o meu caminhãozinho, mas que está se interessando por mim, será assassinada pelos pais.

Ana afasta o rosto do meu peito cedo demais. Ela limpa o nariz na manga do seu manto, umá atitude que, de alguma maneira, parece incrivelmente doce.

– Zak? Você disse que conseguiria uma carona?

Ah, de volta ao mundo externo, frio e sem graça. Fui banido, e precisamos ir embora.

– Sim, ele se levanta às quatro e meia, deve chegar aqui lá pelas seis.

– Quer esperar no estacionamento? Não quero dar de cara com nenhum segurança.

Esperar no frio do lado de fora por três horas. Isso soa deprimente. Mas Ana tem razão, precisamos sair daqui. A não ser...

Eles provavelmente não pensariam em nos procurar *lá*. E é melhor do que ficar de bobeira no frio e no escuro.

– Ana? Já que esta é a minha última noite aqui, será que você gostaria de...

– De o quê?

– De participar do *filk*?

ANA

03:05

Puff, o verme mágico, vivia na lixeira...

Há cerca de quarenta de nós amontoados em uma minúscula sala de conferências. Metade das pessoas carrega violões. Todos seguram uma cerveja, uma jarra, um copo de plástico, ou algum recipiente para beber. A folha de madeira compensada da mesa de conferência começou a entortar e formar bolhas, por causa de bebidas derramadas. O padre do casamento está sentado na cadeira à minha frente. Se não fossem as baforadas ocasionais saindo do seu cachimbo, acharia que ele não estava nem respirando.

Todos estão cantando. Zak me explicou que o *"filk"* é um tipo de roda de música folk, uma velha tradição da convenção. E embora eu não reconheça uma única música, todos aqui parecem saber todas as letras de cor. É claro.

Duquette para no corredor e cobre o ouvido com o dedo, enquanto fala ao telefone. Estou começando a ficar chateada com ele por ter me arrastado até este lugar. Depois lembro que, por minha causa, esta será a última noite dele aqui. Não posso julgá-lo por querer se divertir um pouco antes de ir embora.

Mas eu meio que desejava que a gente passasse essas últimas horas sozinhos. Só eu e ele.

Zak guarda o telefone e se junta a mim.

– Ele chegará por volta das seis.

– Quem?

Ele não escuta. Pelo menos, não a mim. Um cara, que deve pesar uns cento e oitenta quilos, urra uma música suja, de duplo sentido, e Zak está prestando atenção a ele. Todos estão. Ele é gordo, cabeludo e feio, e tem mais amigos do que eu jamais terei.

– Duquette! – digo, irritada.

– Desculpe. – O sorriso dele desaparece quando Zak se lembra da confusão na qual estamos. Ou pelo menos conclui que não deveríamos estar nos divertindo agora.

– Ana, quer ir embora? – Sua voz não soa manhosa. Ele parece genuinamente preocupado.

– Não precisamos ir embora.

– Ah, está muito barulhento aqui. Há um Denny's do outro lado da rua. Vou comprar alguma coisa para você beber.

É a última noite dele aqui, suas últimas horas na convenção, e ele está disposto a ir embora mais cedo, só porque percebeu que não estou à vontade.

Mas esta talvez seja também nossa última chance de ficarmos sozinhos juntos por um bom tempo. Prefiro passar esse tempo em um restaurante vinte e quatro horas do que ouvindo estes estranhos cantando sobre seus fetiches.

– Obrigada, Zak.

Nós nos levantamos. Ele segura o meu braço. Não consigo decidir se é uma atitude doce ou irritante.

Logo antes de alcançarmos a porta, o cara gordo termina a sua apresentação.

– Ei, Duque! Duque, você não está indo embora, está? – Ele tem um sotaque britânico, que tenho quase certeza de que é falso.

– Bem... – Zak aponta para mim, para ele mesmo, depois para a porta.

– Duque! Não sem uma canção! Por favor!

Logo, todos na sala clamam:

– Duque! Duque! Duque!

Ele olha para mim, encabulado.

– Pode ir, Zak.

Ele abre um sorriso de gratidão, e voltamos para a sala. Sento-me ao lado de uma garota de rosto arredondado, que usa óculos e um chapéu de Sherlock Holmes.

– Você já ouviu o Duque cantando? É hilário.

Balanço a cabeça. Já vi Zak fazendo muito mais do que cantar esta noite, o que me torna única em meio a estas pessoas. Mas ele só me conhece de verdade há um fim de semana. Pelo que eu saiba, esta noite talvez não passe de mais uma convenção louca para ele.

Zak caminha até o centro da sala e pega o microfone do dirigível humano. Todos aplaudem. Zak abre um sorriso. O mesmo sorriso que eu gosto, mas voltado para todo mundo. Para a tribo dele.

– E aí, quem aí é de outra cidade? – Por algum motivo, todos caem na gargalhada.

Todos aqui entendem as piadas internas. Menos eu.

– Doug, eles te soltaram mais cedo? Ei, Hope, você está linda!

A garota Sherlock baixa a cabeça e dá uma risadinha. É irritante.

Depois de animar a plateia mais um pouco, Duquette começa a música. E, imediatamente, fica claro que ele não sabe cantar. Quer dizer, ele simplesmente não tem voz. Ele canta "Piano Man", mas com letras parodiadas, passando longe do tom e do ritmo certos. É horrível.

Mas ninguém parece notar. Porque ele é engraçado. Está à vontade. Ele é popular.

De repente, percebo que, apesar de tudo o que aconteceu esta noite, Zak vai ficar bem. Esta pode ser a convenção preferida dele, mas ele frequenta outras. E, dentro de alguns anos, outra pessoa assumirá o cargo do Warren, e tudo estará perdoado. Zak voltará, beijará outra menina, e dirá para ela o quanto ela é especial.

Zak caminha lentamente ao redor da sala, cumprimentando os caras, piscando para as meninas. Ele não olha para mim.

A canção termina e seus lacaios o aplaudem de novo. Um sutiã voa da plateia e Zak o agarra. Eu teria ficado com muita raiva se tivesse sido uma mulher a jogar aquilo.

Tanjo o fio do arco irritadamente, esperando que Zak acabe. Ele tenta devolver o microfone, mas o gorducho o empurra de volta. Um cara com um sintetizador no colo toca um acorde e a plateia comemora. Todos começam a cantar uma canção acelerada, com diferentes seções do público cantando bordões de vários personagens de *Jornada nas Estrelas*. Zak comanda todo o show, é claro. Seu rosto se abre em um sorriso de alegria. Ele se esqueceu completamente do Clayton, da cocaína, dos jogos acadêmicos, do viking... e de mim.

– E agora, só os homens: ELE ESTÁ MORTO, JIM!

Esta será a vida de Duquette. Para sempre. Ele arrumará algum tipo de emprego em assistência técnica, e frequentará convenções como esta todo fim de semana. Morará com a mãe até finalmente perder a paciência com Roger e se mudar para um apartamento. Ele continuará namorando meninas geek, até finalmente se casar com uma menina chamada Moonbeam, engordar cinquenta quilos e assumir o cargo de Warren.

Zak nunca terá responsabilidade alguma, mas, mesmo assim, viverá feliz para sempre.

– Agora, as damas: TELETRANSPORTE-ME, SCOTTY!

Mas eu não. Passarei o verão inteiro pagando por esta única noite. Mesmo que Duquette tenha razão, que esta noite idiota seja toda culpa do Clayton. Não fiz nada de errado, exceto pela posse de cocaína.

– Este lado da sala: DISPARAR TORPEDOS FOTÔNICOS!

Depois, vou para a faculdade, estudarei todas as noites e conseguirei algum tipo de emprego que exige oitenta horas semanais de trabalho e muitas reuniões. Quase nunca verei a Nichole ou o Clayton. Casarei com algum cara bonito e seguro e terei dois filhos. Meus pais ficarão orgulhosos. Nunca mais visitarei outra convenção como esta.

Nunca mais voltarei a ver o Zak.

– Este lado agora: ISSO É ALTAMENTE ILÓGICO!

Porque é assim que o mundo funciona, não é? Você pode se esforçar muito e ser muito triste, ou não fazer nada e ser feliz. Gostaria de ter me dado conta disso antes de gastar tantos anos com a primeira opção.

– AUDACIOSAMENTE INDO!

A canção termina, e todos na sala caem na gargalhada. Duquette continua não olhando para mim. Eu me levanto, pego o arco e sigo em direção à porta. Preciso de ar fresco.

A menina Sherlock, que havia levantado durante a última canção, entra na minha frente.

– Não vá embora ainda!

Tento empurrá-la para abrir caminho.

– Ei, você precisa nos dar uma canção primeiro! São as regras, vamos lá... – Ela confere o meu crachá. – Ana.

Duquette se materializa do meu lado.

– Esta noite não, Hope. – Ele tenta passar do lado dela.

– Ei, só uma canção! – grita Doug, o gordo.

– Agora não! – respondo, com um rugido. Zak franze a testa.

Todos começam a me vaiar. Por que as pessoas estão me vaiando? Por que nada do que faço é bom o bastante? Preciso sair daqui.

– Ei, espere aí. Você nos deve uma canção. Que tal a música do 'Peanut Butter Jelly'?

– 'Peanut Butter Jelly'! – grita a multidão. Alguém começa a esmurrar a mesa. – 'Peanut Butter Jelly'!

Eles me lembram um monte de pacientes mentais barulhentos. Só quero ir embora deste edifício, sair na noite fria e fugir de toda esta insanidade. Sigo em direção à porta.

– Por favor, Ana – diz Hope. – Relaxe um pouco. Não quer se divertir uma vez na vida?

Chega. Dou meia-volta e ando até a mesa. Os participantes do filk começam a comemorar. Abro um sorriso breve, agarro a borda da mesa e a empurro para a frente. Ela desaba no chão, em uma chuva de partituras, drinques e peças de fantasia.

A sala inteira fica em silêncio.

Passo por cima da mesa desabada, cruzo por Duquette e saio da sala.

ZAK

03:20

Eles falarão sobre isso durante anos na Washingcon. Uma hora, a Ana estava sentada, silenciosa e triste, e, do nada, ela começou a jogar coisas para todo lado, como um pai na Liga Juvenil de Beisebol.

Por que diabos resolvi levá-la para aquele lugar? Estava claro que ela precisava ir para um lugar tranquilo, menos estressante. E, por Dobbs, por que resolvi cantar daquele jeito? Foi como se eu dissesse para ela que não dava a mínima por ela estar chateada.

L'esprit de l'escalier.

Tive que permanecer na sala de *filk* por mais alguns minutos, desculpando-me e ajudando a catar as coisas do chão. Felizmente, ela não quebrou nada e a maioria das pessoas achou o incidente mais engraçado do que qualquer outra coisa. Na verdade, só eu fiquei preocupado de verdade.

Ana provavelmente não vai mais querer falar comigo. Por que não a levei para o Denny's? Por que sempre estrago tudo? Por que não fiz aquele trabalho idiota da aula de saúde?

Meu telefone toca. Graças a Zeus, é uma mensagem de texto da Ana:

NO ESTACIONAMENTO DOS FUNDOS.

Do outro lado do complexo, é claro. Corro por acres de corredores, esperando encontrar Ana antes que ela volte a agir como uma psicopata.

O estacionamento está vazio, exceto por alguns carros de funcionários. Está chovendo de novo, uma chuva fina, mas constante.

– Ana?

– Aqui, Zak.

Fico apavorado ao vê-la deitada, estirada no asfalto, com o arco apoiado contra uma lixeira. Corro até ela, temendo que algo terrível tenha acontecido.

Ana me encara com um sorriso enorme. Seu manto está molhado pela água da chuva. Ela balança os braços e as pernas.

– Estou fazendo anjos de cascalhos! – grita ela, com uma voz quase infantil. – Junte-se a mim!

Eita. Ela pirou. Enlouqueceu. Já ouvi falar disso. Às vezes, uma pessoa inteligente simplesmente surta de vez. Preciso levá-la de volta para dentro.

– Ah, não fique tão preocupado – diz Ana, em um tom normal. – Estou bem.

Mas ela não se levanta. Sem saber ao certo o que mais devo fazer, espremo-me entre os carros e me deito diante dela, com nossas cabeças quase tocando. O chão está duro e molhado. A água pinga no meu rosto e escorre para dentro dos ouvidos.

Para a minha surpresa, Ana levanta a cabeça, se arrasta para trás, e a apoia no meu ombro. Faço a mesma coisa. Usamos um ao outro como travesseiros. A chuva para de escorrer para dentro do meu nariz, e, de repente, o estacionamento não parece mais tão desconfortável.

– Ana? Você está bem?

– Não quero falar sobre isso.

– Não faça isso, Ana. Converse comigo. Acho que mereço pelo menos isso.

Há um longo silêncio, perturbado apenas pelo som monótono e constante do chuvisco.

– Você realmente quer saber o que está me perturbando?

Aceno a cabeça contra o ombro dela.

– Está bem. Quando eu tinha cinco anos, pedi ao Papai Noel por um cachorrinho, mas ganhei uma Barbie. Quando eu tinha oito, Nichole ganhou uma bicicleta nova, e fui obrigada a andar na bicicleta antiga dela. Clayton estava levando essa encenação de Menino Prodígio bonitinho há anos, e já estou de saco cheio. Não tenho nenhum amigo de verdade. Passei dois meses fazendo campanha por um deputado que acreditei se importar muito com educação, mas, assim que ele foi eleito, votou por cortar fundos para a educação. Nichole não para de me dizer que ainda vou me desenvolver, mas aqui estou eu, com dezoito anos, e continuo usando sutiã tamanho PP. Não posso dirigir, nem sair de casa sem informar aos meus pais para onde estou indo.

O sr. Klein me escreveu uma carta de recomendação para a faculdade, mas é neutra e evasiva. Quase fui presa esta noite, e você resolve participar de um caraoquê, seu panaca. Está chovendo. Todo mundo acha que meu nome se escreve com dois Ns. Estamos no século vinte e um, e a maior parte dos cidadãos do mundo vive na pobreza. E o meu irmão continua desaparecido.

Continuo deitado, absorvendo tudo isso.

– Tamanho PP, só? Sério?

– Duquette!

– Desculpe. – Faço uma pausa. – Mas não é nada disso que está perturbando você de verdade.

De repente, ela se senta, fazendo a minha cabeça desabar no chão, com um estrondo doloroso.

– Não, Zak. O que me incomoda de verdade é que nunca faço nada divertido, nunca faço nada para mim mesma. E talvez não possa culpar os meus pais por tudo isso, sabe? E, dentro de alguns meses... esquece.

Eu me sento e a encaro.

– Não, o que foi?

Continuamos sentados, de pernas cruzadas, encarando um ao outro sob o chuvisco.

– Não importa. Não sou dona de você.

O que ela quer dizer com isso?

– Ana, não consigo ler a sua mente. É só me dizer.

Ana sacode as mãos, como se tentasse moldar um pensamento abstrato em forma de palavras.

– Zak, dentro de alguns meses, nós dois iremos para escolas diferentes.

Inacreditável. Estou tendo aquele papo de fim de namoro no meio do nosso primeiro encontro.

– E, mesmo que eu consiga escapar de toda a loucura com a minha família, você continuará aqui, com todos os seus amigos e suas convenções, e todas as suas namoradinhas.

– Minhas o quê?

Os olhos verdes dela me analisam.

– A Moranguinho, a Cigana, uma menina qualquer na sessão de *filk*. E tenho certeza de que existem outras.

Talvez uma ou dez, mas acho melhor não mencionar isso agora.

– Ana, o que isso tem a ver com qualquer coisa?

Ela abre um sorriso triste para mim, de alguém que traz notícias desagradáveis.

– Não pertenço a este mundo, Zak. Não me encaixo. Esta noite foi especial, mas sei que você teria se divertido mais com...

Ela está perdendo as estribeiras de novo. Tomo a decisão precipitada de compartilhar uma lembrança que eu havia quase reprimido completamente.

– Ana, há alguns meses, topei com a Cigana no cinema. Ela estava com alguns amigos e, quando eu disse oi, fingiu não me conhecer. Apenas fingiu que eu era um esquisitão, que ela nunca tinha visto antes. E, se não fosse por você, eu mesmo assim teria dançado com ela esta noite. Isso é o quanto sou patético. Confie em mim, estou feliz porque estava com você. Eu me diverti muito.

Ana ri alto.

– Não, não se divertiu.

– Você tem razão. Foi tudo um inferno. Foi a pior convenção de todos os tempos e por sua culpa. Mesmo assim, estou feliz porque você estava aqui comigo. – *Pegue um pouco mais leve, Duque.* – Quer dizer, ontem eu pensava que você era a rainha do gelo, uma metida. Estou feliz por ter conhecido esse lado seu.

Felizmente, ela ri.

– É, bem, sempre pensei que você fosse um vagabundo com problemas mentais.

– Talvez nós dois estivéssemos certos.

Ela segura as minhas mãos.

– Não, estávamos errados.

Quero tanto beijá-la, mas não consigo arruinar o momento.

– Zak, obrigada por esta noite inesquecível.

– É, bem, espero que não seja a última. Se sairmos de novo, prometo que haverá menos drogas e violência.

– Combinado. Mas nós dois estaremos mortos amanhã, é claro. – Ela abre um sorriso triste.

– Essa é a previsão lógica. Mas a minha teoria é que não há como as coisas piorarem para nós. Vamos superar tudo isso. Você vai ver.

– Essa é uma teoria bastante improvável, Zak.

– Isso não significa que ela não possa acontecer.

Ana solta as minhas mãos.

– Onde fica o banheiro feminino mais próximo?

– Hum, passando pela entrada para deficientes, por ali.

Ana se levanta, acaricia a minha cabeça e pega o arco. De repente, seu telefone toca. Ela o examina.

– É a sra. Brinkham. – Ela desliga o telefone... completamente. – Você vem, Zak?

– Já vou. E me chame de Duque.

Ela começa a caminhar em direção ao edifício.

– Ei, Zak, desculpe pelo meu surto lá atrás. Estava demorando para acontecer. Espero que ninguém tenha ficado muito chateado.

– Ana, você perdeu a linha na canção do 'Peanut Butter Jelly'. Parabéns. Agora, você é uma de nós. Receberá suas orelhas de Spock pelo correio.

Ela vai embora com um grande sorriso estampado no rosto. Eu a assisto, até ela entrar, em segurança, depois me apoio contra um Nissan. Talvez ela realmente queira me ver de novo. Talvez a gente encontre o Clayton e consiga voltar com segurança. E seus pais não fiquem muito nervosos. Ou a sra. Brinkham.

Talvez.

De repente, percebo que não estou sozinho. Um cara está parado perto de mim, me encarando. Este carro deve ser dele.

– Desculpe, eu... – Olho para ele. É um cara alto e desgrenhado, na casa dos quarenta. Veste uma camisa de flanela e a sombra de um sorriso no rosto. E ele tem uma arma. Um revólver. Ele o aponta para mim. E, embora haja muitas pistolas falsas na Washingcon, esta parece muito, muito... real.

– Olá – digo, já que não tenho uma armadura para me proteger.

– Olá – responde ele, em um tom moroso e simpático. Ele abaixa a arma. – Acho que você está com algo que me pertence.

ANA

04:01

Mergulho o rosto na água gelada da pia, mas isso não me ajuda muito a acordar. Estou prestes a desabar de cansaço. Tenho certeza de que me sairei muito bem no torneio, desde que a minha mãe me deixe ficar. E desde que Clayton dê as caras. Se aquele pestinha não aparecer na reunião matinal, eu o matarei.

Lembro-me do que Zak disse. De como ele quer continuar saindo comigo. Quando eu for uma caloura na faculdade. Quando, talvez, eu finalmente crie coragem bastante para dizer aos meus pais que eles não podem mais ditar o que faço.

Mas pode ser que o Duquette tenha só falado isso da boca pra fora. Depois de conhecer meus pais, talvez ele decida namorar alguém menos complicado. Acho que terei que esperar para ver.

Levanto novamente o capuz e saio do banheiro. Paro no final de um longo e escuro corredor, longe das festividades comuns, e espero.

Espero. E espero. Confiro o banheiro masculino, mas ele está vazio. Confiro o estacionamento. A chuva parou, mas Zak não está lá. Ligo o meu telefone, mas ninguém ligou. Ligo para o telefone dele, mas ninguém atende.

Minha cabeça está girando. Zak certamente não saiu andando por aí. Quer dizer, vamos embora dentro de umas duas horas, não é? Ele não encontrou amigos e resolveu curtir mais uma festa, não é? Ele teria me ligado, pelo menos.

Espero mais um pouco. Depois, decido que estou cansada de esperar. Volto para o saguão, atenta para a polícia. O lugar está praticamente vazio, exceto por alguns Stormtroopers sem capacete largados contra a parede. A convenção atingiu o seu ponto mais baixo. Todos já foram embora.

Não faça isso, Duquette. Agora não.

Cambaleio em direção a um banco. Se Zak não me ligar, dizendo onde está, na próxima meia hora, eu...

– Ana Banana! Ana Banana!

A Terra tem mais ou menos sete bilhões de habitantes. Se eu tivesse que listar as pessoas que mais quero ver agora, a Moranguinho estaria na heptabilionésima posição.

– Ana Banana! – Ela corre até mim. Suas sardas estão manchadas e uma das suas marias-chiquinhas se desfez. – Tenho uma notícia *terrível!*

– Agora não, Moranguinho.

– Mas a coisa mais não sorridente está acontecendo! – Ela junta as mãos na frente do peito. – Os céus acinzentados estão...

Não quero ficar aqui conversando com a ex-namorada psicopata do Duquette.

– Estou ocupada.

– Mas...

– Vá embora!

Dou as costas para ela, e quase sou lançada ao chão quando ela repentinamente agarra os meus cabelos, recusando-se a soltá-los. Ela me gira dolorosamente, até que a encaro novamente. Seu rosto está retorcido de raiva.

– Ouça, sua vadia idiota – late ela, com uma voz grave e quase masculina. – O Duque está em perigo! – As palavras ecoam pelo saguão cavernoso. Ela solta o meu cabelo.

– O quê? Que tipo de perigo?

Os olhos dela estão arregalados de medo.

– Eu... os vi subindo as escadas. O Duque e um outro cara. Eles não sabem que eu os vi. Ana, ele estava com um revólver apontado para as costas do Duque.

– Moranguinho, você está imaginando coisas. Deve ter sido alguma arminha de água. Eles deviam estar brincando. – Assim que digo isso, eu mesma não me convenço. Zak não teria me abandonado, a não ser que algo sério estivesse acontecendo.

– Eles não estavam fingindo, Ana Banana. Duque... ele parecia apavorado. Deixei o meu telefone no quarto do hotel. – Ela começa a soluçar. – Ai, isto não é muito feliz! Isto não é nada feliz!

Como diabos Duquette foi de reserva dos jogos acadêmicos a refém em menos de doze horas?

O saquinho de cocaína. Alguém descobriu que nós o pegamos. Alguém o quer de volta, desesperadamente.

– Ouça, Moranguinho...

Meu telefone toca. Com um pressentimento terrível, eu o pego. Zak me enviou um arquivo de vídeo. A Moranguinho se aperta do meu lado quando eu pressiono o *play*.

O pequeno monitor está escuro. Ouço a voz de um homem que não conheço.

>Homem: Não está funcionando.
>
>Zak: A luz está acesa, está funcionando.
>
>Homem: Não, está... pronto, agora sim.

A imagem gira rapidamente, fora de foco, quando o telefone é movido. Ela finalmente dá um zoom em um rosto humano. É o Zak. Ele está encostado em um muro de tijolos, sorrindo para a pessoa que está filmando.

Eu e Moranguinho soltamos um grito de horror. A testa de Zak está cortada e sangrando, e seu olho direito está quase fechado de tão inchado.

>Zak: Ei, Ana, tive um contratempo. Pode ir embora sem...

A imagem fica borrada quando o telefone é movido rapidamente. Não dá para entender o que está acontecendo. De repente, ouvimos o som de um golpe e Zak solta um grito breve.

Todo o meu corpo fica dormente. Agarro a mão da Moranguinho, rezando para que isso não passe de uma piada idiota do Zak.

A imagem entra em foco de novo. Zak está estirado em um chão de concreto, agarrando sua boca sangrenta.

>Homem: Você está com algo que me pertence. Traga-a para o telhado do Edifício A, den-

tro de uma hora. Caso você não apareça, ou chame a polícia...

A imagem volta a se mover. De repente, um pé vestindo botas dispara e atinge as costelas do Zak.

Zak, Moranguinho e eu gritamos em uníssono.

Homem: Uma hora.

A tela fica preta. De repente, há uma pausa, mas o vídeo não termina.

Homem: Espera aí, como eu mando isto?

Zak: (com dificuldade) Aperte o ícone de enviar.

Homem: Não estou encontrando.

Zak: Me dá isso aqui.

A mensagem termina.

A Moranguinho desaba de joelhos e começa a hiperventilar, mas quase não noto.

Tudo na vida desaparece: Clayton, meus pais, Nichole.

Zak está em apuros. Apuros de verdade. Pior do que qualquer coisa que qualquer um de nós dois jamais tenha vivido.

Não posso pedir a ajuda de ninguém, e ninguém poderá resolver isso por nós.

Preciso salvá-lo. Tudo depende de mim.

Meu Deus, tudo depende de mim.

ZAK

04:20

Está congelando aqui no telhado, mas pelo menos parou de chover. Eu me apoio contra a saída de exaustão do aquecedor para me esquentar. Com meu único olho que ainda abre, observo o meu sequestrador, sentado silenciosamente em um cano exposto, mal iluminado por uma luz de segurança.

Até que ele não é um cara feio. É mais velho, e desgrenhado, mas tem um estilo elegante e campestre. Ele fica sentado, olhando para mim, com o revólver em uma mão e o meu telefone na outra... parado, assobiando incessantemente "The Entertainer". Ele não sorri.

Bem, vou morrer. Claro que já pensei isso antes. Várias vezes esta noite, na verdade. Mas minha sorte não vai durar para sempre.

Estou tão enojado comigo mesmo por permitir que ele ligasse para a Ana. Quando ele exigiu que eu encontrasse alguém para recuperar a sua mochila, entrei em pânico. Depois, ele começou a me agredir com a arma, e não consegui raciocinar direito. Espero que Ana tenha o bom senso de chamar a polícia, ou apenas fugir.

Ela certamente não será burra o suficiente para vir até aqui.

Esfrego meu rosto dolorido. O cara continua me encarando. Ele está desesperado e violento. Eu deveria ficar calado. Mas, para falar a verdade, estou cansado de joguinhos psicológicos. Preciso saber quais são os planos dele. Preciso romper o silêncio.

– Então, você é um traficante? – pergunto.

Ele acena com a cabeça.

– E como está se saindo nessa profissão?

Sua boca estremece em uma sombra de sorriso.

– Nada mal. Os horários não são muito bons, mas o pagamento é bacana. Faço isso desde que abandonei a Universidade de Washington Tacoma, há uns quinze anos.

– Ei, uma amiga minha está indo estudar lá no outono.

Isto está indo bem. Estamos conversando. Estamos estabelecendo laços. Talvez ele não jogue o meu cadáver no porto.

Ele guarda o meu telefone, depois coça a barriga.

– E você, moleque? Está na escola?

– Último ano. Provavelmente ingressarei na universidade comunitária, semestre que vem.

– Provavelmente? Você já não deveria ter se inscrito?

Ótimo. Agora, um traficante de drogas psicopata está enchendo o meu saco a respeito da minha educação. Mudo de assunto.

– Então, esta é a sua primeira vez na Washingcon?

O homem levanta e se espreguiça, com a pistola apontada na direção do estuário de Puget.

– Sabe, muitos caras, na sua situação, estariam gaguejando e implorando.

Dou de ombros, fingindo tranquilidade e tentando esconder o meu terror absoluto.

– Isso me ajudaria de alguma maneira?

– Não. E sim, esta é a minha primeira vez aqui, e, para ser sincero, este lugar é muito estranho. Estava lotado de gente, e era um ótimo local para fazer a entrega do meu produto. Você deveria ter deixado a mochila onde estava, moleque. O que diabos estava pensando?

– Tudo não passou de um mal-entendido. Pensei que alguém tivesse esquecido a mochila lá.

– Por sorte, eu tinha um olheiro. Ele percebeu que você não era a pessoa que deveria buscar o pacote, e te seguiu.

Certo, agora é a hora de me rebaixar.

– Eu realmente, realmente não queria interferir. Você não sabe o quanto lamento tudo isto. – E o quanto estou apavorado. Nunca estive tão encrencado.

– Você lamentará de verdade se sua amiga não aparecer.

Jesus, Ana, por favor, espero que você tenha ido embora.

– Posso pedir um favor?

– Você não para de falar nunca, moleque?

– Para falar a verdade, não. E é por isso que, se não me falha a memória, você é a terceira pessoa a me espancar hoje.

Mas, falando sério, nada disto é culpa da Ana. Se ela não conseguir pegar o seu pacote de volta, desconte em mim, não nela.

Ele se coça de novo. Noto que ele faz isso com frequência.

– Essa Ana é a sua namorada?

Levo um segundo para pensar.

– É complicado.

– Malditos jovens de hoje em dia! – grita ele, de repente. – Com toda essa baboseira de é complicado, *amizade colorida* e *friend-zone*. Vou te dar um conselho, moleque: ou você está dentro, ou está fora. Seja homem, não um filhotinho de cachorro carente.

Surpreendentemente, fico ofendido.

– Ela me viu pelado hoje mais cedo.

– Bom começo. Mas pode ficar tranquilo. A não ser que ela tente algo idiota, não farei nada com ela.

Eu sei, tenho certeza, que deveria ficar de bico calado, mas pergunto mesmo assim:

– E quanto a mim?

Ele sorri, depois solta uma gargalhada.

– Sigo a tradição do grande Luigi Vampa. – Ele explica antes que eu tenha a chance de perguntar. – Um personagem de *O Conde de Monte Cristo*. Um fora da lei. Sempre que ele raptava alguém, oferecia aos seus amigos um prazo para trazer o resgate. E, quando eles se atrasavam...

Engulo em seco.

– O quê?

– Ele oferecia mais uma hora. – Ele volta a se sentar.

– Um homem bom.

– Depois, ele matava o refém.

Ele volta a assobiar.

255

ANA

04:41

A Moranguinho agarra a minha mão e choraminga enquanto a guio na direção do escritório da segurança. Preciso pegar aquela mochila de volta. Se eu conseguir, aquele cara soltará o Zak. Todos ficaremos bem.

A não ser que Warren a tenha jogado fora, ou a entregado para a polícia. Ou se o escritório estiver fechado. Ou se alguém estiver lá. Ou se a devolvermos ao traficante, e, mesmo assim, ele não ficar satisfeito.

Estamos quase no escritório. Solto a mão da Moranguinho.

– Moran... Jen, olhe para mim.

Ela levanta o rosto, encarando-me com seus olhos pequenos e redondos. O lábio inferior dela estremece.

– O que acha que aquele homem malvado fará com o querido Duque?

Quero muito, muito estapeá-la, mas preciso da ajuda dela.

– Algo muito ruim. Ouça, preciso invadir o escritório da segurança e roubar uma coisa. Preciso que você monte guarda.

– Ah, Ana Banana, acho que essa não é uma ideia muito boazinha!

Uma convenção cheia de soldados espaciais, ninjas e romulanos, e é logo a ela que sou obrigada a me aliar.

– Apenas me siga. Estamos fazendo isto por... por Duque. Por favor.

Jen acena com a cabeça. Nos aproximamos do escritório da segurança. Consigo ver uma luz acesa através do vidro fosco. Vemos um faxineiro muito jovem sair da sala e esvaziar um cesto na sua lixeira sobre rodas.

– Agora! – sussurro. – Distraia aquele cara!

Felizmente, ela não discute. Saltitando como uma bailarina psicótica, ela se lança na direção do zelador confuso.

– Dance pela manhã! – grita ela. – Será um dia ensolarado e brilhante como uma jujuba! Dance comigo!

– Hum, olá – diz o homem, com uma expressão que mistura diversão e medo.

– Dance comigo... – Ela confere o macacão dele. – ... Duane! Duaney Wayney bo baney! – Agarrando-o pelos braços, ela o arrasta em uma valsa para longe, e seu cesto de lixo desaba no chão.

Esta é a minha chance. Atravesso a porta correndo, entrando no minúsculo e cavernoso escritório. A minha volta, monitores exibem imagens de várias salas da convenção. Confiro as telas, esperando ver Zak. Exceto por algumas pessoas sonolentas jogando jogos de dados, não há ninguém à vista.

Mergulho em direção à mesa e começo a abrir desesperadamente as gavetas. Felizmente, nenhuma delas está trancada.

Não encontro a mochila. Vasculho a mesa duas vezes, mas não vejo o saco de cocaína em lugar nenhum. Confiro um gabinete e outra mesa, mas noto, com uma sensação crescente de desesperança, que Warren se livrou das drogas.

Espio pela porta, mas o corredor está vazio. Esgueiro-me para fora, e olho ao redor. O carrinho do zelador continua lá, mas minha companheira desapareceu.

– Moranguinho? – chamo.

Ouço um tinido e um grunhido de dentro de uma porta com a palavra DEPÓSITO. A porta abre de supetão e o zelador tropeça para fora, encarando-me com uma expressão chocada. Baixando a cabeça, ele tranca o escritório da segurança e sai correndo.

Espiando para dentro do armário, vejo a Moranguinho, ajeitando a blusa. Ela olha para mim com um sorriso irônico.

– Hihi.

Fugimos corredor abaixo. Paro ao ver uma porta com as palavras ESCADA: ACESSO AO TELHADO.

– Encontrou o que estava procurando? – pergunta ela, arrumando seu cabelo bagunçado em um rabo de cavalo.

– Não está mais lá.

Ela faz um beicinho.

– Será que é hora de ligar para a polícia?

Penso nisso. Seria fácil. É só discar os números e deixar que outra pessoa cuide do problema. Ou eu poderia procurar o Warren. Ou o Kevin. Ou poderia ligar para os meus pais.

Então me lembro daquele vídeo terrível, do homem chutando o Zak. É um cara desesperado, e, se notar que eu o entreguei, entrará em pânico. Isso seria ruim para o Zak. Na verdade, seria péssimo.

– Escute, Jen. – Minha voz parece tirá-la do seu torpor, e ela me encara com uma expressão menos lobotomizada do que o normal. – Vá até o portão de entrada. Fique lá. Se não receber notícias minhas ou do Zak até as cinco e meia, chame a polícia. Conte tudo para eles.

– O que... o que você vai fazer?

Respiro fundo e pego a aljava do meu ombro. Removendo minhas últimas flechas sem ponta, enfio a mão no fundo e pego um pequeno saco de pano. Algo que veio com as flechas, mas que pensei que só usaria no treino de tiro.

Moranguinho arqueja, e eu começo a fixar as pontas de caça nas flechas. As pequenas pontas farpadas reluzem sob as luzes fluorescentes que zumbem sobre as nossas cabeças.

– Ana?

Achei que ela fosse continuar com seu ridículo linguajar infantil, mas ela estende os braços e me envolve em um abraço enorme, com perfume de frutas.

– Cuidado, por favor – diz ela.

– Pode deixar.

Penduro novamente a aljava no meu ombro. Com o arco na mão, desapareço na escadaria.

A porta do telhado está encostada. Está frio e venta muito aqui em cima. Continuo escondida na porta até conseguir compreender melhor onde estou.

Vasculho o telhado, à procura do meu amigo entre as saídas de exaustão, os canos e as subestações elétricas. Será que estou no lugar certo?

O que diabos estou fazendo aqui em cima? Eu deveria ligar para a polícia. Isto está fora da minha alçada. Vou acabar estragando tudo. Não sou nenhuma super-heroína. Eu deveria voltar, chamar a polícia, encontrar o Warren, avisá-los sobre o que está acontecendo, depois não fazer nada, enquanto aquele psicopata mata o meu amigo.

Preparo uma flecha. Preciso fazer isto. Não posso decepcionar o Zak.

Agacho-me contra um transformador elétrico, tentando localizar aquele lunático. Se eu conseguir pegá-lo de surpresa, ou avistá-lo, poderia ordenar que ele soltasse o Zak. É só apontar a flecha para ele, e ele verá que não tem saída. Porque, se ele não fizer isso... se resolver apontar a arma para mim...

Estas são flechas de verdade. Com pontas de caça. Projetadas para dilacerar as entranhas de um veado. Se eu fosse obrigada, será que realmente atiraria naquele cara?

Concentre-se, Ana. Tudo depende de você.

Será que aquilo foi uma sombra se movendo? Algo... sim...

Esgueiro-me para a frente, o que é bem difícil de fazer com um arco esticado. Só mais alguns metros.

– Não! Ana! Cuidado!

Giro o corpo, mas é tarde demais. O cara está logo atrás de mim. O homem do vídeo. Sua arma está guardada na cintura, mas não importa. Ele está tão perto de mim que a ponta da flecha toca a sua barriga. A esta distância, ela nem o machucaria.

O homem sorri para mim. É um tipo de sorriso afetuoso, como o de um irmão mais velho. Ele tira o arco delicadamente da minha mão, depois ergue uma sobrancelha ao olhar para mim.

– Sério? – O tom da sua voz é quase cômico. Parece até que tudo isto não passa de uma piada.

Mas é só impressão.

– Deixe-a em paz! – Quando Zak se aproxima, cambaleante, por trás do homem, sei que não há nada de engraçado nesta situação. Ele está mancando, com as mãos nas costelas. Mesmo no escuro, vejo o sangue na sua testa e seu olho roxo. E Zak se aproxima aos tropeços, correndo contra o traficante.

O homem lança o meu arco para o outro lado do telhado e saca a arma. Ele a aponta para mim.

– Junte-se ao seu namorado.

Tremendo, e com as mãos levantadas, junto-me ao Zak.

Eu falhei. Estraguei tudo. O que quer que aconteça agora será culpa minha.

– Ana! – grita Zak, cambaleando na minha direção. – O que diabos está fazendo aqui? – Noto pela voz dele que ele está furioso.

– Eu não poderia simplesmente deixá-lo aqui! – grito de volta. Ele realmente acha que eu o abandonaria?

O homem com a arma resolve se meter na nossa discussão.

– É, boa tentativa, mas parece que você trouxe um arco para uma luta de armas de fogo. Pela sua atitude de Robin Hood, já sei que não trouxe o que é meu, não é?

Olho para o Zak, como se ele pudesse me falar o que responder. Mas fui eu quem estragou tudo.

– Desculpe. Eu não encontrei.

O homem solta um rosnado.

– Moleque, conte para a sua namorada o que Luigi Vampa fazia quando seu resgate não era pago.

Por que diabos eles estavam discutindo O Conde de Monte Cristo?

Então, lembro-me do livro, no mesmo momento em que Zak responde:

– Ele... ele matava o refém.

Olho para o homem, depois para o Zak, depois para a arma, com uma percepção terrível. Não é possível que ele... não por causa de um saco idiota de...

Não o Zak... meu Deus, não o Zak.

Para a minha surpresa, Zak parece estar apenas ligeiramente incomodado.

– Deixe a Ana ir. Foi o nosso trato.

O homem acena com a cabeça.

– Está bem. Mas não quero que ela nos siga. – Ele tira uma coisa do bolso. Parece um par de lacres de plástico. – Amarre-a naquele poste.

Dou um passo para trás.

– Zak, e você?

– Shhh, Ana. – De repente, fora da linha de visão do homem, ele pisca para mim.

Ele tem um plano. É claro que Duquette tem um plano. Está tudo certo. Tudo ficará bem.

De costas para a arma, Zak prende os dois lacres nos meus pulsos. Ele os deixa tão frouxos que preciso manter os braços levantados para que eles não escorreguem.

Excelente. Assim que eles forem embora, escaparei e chamarei a polícia. Tudo ficará bem.

Zak sorri para mim e se afasta. Infelizmente, o traficante apenas ri. Empurrando o meu amigo para o lado, ele puxa as pontas dos lacres, até eles começarem a ferir os meus pulsos. Não consigo me mover, não consigo escapar. Depois, mantendo Zak afastado com a arma, ele me revista. Felizmente, ele não abusa da situação, mas pega o meu telefone.

– Vamos, moleque, vamos dar uma volta. – Ele agarra o braço do Zak e começa a guiá-lo em direção à saída.

Zak olha para mim. Ele não está marrento. Nem confiante. Ele não tem mais nenhum plano.

Isto não está acontecendo. O homem certamente só baterá um pouco nele... não é possível que ele realmente... realmente...

– Ana! – grita Zak, de repente. Ignorando a arma, ele corre até mim.

– Zak? – Minha voz trava e uma lágrima corre pela minha bochecha.

– Eu só queria te dizer... – Acho que ele também está prestes a chorar.

– Sim, Zak?

– Eu... eu...

– Sim?

– Cuidado. – Ele dá as costas para mim num só movimento. O traficante franze a testa.

– Malditos jovens de hoje em dia! – O homem olha para mim. – Ele está caidinho por você, mas não tem coragem para admitir. Agora, vamos andando! – Ele arrasta o Zak até a escada. Eu os perco de vista. Ouço a porta bater.

Desabando de joelhos, começo a chorar. *Zak, ah, Zak...*

De jeito nenhum. Não mesmo. Zak Duquette é meu amigo, e não vou ficar aqui choramingando enquanto algum FDP o tira de mim. Não depois desta noite. Zak vai embora comigo. Atirarei naquele monstro se for preciso, mas não permitirei que ele machuque o Duquette.

Ignorando os três anos dolorosos de aparelhos ortodônticos, fecho os dentes nos finos lacres de plástico e começo a roer. Eles são duros e inflexíveis, mas não me importo. Mesmo que eu sacrifique todos os dentes da minha boca, não ficarei neste telhado.

Vou te salvar, Zak.

Jogo a cabeça para trás para cuspir um pedaço de plástico. Depois, solto um grito quando uma lâmina salta na minha direção.

É um canivete. A lâmina corta os lacres com facilidade.

Levanto a cabeça e olho, chocada, para o garoto com o sobretudo e a familiar camisa com tons gritantes de vermelho e laranja.

– Venha, Ana – diz Clayton. – Não temos muito tempo.

ZAK

05:17

Luigi Vampa empurra a arma contra as minhas costas enquanto descemos as escadas. Quase não noto. Ele tem razão. Por que não falei alguma coisa para Ana antes de deixarmos o telhado? Algo doce e romântico, para que ela soubesse que, mesmo que tenhamos acabado de nos conhecer de verdade, eu a acho incrível.

Infelizmente, parece que não terei outra chance de vê-la.

Entramos no edifício central. Meu sequestrador se aproxima de mim para esconder a arma. Isto é ridículo. Ele realmente vai me matar? É claro que não. Só quer me ensinar uma lição. Provavelmente só me espancará um pouco mais. Nada que eu não consiga aguentar. Na verdade, esta foi só mais uma noite daquelas.

Atravessamos o saguão, mas ele está vazio. Vazio. Milhares de pessoas nesta convenção, e não há ninguém aqui. Sei que está muito cedo, mas, mesmo assim...

Luigi continua apertando a arma contra as minhas costas. Cogito fugir, mas temo que isso o inspire a tomar uma atitude drástica. Mantenho a calma e rezo para topar com alguém no estacionamento.

Sou empurrado na direção de uma saída lateral, um pequeno corredor que leva ao lado de fora. Estou começando a perder o otimismo. Ninguém pegará o carro para ir a lugar nenhum a esta hora.

Uma pessoa. Preciso apenas que uma pessoa nos veja, e poderei pedir ajuda. Qualquer um.

– VOCÊ!

Uma sombra desaba sobre nós. Alguém está descendo as escadas correndo. Alguém enorme. Nós dois nos viramos.

É o viking. Ele desce estrondosamente os degraus, erguendo os dedos nodosos na minha direção, com os olhos vermelhos e entrecerrados. Atrás de mim, ouço Luigi dando um passo de surpresa para trás.

– Você! – Enquanto o viking se aproxima como um gigante na minha direção, tudo o que consigo fazer é sorrir. É verdade, estou prestes a ter os braços quebrados, mas, infelizmente, essa é a melhor das opções. Meus gritos de dor alertarão as pessoas, e Luigi não poderá se vingar. Ou, se eu tiver muita sorte, poderei usar o Conan como um escudo humano.

Eu o encaro, com os olhos no nível dos seus mamilos. Luigi tenta me afastar, mas o bárbaro o empurra bruscamente para o lado, sem ver a arma. Estou preso entre um homem que quer me matar e outro que só quer me machucar.

– Você! – repete ele. Sou quase derrubado pelo fedor de álcool que emana dele.

Disparo para a esquerda, posicionando o viking entre mim e o traficante, o que, infelizmente, acaba bloqueando a porta de saída. Esgueiro-me na direção da escada, mas a mão do viking me detém.

– Parece que temos alguns assuntos não resolvidos – digo, com um sorriso amarelo. – Vamos resolver isso no estacionamento.

Ele me encara, com um olhar desfocado.

– Tenho algo para te dizer.

– Está bem, mas pode ser depois?

Ele crava a outra mão no meu ombro e me puxa para perto de si. Consigo ver Luigi se esgueirando em direção à saída.

– Você... – Estamos tão próximos que quase nos beijamos. – Me... desculpe.

– Como?

Ele me envolve nos seus braços peludos.

– Desculpe. Desculpe-me por ter te batido. Desculpe...

E então, o Viking começa a choramingar. Enquanto me abraça à força, sou obrigado a ouvir um discurso incoerente sobre como ele e a menina Boba Fett tinham brigado, e como esta noite deveria ter sido diferente, e ele poderia tê-la perdido para sempre; como ele tinha certeza de que sua mãe sempre quisera uma filha, e não um filho, de que perderia o emprego como assistente de professor, e como sua banda não estava indo a lugar nenhum, e como ele lamentava por ter descontado tudo isso em mim.

Ele está trêbado. Ao me esforçar para escapar do seu abraço, noto que Luigi está assistindo a todo o espetáculo com um sorriso no rosto.

– Ela é boa demais para mim! – grita o Hulk, manchando minha camisa com lágrimas e catarro. – Caramba, cara, perdão. Diga à sua namorada que eu lamento.

Eu finalmente consigo me libertar.

– Não! Vamos brigar! Eu...

Ele não me dá ouvidos; apenas se arrasta de volta para a escada.

– Desculpe, cara. Preciso ir conversar com ela. Lisa! Lisa!

– Não quer pelo menos tomar um copo de...

Ele se foi. E, quando sinto a pressão familiar do cano do revólver na minha coluna, não posso dizer que fico exatamente surpreso.

– Malditos jovens.

Luigi me guia pela saída dos fundos e me puxa grosseiramente pela porta, até o estacionamento. O sol está começando a despontar no horizonte. Uma por uma, as luzes dos postes começam a apagar.

É um estacionamento bem grande para um local no centro da cidade. Há cerca de cinquenta carros estacionados aqui. Pelas últimas convenções, sei que há pessoas dormindo em pelo menos alguns destes carros, mas não tenho como saber quais.

Está na hora da chantagem emocional. É só o que me resta.

– Sabe... meu pai costumava vir aqui comigo. Ele... ele morreu.

– O meu pai também – grunhe o meu sequestrador.
Pronto. Temos algo em comum.
– Sinto muita saudade do meu pai.
– Eu não sinto do meu.
Penso na arma dele e decido não pedir explicações.

Luigi me arrasta até um carro compacto discreto, e, para o meu terror, abre o porta-malas.

– Entre.

Isto não é bom. Isto é péssimo. Como quando Han Solo ficou preso em carbonita. Ou Indy no poço de cobras. Ou Spock no núcleo do reator.

E isto não é um filme.

Hesito. Algo me diz que, se eu entrar neste porta-malas, não sairei com vida.

Bem, pai, parece que passarei mais uma Washingcon ao seu lado.

De repente, o para-brisa traseiro do carro de Luigi explode.

Demoro para reagir, mas não o meu sequestrador. Ele já está de joelhos, com o revólver em riste, segurando-o com as duas mãos.

E lá está Ana. Já preparou outra flecha. Ela está parada sob a luz matinal, o arco tensionado, com um visual muito fodão e sexy... e condenado.

– Isto foi só um alerta! – late ela. – Eu não precisava ter errado o alvo.

Luigi responde lançando o cotovelo contra os meus testículos, fazendo com que eu me dobre sobre mim mesmo. Ele aperta a arma contra o meu pescoço.

– Garotinha, você acabou de cometer um erro muito grave. – Essa ameaça não tem mais o mesmo tom jovial das outras. Ele está muito irritado, vai começar a disparar, e eu serei obrigado a ver Ana morrer.

Não que isso sirva de consolo, mas provavelmente terei poucos segundos para refletir sobre isso depois.

– Ana! Corra! Saia daqui!

Ela fica parada, como um tipo de fada da floresta, o vento balançando seus cabelos crespos.

– Solte ele.

Ouço um clique do traficante engatilhando a arma. Sinto o cano tremendo contra o meu pescoço, porque estou chorando em silêncio.

De repente, ouço outro clique, mas eletrônico, de fora do nosso campo de visão.

Luigi gira o corpo. E lá está... Clayton? Ele continua vestindo aquele sobretudo. Atrás dele, Moranguinho agarra o seu braço, como um macaco.

Ele está oferecendo o seu telefone. Acabou de tirar uma foto. Clayton entrega o telefone ao Luigi, que o pega com uma mão, mas continua apontando sua arma muito engatilhada para mim.

É uma linda foto. Ela captura o rosto do Luigi perfeitamente, assim como o meu. E a arma. O Clayton conseguiu até pegar a placa do carro.

– Acabei de enviar isso para um amigo, do outro lado da cidade – diz Clayton, com mais calma do que eu imaginaria ser possível. – Caso ele não tenha notícias minhas nos próximos vinte minutos, mandará a foto para a polícia.

Luigi joga o telefone para o Clayton, depois me levanta com um puxão.

– Apague isso – ordena ele.

– Não posso. Já era. Está fora do meu controle.

– Isso é verdade? – sussurra Luigi. Eu aceno que sim com a cabeça. Há um momento de silêncio, que é rompido quando o traficante finca a bota no meu rim. Moranguinho solta um grito e eu desabo aos pés da Ana.

Ana nem pisca.

– Solte a sua arma – diz ela.

O traficante fica parado por um instante, confuso, depois guarda o revólver no cinto.

– Agora, baixe a sua.

Antes que eu consiga gritar "É UMA CILADA!", Ana baixa o arco. De repente, solto um grito de verdade, quando Luigi saca a arma e a dispara contra mim três vezes. Só paro de gritar quando me dou conta de que não há balas saindo da arma, e eu pareço um idiota.

Nosso sequestrador sorri, mas é o mesmo tipo de sorriso raivoso que o viking me ofereceu durante a batalha.

– Eu não ia atirar em você, moleque.

– Hummm.

– Só ia quebrar as suas pernas e te largar no meio da floresta.

– Hummmm...

A duas fileiras de distância, uma porta de carro abre. Luigi guarda rapidamente sua arma no cinto.

– Se essa foto aparecer em algum lugar... se qualquer um de vocês tentar contar aos seus amigos o que aconteceu aqui... encontrarei todos vocês. – Luigi aponta o dedo para mim. – Zakory Duquette. – O dedo dele muda de direção. – Ana e Clayton Watson. – Ele aponta para Moranguinho e faz uma pausa.

– Jennifer Callahan – gorjeia ela. – Meus amigos me chamam de Moranguinho.

Luigi olha para mim com uma expressão questionadora. Dou de ombros. Ele põe a mão na porta do seu carro.

– Vocês quatro têm muita, *muita* sorte.

– Senhor? – pergunta Ana.

– O quê?

– Pode devolver nossos telefones?

Por um instante, acho que ela foi longe demais, mas ele apenas ri.

– Você tem colhões, senhorita. Se decidir seguir uma carreira como farmacêutica, entre em contato comigo.

– Obrigada, mas vou estudar na UWT no outono.

– Ei, eu estudei lá. Vamos, Huskies! – Luigi entrega os nossos telefones para a Ana, depois entra no carro. Cascalhos são lançados contra o meu rosto quando ele acelera.

– Nossa – diz Moranguinho. – Você sempre conhece as pessoas mais interessantes.

Ana me ajuda a levantar da minha posição de supino. A única coisa que consigo fazer é encarar o seu rosto lindo. Ela arriscou tudo por mim. Encarou um traficante armado.

É um fato interessante para incluir na velha ficha de inscrição universitária.

– Ana, eu...

– Cala a boca, Duquette.

Nos beijamos intensamente, por muito tempo.

ANA

05:59

Clayton limpa a garganta umas quatro ou cinco vezes antes que eu e Zak paremos de nos beijar. Não me importo. Duquette está vivo. Ele está inteiro, mais ou menos. Eu o salvei.

Hmmm. Salvei, não salvei? Resolvi um sequestro e derrotei um maníaco armado. Eu não imaginaria que isso pudesse acontecer há doze horas.

Zak me encara com seu sorriso boboca, e fico feliz em estar diante dele, retribuindo o sorriso.

– AHAM!

Está bem. Nós dois encaramos o meu irmão.

– Sr. Watson – diz Zak. – Encontramos você, finalmente.

– *Eu* o encontrei – corrige Moranguinho. – Ele subiu no telhado e soltou a Ana.

– Tudo bem, tudo bem – diz Zak. – Mas o que diabos veio fazer aqui? Procuramos por você a noite inteira!

Clayton dá de ombros, o que me deixa furiosa.

– Você disse que a con era um lugar divertido, então eu fugi. Planejava voltar antes do toque de recolher, mas conheci a Moranguinho, e ela queria ir para o baile, então...

Eu poderia estapeá-lo.

– Clayton! Você faz ideia do quanto estamos encrencados?

– Não, essa é a melhor parte! Liguei para a sra. Brinkham e disse para ela que o vovô estava no hospital, e que o Duque nos levou para vê-lo. Ela caiu como um patinho! Agora, só precisamos nos arrumar e voltar.

Eu o agarro pela sua capa idiota.

– Sua mentira não funcionou! A sra. Brinkham ligou para o papai, e seu plano foi por água abaixo. A mamãe está vindo para o torneio, e estamos ferrados!

O rosto dele não empalidece. Suas feições não se transformam em uma máscara de medo e arrependimento. Ele não começa a rezar por perdão.

– Bem, é tudo culpa minha. Assumirei a culpa.

Até agora, eu pensava que "ver vermelho de raiva" era apenas uma expressão. Mas juro que, por um instante, o mundo ao redor fica ligeiramente rubro.

– Clayton, você por acaso se lembra do que aconteceu com a nossa irmã?

E então, ele perde a linha.

– Não acha que já passou da hora de parar de se esconder atrás da Nichole?

Estou pronta para socá-lo, chutar o traseirinho magricelo dele. Mas então noto o Zak, olhando enfaticamente para o seu telefone, e Moranguinho, encarando seus sapatos com sininhos nas pontas.

– Discutiremos isso mais tarde – chio. – Minha preocupação, no momento, é voltar para o hotel. Zak, você ligou para a nossa carona?

– Oi? Ah, sim. Ele já deve estar chegando.

– Preciso ir – diz Moranguinho, com um tom irritantemente animado. – Obrigada por uma noite banananífica, pessoal! E não se esqueça de me ligar, querido.

Estou prestes a agarrá-la pelas flores de cerejeira e explicar que o Zak nunca mais ligará para ela, quando percebo que ela não está falando com ele. Está olhando para o meu irmão.

– Com certeza, Moranguinho. Nos vemos em breve. – Clayton e ela se beijam. Um beijo breve e quase casto, mas um beijo. Moranguinho solta uma risadinha e acena com a mão, depois sai rebolando em direção ao centro de convenções.

Zak ergue uma sobrancelha, mas não fala nada.

Começo a caminhar em direção à fachada do edifício. Estou tão furiosa com o Clayton que esqueço o Zak e nossas aventuras. Só consigo pensar no quanto estamos encrencados.

– Ei, Ana? Eu te vi no negócio do SAC. Aquilo foi muito maneiro...

Eu me viro e empurro o Clayton contra um trailer perto de nós.

– Quer parar de agir como se tivesse sido uma ótima ideia vir aqui? – grito. – Você tem alguma ideia do que passamos esta noite?

– Ana – começa Zak. – Acalme-se.

Eu o ignoro.

– Clayton, por sua causa, o Zak quase morreu esta noite! Você acha isso engraçado?

Meu irmão se esforça para se soltar, depois encara os meus olhos. Nunca tinha notado isso, mas ele tem a minha altura.

– Ana, a única coisa que fiz foi assistir a alguns filmes e cantar no caraoquê. Vocês é que resolveram se meter com os cartéis locais! E alguém me disse que você acionou um alarme de incêndio em um jogo de cartas. O que foi isso?

Faço uma careta. Quanto mais penso nisso, mais vergonha sinto.

– Bem, eu não sabia que os extintores seriam acionados, está bem? Só estava tentando criar uma distração.

– Bem, você arruinou as cartas de muita gente – rosna Clayton. – Muitas pessoas estão... estão...

Não estamos sozinhos. Meia dúzia de zumbis nos cercaram em silêncio por trás do trailer, encurralando-nos. As maquiagens deles são impecáveis, com direito a realísticas fraturas expostas.

– Eu sabia que te conhecia de algum lugar – diz um homem com metade do rosto faltando. Aperto os olhos. Sob o sangue e os fragmentos de ossos, vejo as feições pálidas do Cyrax.

Zak dá um passo adiante, pronto para oferecer mentiras e desculpas. *Não, você está equivocado, você ouviu errado, aquela não é a sua orelha no chão?*

Infelizmente, apesar da postura, Clayton continua sendo uma criança.

– Ela não teve a intenção! Foi um acidente!

Um gemido grave e gutural surge das legiões de mortos-vivos, um som que realmente não deveria ser produzido por cordas vocais humanas. Cyrax agarra a camisa do Zak.

– Você... nos... deve... quinhentas... pratas... – Não sei se ele está fazendo pausas só pelo efeito dramático, ou se é difícil formar palavras sem pulmões funcionais.

Zak, sempre agindo sem pensar, lança um gancho direto no queixo do zumbi. A cabeça dele é jogada para trás, depois para a frente. Por causa da maquiagem, é impossível saber se ele se machucou de verdade, mas tenho a impressão de que o soco não o afetou de maneira alguma. Cyrax estende a mão livre e agarra o outro pulso de Duquette. Zak começa a se contrair, tentando escapar.

Eu me aproximo deles para intervir. Uma menina zumbi bloqueia o meu caminho. Ela é bonita, apesar dos seus intestinos à mostra. Antes que eu consiga falar qualquer coisa, ela saca uma lata de spray de pimenta e a aponta para a minha cara.

Ou Zak não está ciente do spray, ou não dá mais a mínima. Ele continua tentando se soltar do Cyrax. Clayton se aproxima para se enfiar entre nós, mas alguém agarra o seu colarinho.

– Vamos te pagar de volta – gagueja Zak. – Mas não agora.

De repente, eles nos atacam. Com os braços levantados e os olhos girados para trás, os zumbis bamboleiam na nossa direção, gemendo e guinando. Não temos para onde correr. É o fim.

– Opa, esperem aí, companheiros! – diz uma voz desconhecida. – Acalmem-se.

Todos nos viramos. Vejo um homem de meia-idade parado diante de nós, bebericando café despreocupadamente de um copo de papel. Suas roupas são simples: um suéter universitário e calça jeans. Ele sorri para Duquette.

– Você não está atendendo o telefone, Zak – diz ele.

Zak retribui o sorriso.

– Olá, Roger.

ZAK

06:22

Há um momento de silêncio, rompido apenas pelo gemido miserável dos mortos-vivos.

– Hum, é, pessoal, este é o Roger, marido da minha mãe. Roger, estes são Ana, Clayton e, hum, uma multidão enfurecida.

– Encantado. – Ele beberica o café. – Então, alguém falou alguma coisa sobre dinheiro?

Cyrax olha para o Roger.

– Esta menina! – grita ele, esquecendo-se de sustentar o seu personagem. – Ela destruiu as minhas cartas!

– O seu carro?

– Minhas cartas! – Ao notar que Roger não esboça nenhuma reação, ele explica. – Cartas de L&M. É um jogo. Elas custam uma fortuna.

Roger faz um som de desaprovação. Depois, saca a carteira e conta algumas notas.

– Tenho... cento e vinte dólares. Isso acertaria as contas?

Cyrax balança o crânio.

– Aquelas cartas custavam mais de quinhentos dólares.

Roger olha para mim, buscando confirmação. Dou de ombros, depois aceno com a cabeça.

– Bem, não tenho tudo isso, e, mesmo que tivesse, não te daria. Mas, pense um pouco. Dentro de alguns anos, você terá enjoado desse jogo, e tentará vender suas cartas. Mas todo mundo também terá enjoado, e você conseguirá uns cinquenta paus, ou talvez nem isso. Então, estas são as suas opções: posso guardar este dinheiro, e resolveremos isto como homens, com nossos punhos. E, quando isso estiver acabado, estaremos sangrando e feridos (mais nós do que vocês, considerando nossos números), e você pegará o dinheiro de qualquer jeito. Ou você pode sair desta um pouco mais rico e... – Sua voz se reduz a um sussurro. – ... talvez levar uma menina para se divertir este fim de semana.

Olho para a menina cadáver. Ela pisca para mim, mas talvez pareça que ela está piscando porque só consegue fechar um dos olhos.

Cyrax olha para Roger, depois para os amigos.

– Miolos! – grita um deles.

Ele pega o dinheiro e o guarda na sua caixa torácica. Depois, olha para a Ana.

– Isto não ficará assim – diz ele.

– Está me ameaçando? – rosna ela.

– Não. Mas voltarei aqui ano que vem. Treine bastante as suas cartas de ataque, porque você me deve uma revanche.

A horda se afasta lentamente.

Olho para o meu padrasto com uma sensação crescente de menos ódio.

Ana corre na direção dele.

– Muito obrigada, sr...

– Pode me chamar de Roger – diz ele, com uma familiaridade irritante.

– Obrigada, Roger. Te pagarei de volta esta semana. Zak e eu frequentamos a mesma escola, e darei o dinheiro para ele em breve.

– Agradeço por isso. Confio na sua palavra.

Ele olha para mim e balança o seu copo de café. Está vazio.

– Zak, acabei de ver um homem com uma fantasia de lutador mexicano dançando com uma menina vestida como um daqueles robôs de *Jornada nas Estrelas*. Você sabia que esse tipo de coisa acontecia aqui?

– Claro.

– E sua *mãe*, sabe?

– Deus do céu, não.

Ele solta uma risada.

– Preciso de mais um pouco de café. Vamos nessa.

Ele nos guia até o hotel, para aquela pequena área de café da manhã onde tive o meu colapso nervoso, depois que Warren me expulsou da convenção. Dentro de uma hora, eles começarão a servir café da manhã para os hóspedes cadastrados. Já surrupiei rosquinhas aqui várias vezes.

No momento, a sala está escura e as cadeiras continuam empilhadas sobre as mesas, mas uma das cafeteiras parece estar ligada.

Roger olha para Ana e Clayton.

– Vocês poderiam nos dar alguns minutos?

Ficamos sozinhos. Roger serve dois copos de café. Embora nunca tenha tomado café, dou um gole. O gosto é asqueroso, pior do que cerveja romulana.

Abaixo duas cadeiras e nos sentamos.

– Estamos prestes a ter uma conversa de homem para homem, não estamos? – pergunto, resignado.

– Acho que você me deve isso, pelo menos.

– Antes que você diga qualquer coisa, vamos pagar o dinheiro de volta. Se a Ana não conseguir, eu pagarei.

– Você não precisa fazer isso.

– Mas eu quero. – Eu realmente quero. Não por não gostar de estar endividado. Mas acho que é a coisa certa a se fazer.

– E aí, o que você fez com o seu rosto? – pergunta ele.

Corro o dedo pelo meu olho inchado e testa cortada. *São tantas histórias...*

– Começamos a discutir sobre a nova versão de *Jornada nas Estrelas*. As coisas ficaram bem intensas.

Para a minha surpresa, Roger solta uma gargalhada calorosa.

– Zak, quando você me ligou mais cedo, não esperava encontrá-lo prestes a apanhar no estacionamento. Só três coisas levam a esse tipo de situação. Você é esperto demais para estar usando drogas e jovem demais para ter dívidas de jogatina, então imagino que haja uma mulher nessa história.

Aceno com a cabeça, mas deixo de fora a explicação sobre a minha breve, mas emocionante, carreira como aviãozinho de drogas.

– É a menina de cabelo frisado?
– Ana? É.
– Ela é bonita.
– É... – Mas a Cigana também é. E a Moranguinho, da maneira dela. Não foi por ela ser bonitinha que encarei um revólver, uma espada, uma bota na virilha e vários punhos esta noite. – Ela é genial. Corajosa. Ótima arqueira. Ela é simplesmente... incrível.

Roger abre um sorriso, com um olhar distante.

– Sei o que quer dizer. Quando conheci a sua mãe... – Ele para de repente. – Desculpe, você provavelmente não quer ouvir isso.

Talvez sejam todas as porradas que recebi na cabeça esta noite, mas peço a ele que continue. Ele quase dá um gole do café, mas para antes.

– Eu me divorciei duas vezes antes dos trinta e cinco. Foram separações feias. Jurei que nunca mais faria isso. Então, conheci a sua mãe. E, bem, você sabe como as coisas andaram rápido.

– Sei muito bem disso – respondo, talvez amargamente demais.

Roger olha para mim, mas não fala nada.

– A questão, Zak, é que, quando casamos com uma viúva, há sempre outro homem na casa.

Fico um pouco atordoado. Não fazia ideia de que o Roger pensava no meu pai, o verdadeiro chefe da nossa família.

– A Sylvia é ótima – continua ele. – É só que, às vezes... bem, sei que ela ainda ama o seu pai. Que, se ela pudesse escolher, estaria com ele. Não é fácil lidar com isso.

Este seria um ótimo momento para alimentar as inseguranças de Roger, e oferecer a ele uma lista de todos os motivos pelos quais ele nunca estará à altura do meu pai.

Mas não faço isso. Preciso falar uma coisa, e preciso fazê-lo antes de perder a coragem.

– Roger, você realmente terá que se esforçar muito para estar à altura do meu pai. E, desde que você chegou, sempre alimentei uma fantasia de que um dia você... sabe?

– Iria embora?

– Morreria em um acidente envolvendo uma trituradora de madeira.

Mais uma vez, ele ergue a sobrancelha, mas não me interrompe. Dou mais um gole nojento de café. É meio crocante.

– A questão é que... você faz a minha mãe feliz. Feliz de verdade. – Não consigo encará-lo, então desvio o olhar. – Então, bem, que bom. Por esse motivo. É.

Não é exatamente um "seja bem-vindo à família", mas foi muito mais simpático do que qualquer coisa que eu já tenha dito para ele. É tudo o que consigo fazer agora. Pequenos passos.

Roger parece entender.

– Obrigado. Está pronto para colocar o pé na estrada?

– Estou. – Mas quero falar mais uma coisa. Continuo sentado e encaro o meu padrasto.

– Minha amiga, Ana, ela vai se encrencar muito por ter vindo aqui. Ela está preocupada que os pais dela a expulsem de casa.

Roger olha para mim, preocupado.

– Eles realmente fariam isso?

Queria muito saber.

– Não sei. Acho que ela está exagerando um pouco, mas preciso ficar de olho. Bom, a questão é a seguinte. – Esforço-me para manter meus olhos focados nos dele. – Ana tem medo do pai dela. Você não é meu pai de verdade, nem de longe, mas, quando te liguei no meio da noite, você poderia ter me mandado à merda, ou me dedurado para a mamãe, mas não fez isso. Você veio até aqui nos buscar. Então... obrigado. De verdade.

Desta vez, é Roger quem desvia os olhos. Não é que estamos tendo um momento?

– Ei, não é nada demais. Já faz algum tempo que não minto para a mãe de alguém sobre onde uma pessoa passou a noite.

Nós dois levantamos nossos copos e damos um gole. Meu estômago quase devolve o café, mas estou determinado a ser tão machão quanto o meu padrasto.

Roger, por outro lado, cospe imediatamente o café de volta no copo.

– Meu Deus, isto é terrível! Como conseguiu engolir?

Nos levantamos e caminhamos na direção do saguão.

– Sabe, Roger, talvez a gente se desse melhor se você não estivesse sempre tentando passar um tempo comigo.

– Você acha que isso foi ideia minha? A Sylvia que insistiu que eu te chamasse pra fazer coisas.

– Ei, eu também! – Parece que nós dois sofremos só para deixar a minha mãe feliz.

Estamos prestes a entrar no saguão, mas Roger para.

– Zak, por que ligou para mim esta noite, e não para a sua mãe?

– É óbvio. Minha mãe teria ficado preocupada. Achei que você não ficaria.

Ele me encara atentamente.

– Você está errado.

Não há o que fazer senão agradecer, então faço isso, com um murmúrio.

– Não é nada. Felizmente, costumo ir para a academia muito cedo, então sua mãe não se perguntará onde estou.

– Roger? Por que veio até aqui? Você não precisava vir.

Roger está prestes a jogar seu copo de café no lixo, mas se detém. Ele cobre a boca com o copo e começa a respirar pesado.

– PORQUE... DUQUE, EU SOU SEU PAI.

ANA

06:50

Sento-me no banco, ao lado do meu irmão, cochilando incontrolavelmente e acordando assustada. Clayton continua me contando as suas aventuras, e seu monólogo forma um ruído de fundo.

Clayton burlou as regras. E o pior é que ele não está nem arrependido. Mentiu para os nossos pais, como qualquer adolescente de treze anos faria. E está disposto a encarar as consequências.

A questão é, será que eu estou? Ou será que apenas implorarei por perdão e voltarei à maneira como as coisas eram?

Ouço a voz do padrasto de Duquette, enquanto eles voltam da sua reunião.

– E de quantos pratos decorativos precisa uma mulher?

Zak solta uma risada e diz:

– É verdade. A coisa ficou tão séria que pensei que teríamos que organizar uma intervenção.

Os dois soltam risadinhas. *Este é o padrasto cruel sobre o qual Duquette falou a noite inteira? Eles parecem melhores amiguinhos agora.*

Tento me imaginar falando besteira com os meus pais desta maneira, mas é uma ideia tão improvável que desisto.

– Vamos, pessoal. O Roger vai nos dar uma carona de volta para o hotel. Chegaremos a tempo dos biscoitos dormidos e do molho pegajoso.

Eu me levanto, gemendo. Tudo dói. A ideia de colocar um vestido qualquer, estampar um sorriso no rosto e passar quatro horas no torneio me faz choramingar.

Noto que Zak está mancando. E seu olho direito quase não abre de tão roxo. Tinha esquecido de que ele teve uma noite pior até do que a minha. Ao deixarmos o edifício, enrosco meu braço no dele. Ele me oferece aquele sorriso de cachorrinho.

Roger vai buscar o carro. Espero ao lado do Zak, e nos apoiamos um no outro. A noite acabou e as nuvens carregadas estão se dispersando. Parece que será um dia ensolarado em Seattle. Respiro fundo, apreciando o ar úmido. Talvez tudo fique bem.

– Vocês dois estão indo embora?

Nós nos viramos. Um cara negro, alto e magro, vestindo um terno, está parado diante de nós. Eu não o reconheço. Ele tem um bigode muito fino, dentes perfeitos e olhos brilhantes. É, de longe, o cara mais bonito da convenção.

Na verdade, com exceção do Zak e do traficante, ele é o único cara bonito que vi a noite inteira.

– O que diabos aconteceu com o seu rosto, Duque? – pergunta o estranho.

– Material genético fraco. – Zak abre seu olho inchado com os dedos. – Desculpe, cara, mas nós...

De repente, a ficha cai para nós dois ao mesmo tempo
– Warren?

O terno, os sapatos, as mãos perfeitas. É ele, sem a máscara.

Warren não confirma o seu desmascaramento.

– Preciso ter uma conversinha com vocês.

Deus do céu, e agora?

– Acho que lhes devo uma desculpa – continua ele. – Conferi as câmeras de segurança. Parece que um dos zeladores do centro de convenções estava ganhando um dinheirinho por fora, no porão. Ele deixou aquele saquinho lá para alguém, mas vocês dois Smurfs apareceram e a levaram embora. Já entreguei todo o material para a polícia.

Lembro-me do que o sequestrador do Zak disse que aconteceria conosco se o dedurássemos.

– Hum, você chegou a ver a pessoa que deveria buscar o pacote?

Warren balança a cabeça.

– Duvido que ele volte aqui. A polícia vai colocar alguns caras à paisana esta noite, mas vocês provavelmente os assustaram. Isso me agrada. Então, obrigado.

Zak abre um sorriso.

– Isso significa...?

Warren não retribui o sorriso.

– Sim, Duquette, considerando essas novas informações, você não está mais banido.

O rosto de Zak parece brilhar, como um solzinho feliz.

Estou disposta a deixar as coisas como estão, mas Zak tem mais uma pergunta:

– E quanto à Ana?

Warren me encara, e não há simpatia nenhuma nos seus olhos.

– Não sei. Teremos mais episódios de abuso de alarmes de incêndio?

– Não, senhor.

– Muito bem. Nosso seguro cobrirá os danos, e o pessoal do centro de convenções está bem envergonhado com as atividades extracurriculares do seu empregado. Acho que podemos varrer isso para debaixo do tapete. Já disse isso para a polícia.

– Obrigada, Warren. É... – Com tristeza, entrego meu arco para ele. – Você poderia deixar isto nos achados e perdidos?

Ele encara a arma, com uma expressão grave.

– Você está em liberdade condicional. Não me obrigue a me arrepender disso. Agora, durmam um pouco. Vocês estão com uma aparência terrível. – Ele começa a ir embora. – Ah, ei, Clayton. Você vem para a sessão de *Rocky Horror* semana que vem?

Clayton solta uma risada.

– Se a Moranguinho trouxer um sutiã para eu usar.

Warren vai embora, enquanto Zak e eu encaramos o meu irmão com enorme fadiga e assombro. Uma buzina nos acorda do nosso estado de torpor, e nos arrastamos na direção do carro de Roger. Clayton se senta no banco da frente. Zak abre a porta traseira para mim, depois desaba no banco junto comigo.

Ao deixarmos o estacionamento, afundo no banco do carro, prostrada. Foi uma noite e tanto. De longe, a coisa mais louca que já vivi. Acho que, até pelos padrões do Zak, foi uma noite selvagem.

E, apesar de tudo, nós três saímos vivos e basicamente intactos. Independentemente do que meus pais fizerem, sempre teremos a convenção. Inclino-me para o lado, para agradecer o Zak, para falar para ele o quanto tudo o que fez esta noite significou para mim.

– Zak, eu...

Ele está apagado.

ZAK

07:27

Tudo dói. Tudo. Cada dor me lembra de uma ferida diferente, do meu saco dolorido, que a Boba Fett chutou, meu olho roxo, que Luigi Vampa atingiu com sua pistola.

Olho para os meus companheiros, enquanto caminhamos do carro até o hotel. Ana continua vestindo aquele manto esquisito, Clayton, aquele sobretudo, mas, fora isso, eles parecem normais. Eu, por outro lado, estou com todas as roupas rasgadas. Estou com sede, cansado, e sou culpado por porte de drogas.

Mas valeu muito a pena. Especialmente as partes com a Ana. Meu Deus, que noite.

Um relógio de banco me diz que são 07:30. Temos muito tempo para nos arrumar antes da hora que devemos encontrar a sra. Brinkham, às oito. Tento pensar em uma maneira de explicar as atividades desta noite de um jeito que não nos cause muitos problemas. Ou que pelo menos jogue toda a culpa sobre o Clayton.

Roger para quando chegamos à porta do hotel.

– Acho que é aqui que nos despedimos.

– Já? – diz Ana. – Você não vai ao torneio?

– Isso – diz Clayton. – Fique por alguns rounds.

Roger olha para mim de maneira zombeteira. Mais uma vez, sou tomado por uma onda de falta de ódio.

– Pelo menos entre e tome um pouco de café de verdade.

Ele acena com a cabeça para mim, e eu sorrio de volta. É impressionante o quanto nos afeiçoamos a um cara quando ele dirige o carro de fuga.

Uma mulher carregando uma caixa de rosquinhas e uma garrafa d'água passa por nós. Seguro a porta para ela entrar no hotel e nós a seguimos.

Ao entrarmos no saguão, surpreendo-me ao ver que ela continua parada lá, encarando-nos. Fico ainda mais surpreso quando meu cérebro foca no seu rosto.

É a sra. Brinkham.

Ela continua nos encarando. Mais da metade da sua equipe acaba de chegar da rua, parecendo ter passado a noite na gandaia. Ela pousa as rosquinhas sobre uma mesa.

– Ana? Clayton? Zakory? O que está havendo?

Aponto imediatamente para o Roger.

– Este estranho simpático disse que nos daria doces se entrássemos na sua van.

– Zak! – gritam Roger, Ana e Clayton.

Abro um sorriso.

– Este é o meu... meu padrasto, Roger. Ele está na cidade a negócios e nos levou para tomar um café da manhã bem cedo. Roger, esta é a sra. Brinkham, nossa patrona dos jogos acadêmicos.

– Prazer. – Ele meio que cumprimenta ela.

Ela não está convencida.

– Ana, recebi um telefonema muito preocupante ontem. Seu pai disse que seu avô não está no hospital. Portanto, eu me pergunto, onde diabos estavam ontem à noite?

Tento uma estratégia de controle de danos:

– Foi só um mal-entendido, sra. B.

Mas o Clayton dá um passo à frente.

– Foi tudo culpa minha. Eu saí escondido. A Ana e o Duque tentaram me encontrar, e, depois, não tínhamos dinheiro bastante para pegar um táxi de volta. Tivemos que esperar por uma carona do pai do Duque. Desculpe por ter mentido sobre o meu avô. Não queria que a Ana e o Duque se metessem em encrenca. Mas foi tudo culpa minha.

A sinceridade do moleque até que me emociona um pouco, mas a sra. Brinkham não parece nada convencida.

– O que aconteceu com o seu rosto, Zakory?

Dou de ombros.

– Foi só um jogo de futebol americano.

Roger tosse, mas parece mais estar contendo o riso.

Minha professora balança a cabeça.

– Zakory, eu deveria ter imaginado que você não levaria este torneio a sério. Embora, devo admitir que estou surpresa com vocês, Ana e...

Ana a interrompe:

– Nós estávamos com um adulto responsável, estamos todos bem, e voltamos a tempo para o torneio. Então, que tal não criarmos muito caso?

Fico impressionado com o fato de que, de repente, Ana não parece temer mais nada. Embora, entre todos nós, ela seja a menos culpada.

– Não há nada bem aqui, senhorita! Vocês três, vão para os seus quartos. Entrarei em contato com os seus pais.

– É, estou bem aqui – murmura Roger.

– E você, senhor, deveria estar envergonhado...

– Ei, o Roger não fez nada! – grito. *Desde quando virei tão protetor dele?*

– Zakory, nós conversaremos depois.

– A culpa não é dele, sra. Brinkham – diz Ana. – Pare de culpá-lo.

– Senhora, os jovens estão bem. Qual é o grande problema aqui?

– Ei, pessoal – gorjeia o recepcionista. – Podem falar mais baixo?

– Voltem para os seus quartos imediatamente, antes que eu decida que desistiremos dos jogos acadêmicos!

– Tudo bem, eu nem queria vir!

– É sério, senhora, sei que estava preocupada, mas...

– Eu nunca deveria tê-lo deixado entrar na equipe, Zakory.

– Ele salvou as nossas peles ontem!

– Por favor, gente, os hóspedes estão tentando dormir...

– Você não me quer na equipe? Ótimo!

– Não fale assim comigo...

– CALEM A BOCA! – É uma voz alta, zunida e mecânica.

Todos nos viramos. Clayton, que estava assistindo à discussão em silêncio, latiu a ordem através da caixa de voz artificial. Ele está parado ali, sozinho, encarando-nos com uma expressão cansada e desapontada.

– Onde você arrumou isso? – pergunto.

– Por favor, acalmem-se todos – diz Clayton, usando sua própria boca dessa vez. – Ouçam.

De repente, ele prende o pé na bainha do sobretudo, tenta ajeitar o corpo, escorrega e desaba de cara sobre uma mesa de mármore.

Todos corremos até ele. Ana se ajoelha ao lado do seu irmão.

– Clayton?

Ele se senta e geme. Um fio de sangue escorre da sua boca.

– Você está bem?

– Estou, eu... opa.

Ele levanta o lábio superior. Há um grande vão onde antes havia um dente.

Todos encaramos o chão, onde um incisivo longo e branco repousa sobre uma poça vermelha. Ele não quebrou o dente. Conseguiu arrancá-lo inteiro do seu buraco.

A sra. Brinkham e o recepcionista estão ambos se lamentando, provavelmente prevendo uma ação judicial. Ana agarra os cabelos. Clayton ainda parece atordoado.

– Não entrem em pânico.

É o Roger. Ele se abaixa e pega o dente.

– Se o levarmos para a sala de emergência, eles conseguirão colocar o dente de volta. – Ele aponta para o recepcionista. – Traga um pouco de leite.

– Como?

– Você é surdo? Leite! Um copo grande, agora mesmo. E um saquinho de gelo.

Com um gemido, o homem corre na direção do refeitório.

Clayton, que parece o menos preocupado de todos nós, cospe um bocado de sangue.

– Por que leite? – pergunta ele.

– Acredite se quiser, mas é a melhor maneira de preservar dentes caídos, dedos decepados, ou globos oculares arrancados.

Ana o encara de maneira estranha.

– Sou contador de metade dos hospitais em Tacoma. Aprendi alguns truques. Vamos, garoto, levante-se.

– Você é um contador? – pergunto.

Roger está ajudando Clayton a se levantar, mas faz uma pausa para olhar para mim.

– Você realmente não sabia disso?

Minha mãe se casou com um corretor de seguros e com um contador. Será que ela tem algum tipo de fetiche?

Roger conversa com a sra. Brinkham.

– Eu o levarei para o hospital. E entrarei em contato com os pais, contarei para eles do acidente. Deixarei claro que nada disso é culpa sua.

Ela acena com a cabeça, arrasada.

– Vou com você – diz Ana.

– Não – murmura Clayton, através da mão que segura contra a mandíbula. – Sem um de nós dois, realmente teríamos que abandonar os jogos. Fique aqui.

– Mas...

– Fique aqui. Fale com a mamãe. Diga a ela que a culpa foi minha.

O recepcionista volta com uma caixa de leite e um copo de gelo. Roger joga o dente dentro do copo, depois derrama o leite sobre tudo. Ele pega Clayton pelo braço e caminha na direção da porta.

– Vai ficar tudo bem! – repete ele.

– Cuide-se, Clay! – grita Ana.

O irmão dela se vira e abre um sorriso banguela.

– Até parece!

Eles saem.

A sra. Brinkham fica parada, encarando-nos com raiva. Sinto tanta falta da professora de saúde abobada e sem jeito que pensei que conhecia.

– Espero que entendam que, se não fosse por Landon e Sonya, voltaríamos para casa agora mesmo.

Nós dois acenamos que sim.

– Ótimo. Vão se vestir. Mas podem ter certeza de que retomaremos este assunto mais tarde.

Começamos a nos arrastar para fora do saguão, mas ela ainda tem algo a dizer:

– Respondam-me só uma coisa, com sinceridade: Vocês realmente não se meteram em confusão ontem à noite?

– Sra. Brinkham – responde Ana. – Estávamos em uma convenção de quadrinhos. O lugar mais entediante do mundo.

Nossa patrona acena com a cabeça, aliviada. Entramos no elevador. Ana aperta o botão.

– Além disso – digo, enquanto a porta se fecha –, a arma nem estava carregada.

Consigo ouvi-la gritando o meu nome enquanto o elevador começa a subir.

ANA

11:51

— George Orwell.

Zak está murmurando tanto que temo que o árbitro peça para ele repetir a resposta, mas ele simplesmente nos dá mais dez pontos.

O alarme toca. Apesar de tudo, nós conseguimos. Chegamos ao finalíssimo round. Sem o Clayton.

O capitão da outra equipe rosna um "parabéns" e o juiz anuncia um intervalo de dez minutos. A cabeça de Zak desaba imediatamente sobre a mesa, e, dentro de segundos, ele está roncando.

Lanço um sorriso encabulado para Sonya e Landon, que só responderam três perguntas a manhã toda. Eles me encaram com um respeito silencioso. A sra. Brinkham não se esforçou muito para conter sua raiva, e eles sabem que mentimos sobre onde estivemos ontem à noite. Eles nos consideram uns fodões.

É hilário pensar que, há uma noite, eu teria pensado como eles.

Afasto um cacho de cabelo do rosto de Zak e resisto à tentação de beijar sua bochecha. Mesmo com aquele fio de baba escorrendo da boca, ele é gatinho. Terei que discutir esse cavanhaque com ele depois.

Nossos próximos oponentes entram, confiantes. É a St. Pius, uma escola católica rica. Todos os integrantes vestem uniformes azul-marinho idênticos. Eles unem as mãos em um círculo de preces.

Cutuco o Zak. Ele acorda com um susto e quase cai da cadeira.

– Filho da puta!

Passado um instante, ele se recompõe e nota que todos o estão encarando. Ele sorri para a patrona da outra equipe.

– Desculpe, Irmã.

Na fileira da frente, a sra. Brinkham leva a mão à testa.

Todos assumem os seus lugares. Uma menina da outra equipe me deseja boa sorte. Quase a ofereço o dedo do meio, mas noto que ela está sendo sincera. A falta de sono está fazendo coisas estranhas com a minha cabeça. Respiro fundo.

Um dos árbitros começa a sua ladainha. Este round revelará a equipe vencedora. Está tudo em jogo. Este vale a vitória. E poderá deixar a sra. Brinkham ligeiramente menos furiosa.

Nós podemos vencer. Eu posso vencer. Estou acordada. Estou focada. Estou...

Ferrada.

Logo antes deles fecharem a porta, três pessoas entram no auditório. Fico feliz em ver o padrasto do Zak, seguido por Clayton. Ele sorri para mim, mostrando que eles conseguiram prender o dente de volta.

E lá está a minha mãe.

É, ela entra, gélida, logo depois do meu irmão. Empertigada, ereta e com uma carranca perigosa. Acho que a freira da outra equipe parece mais simpática do que ela.

Já sabia que seria obrigada a encará-la, mas meio que esperava que o confronto ocorresse à tarde. Mas, não, exatamente como o meu pai ameaçou, ela veio aqui me punir. O fato de Clayton ter se machucado é apenas a cereja no bolo.

Minha mãe se senta na primeira fileira. Nossos olhos se encontram. Ela não demonstra reação nenhuma. Será que já estou morta para ela?

– Ei, Ana, que tal um beijo de boa sorte? – Zak já está se inclinando na minha direção. Apavorada, afasto o rosto dele com a mão. Ele me encara, confuso, depois olha para a plateia. Seu rosto se ilumina quando ele vê Roger e Clayton, depois desaba quando se dá conta de quem deve ser a mulher com olhar duro sentada junto com eles.

Está tudo acabado. Não posso fazer mais nada. Nada, a não ser...

VENCER.

Quero que tudo se dane. Vim aqui para ser uma campeã, e é isso que serei. É isso que todos seremos. E, apesar de toda essa encrenca, minha mãe não poderá negar que sou uma vencedora. Que sou uma filha de quem ela pode se orgulhar. Posso ser corajosa. Posso vencer.

Por que ela não sorri para mim? Por que não me deseja boa sorte?

O jogo começa. Os caras da St. Pius são destemidos, apertando a campainha antes mesmo de completarem as perguntas. Eles assumem a vantagem. Pela primeira vez, Zak parece realmente fazer parte da equipe, e está contra-atacando. Sonya erra uma resposta.

Que se dane. Aperto a campainha.

– A Guerra dos Trinta Anos.

– Correto.

A chapa esquentou. As perguntas nos atingem como uma *blitzkrieg*, mas ninguém recua. O árbitro precisa se esforçar para acompanhar as duas equipes, que disparam as respostas rapidamente. Minha mãe me encara durante todo o tempo, sem nem piscar.

E então, o alarme toca. Apesar de não querer, confiro o placar.

Cento e setenta a cento e setenta. Um empate perfeito.

O moderador limpa a garganta. Uma última pergunta de desempate. O jogo inteiro depende desta pergunta.

– Que romance de Alexandre Dumas conta com um bandido chamado Luigi Vampa?

Meu Deus, é sério que será tão fácil assim?

Olho para o Zak, que sorri para mim. É irônico, mas, se não fosse o traficante, eu provavelmente não lembraria do vilão d'*O Conde de Monte Cristo*.

Aperto a campainha ao mesmo tempo que o Zak. Mas nenhuma das nossas luzes indicadoras se acende. A luz que acende é a do Landon.

– *Os Três Mosqueteiros!*

– Incorreto.

A outra equipe aperta a campainha.

– *O Conde de Monte Cristo?* – responde um oponente, visivelmente chutando.

– Correto.

Bem, é isso. Perdemos. Somos perdedores. Sou uma perdedora. Somos uma equipe perdedora. Agora, poderei encarar a minha mãe em derrota e aceitar qualquer punição que ela...

Volto-me para o Zak, que parece mais preocupado do que decepcionado.

Que se dane.

Eu me levanto, aceno para a outra equipe, e me junto à minha mãe.

– Ana...

– Vamos conversar. Em particular.

Deixamos o auditório. Viro-me por um instante. Duquette está me assistindo. Ele pisca, depois bate no peito com o punho logo acima do coração.

Eu posso fazer isto.

Não conversamos até encontrarmos uma pequena sala de conferências vazia. Nenhuma de nós duas se senta.

– Então, o que aconteceu ontem à noite? – exige a minha mãe.

Mentalmente, revisito todas as coisas loucamente improváveis que aconteceram com todos nós.

– O que o Clayton te disse?

– Ele disse que fugiu ontem à noite para algum tipo de convenção de quadrinhos, e que você foi obrigada a passar a noite inteira procurando por ele.

A honestidade do meu irmão me emociona.

– É verdade. O Clayton só estava curioso. Por favor, não fique com raiva dele.

– Lidarei com o Clayton mais tarde. Mas eu e seu pai estamos decepcionados mesmo é com você.

Lá vem.

– Como que isso é culpa minha?

Ela balança a cabeça, triste.

– Ana, você sabia que não queríamos que Clayton fizesse uma viagem onde tivesse que passar a noite fora. Confiamos que você cuidaria dele. Graças a Deus, não aconteceu nada com você ou seu irmão.

Ah, se você soubesse.

– Mãe, o Clayton saiu do quarto de hotel dele sem falar com ninguém. Como eu poderia ter previsto isso?

Acho que faturei um ponto, mas subestimei a capacidade da minha mãe em culpar as pessoas.

– Você deveria ter falado com a sra. Brinkham. Ou ligado para mim. Você não tinha o direito de sair perambulando por Seattle com sabe Deus que tipo de pessoa. Eu realmente esperava mais de você, Ana.

Ontem, eu teria assumido toda a culpa e me desculpado. Mas isso era ontem.

– Talvez eu tenha vacilado. Mas talvez eu não quisesse que Clayton se encrencasse. Ele não fugiu para beber ou algo assim. Ele queria visitar uma convenção de quadrinhos. Nós erramos, está bem? Mas não é nada demais.

Ela balança a cabeça.

– O fato de você não enxergar o problema só ressalta o quão imatura está sendo. Ana, se você não consegue demonstrar responsabilidade em uma situação como esta, então, como podemos esperar que faça isso na faculdade? Depois que você tiver pensado um pouco mais sobre isso, precisamos nos sentar com seu pai e mapear um plano para o seu futuro.

Sei o que isso significa. Mais um ano vivendo em casa. Mais um ano de regras. Mais um ano de escravidão.

Minha mãe está se virando para sair. Na cabeça dela, a conversa acabou.

– Para o seu interesse, eu planejarei a minha própria vida!

Minha mãe quase não consegue esconder o seu choque.

– Sei que você está cansada e chateada, senhorita. Vamos para casa, você descansará um pouco, e conversaremos melhor amanhã de manhã.

Então, quer dizer que estou sendo mandada para o quarto por responder? Penso em como o Zak disse que sou inteiramente responsável por deixar minha mãe e meu pai me controlarem assim.

– Vamos conversar agora mesmo! Tenho dezoito anos de idade! Estou no topo da minha turma! Fui aceita em quatro universidades! O que mais vocês querem de mim?

– Ana...

– Não sou um bebê. Nem o Clayton, caso não tenham notado. Se vocês o deixassem sair de casa de vez em quando, talvez ele não tivesse fugido ontem à noite! Talvez, se eu não tivesse tanto medo de fazer besteira, *realmente* teria te ligado. – Sei o quanto estou parecendo queixosa, mas não consigo me deter. Queria não estar tão exausta, para conseguir argumentar de maneira menos emocional.

– Pare com isto agora mesmo! – rosna a minha mãe. Estou claramente mexendo com ela. Ela quase nunca ergue a voz.

– Ou o quê? – Eu hesito, mas resolvo falar: – Ou vai me expulsar de casa também?

O rosto da minha mãe empalidece.

– Você sabe o que é viver assim, mãe? Sabendo que, se eu fizer basteira, estou no olho da rua?

– Ana, por favor...

– Por favor o quê? Você renegou sua própria filha porque ela pisou na bola. Bem, ela é minha irmã, e você a roubou de mim.

– Não fale disso agora.

– Fale o nome dela! Fale o nome da sua filha! Você não fala o nome dela há anos! Fale agora, ou, eu juro, você perderá outra filha!

Não estou preparada para a mão da minha mãe. Ela vem de cima. Não tenho tempo de desviar, mas ela para, um instante antes de atingir a minha bochecha. Ficamos paradas, atordoadas. Independentemente do que acontecer agora, nós cruzamos a linha. As coisas nunca mais serão as mesmas.

Minha mãe dá as costas para mim e caminha até o canto da sala. Por um longo minuto, ficamos apenas paradas. Quero ir até ela. Quero mesmo.

– Nichole. O nome da minha filha é Nichole. O nome do meu neto é Levi. E, se acha que nos esquecemos de qualquer um dos dois, então você não é tão esperta quanto pensa, Ana.

– Como assim? – Já estou duvidando de mim mesma, mas é tarde demais para voltar atrás. – Você a expulsou quando ela precisava mais de nós do que nunca.

Minha mãe contrai o rosto brevemente

– Sim, é verdade. Estávamos com raiva e assustados. Mas sabia que ligamos para ela no dia seguinte? Sabia que a convidamos para vir conversar com a gente, junto com o namorado? Para traçar alguns planos?

Estou chocada. Segundo a versão de Nichole, ela deixou de existir para eles no segundo em que o bastão ficou rosa.

– Então, você começou a planejar a vida dela por ela. Que surpresa.

– Cuidado com o que você fala. Ela era mais nova do que você, sem emprego ou dinheiro. Ela queria manter o bebê. Estávamos dispostos a apoiar essa decisão. Mas ela precisava da nossa ajuda.

– E? – Tenho quase medo da resposta.

– E, mesmo assim, ela insistiu em morar com aquele... com o Peter. Teríamos acolhido os dois na nossa casa, mas tudo o que ela queria era morar sozinha. E todos nós dissemos algumas coisas que não deveríamos ter dito. Coisas que não podemos apagar. Todos nós.

Não consigo lembrar a última vez que vi a minha mãe demonstrando uma emoção que não seja decepção. Mas aqui está ela, quase em prantos.

– Então, vocês simplesmente desistiram dela? – pergunto.

– Não! Você não entende? Não desistimos! Mas sempre que nos comunicamos, acabamos voltando para o que cada um fez de errado. Somos todos teimosos demais para admitir nossos erros. Todos nós, não só a Nichole. Eu... eu tentei visitá-la quando o bebê nasceu. Ela disse que faria os seguranças me expulsarem do hospital.

Estou tão atordoada que me sento. Sempre que converso com a Nichole, ela se coloca no lugar da filha abandonada, da mártir. Acho que, em toda história, existem dois lados.

Então, talvez eu não corra o risco de ser expulsa de casa. Talvez nunca tenha corrido.

– Mãe... eu não sabia. Mas não sou a Nichole, e o Clayton também não é. Você não pode nos manter trancados em casa por causa do erro cometido pela minha irmã.

– Já perdi uma filha. Não vou passar por isso de novo.

Preciso ser muito cuidadosa com o que vou dizer agora.

– Você precisa nos dar um pouco de espaço. Especialmente ao Clayton. Ou isso pode fugir do nosso controle.

Os olhos dela se entrecerram, mas ela não responde.

– Você precisa permitir que a gente cometa nossos próprios erros, está bem? Você teria se orgulhado de nós ontem à noite. Voltamos inteiros... bem, talvez não o Clayton, mas isso foi um acidente infeliz. E quase vencemos hoje.

Minha mãe balança a cabeça.

– Eu me recuso a acreditar que sua única preocupação este final de semana fosse a sua família. Vi aquele menino fazendo carinhas de beijo para você lá dentro.

– E daí? Estou no último ano da escola. Nunca fui beijada. Bem, até ontem à noite.

Ela quase sorri ao ouvir isso.

– Desculpe, Ana. Há certas coisas sobre as quais não posso conversar com você.

– Que tal tentar?

– Você realmente quer saber?

Engulo em seco.

– Converse comigo.

– Ana, quando a Nichole tinha uns dezessete anos, eu... eu encontrei algumas camisinhas na bolsa dela. Eu não estava bisbilhotando – diz ela. Vindo da mulher que confere o histórico de chamadas do meu telefone, não sei não. – Quase falei alguma coisa, mas desisti. Sabia que ela era esperta, sabia que era responsável, e decidi que ela podia cuidar da própria vida. Eu não podia fazer nada. E veja no que deu. Perdemos a nossa filha e nosso neto. – Acho que ela está prestes a chorar de novo.

– Mãe... você acha que se a tivesse deixado de castigo por um mês, ela não teria mais feito sexo?

Minha mãe balança a cabeça.

– Você fez o que fez. Mas não posso continuar pagando pelos erros da minha irmã. Às vezes, parece até que você não me ama.

Minha mãe parece tão horrorizada que lamento imediatamente ter dito isso.

– Como pode dizer algo assim?

– Você nunca diz que se orgulha de mim. Você nunca me abraça.

– Eu te abraço todo dia!

– Sim. Às seis e meia da manhã, todo dia, quando estou saindo para a escola. Mas só assim.

Consigo quase enxergar os seus pensamentos, enquanto ela tenta provar que estou errada. Mas não consegue.

– Ah, Ana.

– Mãe... realmente temos muito o que discutir. E sei que fiz algumas escolhas erradas ontem à noite. Mas, quando formos conversar, vamos conversar de verdade, está bem?

– Está bem. – Ela enxuga levemente os olhos com um lenço de papel. Nenhuma de nós se move.

– Ana?

E então, nos abraçamos. Um abraço desconfortável a princípio, depois apertado. E estamos chorando, as duas.

– Tenho tanto orgulho de você, Ana. Tanto orgulho. Você se saiu tão bem hoje. E aquela pergunta de química foi mal formulada pra cacete.

Afasto-me dela, chocada.

– Mãe!

– Foi mesmo, o que posso fazer? Agora, vamos embora daqui, ou perderá sua condução de volta.

Ela vai me deixar voltar com a equipe?

Ao sairmos, seguro a mão da minha mãe. É mais ou menos como segurar a mão do Zak: estranho, mas reconfortante.

– Mãe? Eu gostaria de visitar a Nichole este verão. Eu realmente quero vê-la. Sinto falta dela.

Minha mãe acena com a cabeça.

– Vamos ver. – Pela primeira vez, no entanto, este não é um comentário desdenhoso.

– Ei, mãe?

– Sim?

– Estou de castigo para sempre, não estou?

Estou me preparando para uma resposta afirmativa, mas minha mãe só me olha de soslaio.

– Não sei. Você tem dezoito anos. E nunca foi punida de verdade.

Ocorre-me que, na verdade, estou de castigo desde que Nichole foi embora, mas não falo nada.

– Discutirei as coisas com seu pai. Agora, conte-me o que está acontecendo entre você e aquele menino da equipe. Ele é o garoto estranho com quem conversei no telefone ontem à noite?

Solto uma risadinha.

– O nome dele é Zak. Foi ele quem me ajudou a encontrar o Clayton. Ele nos poupou muito trabalho.

– Hmmm.

– O que foi? Ele é esperto, engraçado e um cara muito legal. Você gostaria dele.

– Veremos.

Eu também já o vi pelado.

ZAK

13:13

– E então, quando o cara está prestes a arrancar a minha cabeça, a Ana enfia uma flecha cega bem no nariz dele. Você deveria ter ouvido o grito.

Roger olha para mim por trás do seu copo de café. Estamos sentados em um banco no saguão do hotel, com a minha mala de pernoite entre nós.

– Zak, uma noite, durante o ensino médio, eu e alguns amigos invadimos o escritório do diretor e o enchemos de papel higiênico. Sempre achei que eu fosse um cara que fez algumas loucuras na adolescência. Depois de ouvir suas histórias sobre ontem à noite, percebo que eu não passava de um amador.

Abro um sorriso.

– Foi uma convenção fora do comum. Você deveria ter andado mais com os geeks da ficção científica. A gente sabe se divertir.

– Estou vendo.

Apesar da minha expressão alegre, estou preocupado com a Ana. Tenho a sensação horrível de que, depois de falar com a sua mãe, talvez nunca mais nos vejamos, até que nós dois tenhamos oitenta anos e nos esbarremos nos túmulos dos nossos cônjuges.

Roger levanta e se espreguiça.

– Preciso ir andando, Zak. Sua mãe ficará preocupada.

– Ei, mais uma vez, obrigado. Você realmente quebrou um galho enorme.

– O prazer foi todo meu.

– Ei, hum, Roger? Talvez algum dia, eu e você, a gente possa ver um filme ou algo assim?

– Claro. Quem sabe um desses filmes da *Jornada nas Estrelas* que você gosta tanto? Eu adoro aquele tal de Yoda.

– Assim você me quebra, cara.

Roger sorri, satisfeito com a própria piada.

– Você também. Nos vemos hoje à noite. – Ele ergue o copo para mim, depois vai embora.

Nossa. Terei realmente que comprar um presente de aniversário para ele este ano. Ah, valeu a pena.

A sra. Brinkham chega, carregando sua mala e um bocado de ódio. Ela para bem na minha frente. Eu me levanto. Não tanto por respeito, mas mais por medo de que serei obrigado a me defender.

— Acabei de conversar com a mãe do Clayton. Felizmente, ela não tomará nenhuma medida muito drástica a respeito desta manhã.

— Excelente!

— Se eu fosse você, apagaria esse sorrisinho do rosto, Duquette. Três dos meus alunos desapareceram ontem à noite. Eu poderia ter perdido o emprego.

Fico mortificado.

— Eu realmente lamento muito. Ana e eu só estávamos preocupados com o Clayton, e não queríamos envolver a polícia. — *Então, vamos culpá-lo por tudo isto.*

— Sabe, Zak, muitos professores teriam ignorado o seu plágio. Ou pelo menos deixado você refazer o seu trabalho. Odeio esse tipo de atitude. Faz com que os alunos pensem que não precisam se esforçar muito, que podem se safar com qualquer coisa. É por isso que fechei aquele acordo com você. Eu sabia que você era mais esperto do que isso.

— Você se arrepende?

— Claro que sim. — Não sei se ela está sendo sarcástica.

— Mas não nos saímos muito mal no torneio.

— Não, você não se saiu nada mal. — Ela balança a cabeça. — Preciso ir fazer o *check out*.

— Ei, sra. B? Você é a minha conselheira, não é?

— E daí? — pergunta ela, cautelosamente.

— Talvez semana que vem a gente possa se encontrar e conversar sobre... sabe, meus planos a longo prazo? Para você me ajudar a me inscrever em aulas na faculdade e tudo mais?

Ela me encara.

– Por que esse interesse repentino?

Dou de ombros.

– Talvez você tenha razão. Talvez esteja na hora de começar a planejar o meu futuro.

Ela me oferece um sorriso muito discreto, depois segue para a recepção.

E talvez eu tenha conhecido uma garota cujo futuro promete mais do que a faculdade comunitária e um emprego em um departamento de suporte técnico. Talvez eu queira mostrar para ela que também posso fazer planos.

Falando nisso, lá vem ela. Assim que ela sai do elevador, noto que esteve chorando.

– Ana...

Ela sorri para mim.

– Está tudo bem.

– O que...

– Nós conversamos. Está resolvido. Está tudo bem.

Acho melhor não insistir. Apenas seguro a sua mão. Há tantas coisas que quero falar para ela, mas não encontro as palavras. Satisfaço-me em apenas encarar seus olhos verdes avermelhados, e vê-los sorrindo de volta para mim.

– Eu me diverti muito ontem à noite, Zak.

– Por favor, me chame de Duque – peço pela centésima vez.

– Não.

Por que ela insiste tanto nisso?

– Ana, quase todo mundo me chama de Duque. Você é a única dos meus amigos que me chama de Zak.

– Sim, eu sou. E acho que ganhei o direito de te chamar do que quiser. Zak.

Ela sorri para mim, e, de repente, não estou mais chateado. Nossos rostos se aproximam.

– Ei, vocês dois. – A sra. Brinkham voltou. Ana e eu nos afastamos imediatamente. – Estamos partindo. Seu irmão já está na van. Vocês vêm conosco, ou voltarão com seus pais?

– Nós...

Ana me interrompe:

– Voltaremos com nossos pais. Nos vemos na segunda.

A sra. Brinkham acena com a cabeça.

– Muito bem. E Zakory, se algum dia sentir vontade de matar a minha aula de novo, fique à vontade.

– Ana – digo, quando ficamos sozinhos. – O Roger já foi embora.

– A minha mãe também.

Eu não entendo.

– Então, como voltaremos para casa?

– Quem vai para casa? Essa convenção não dura até o domingo?

– Sim... mas, e daí? Não temos dinheiro, não temos carro e não temos como voltar. – Ela pirou de vez.

Ana abre um sorriso doce, se vira, e começa a se afastar de mim. Depois, gira o corpo e me encara.

– Por incrível que pareça, não estou de castigo, pelo menos não por enquanto. Disse para a minha mãe que a Sonya me convidou para ficar na casa dela, para uma espécie de celebração de encerramento da temporada de jogos acadêmicos. A Sonya me emprestou cinquenta pratas e disse que cobrirá a minha mentira. Portanto, não sei sobre você, mas eu vou voltar para a convenção. Vou me divertir. Se estiver com medo, ainda dá tempo de alcançar a sra. B.

Ana deixa o saguão.

Atordoado, eu me levanto e corro atrás dela.

Meu Deus, eu criei um monstro.

AGRADECIMENTOS

Este livro não teria sido possível sem a ajuda de um monte de gente. Primeiramente, gostaria de agradecer a Claudia Gabel por sempre acreditar em mim, embora seja muito difícil trabalhar comigo. Um grande obrigado também para Melissa Miller, que realmente me ajudou a ordenar os meus pensamentos.

Um obrigado enorme para o meu grupo de escritores e outros amigos que se colocaram à disposição para ler este manuscrito seguidas vezes: Kate Basi, Jenny Bragdon, Ida Fogle, Paula Garner, Debi George, Mark George, Mike George, Heidi Stallman, Elaine Stewart e Amy Whitley. Um agradecimento especial para as minhas conexões em Seattle, Antony John e Brent Hartinger. Abraços apertados para Hope Mullinax e Rachel Proffitt, as rainhas das convenções.

O obrigado maior do mundo para a minha mulher, Sandra, e minha filha, Sophie, que aturaram as minhas andanças pela casa, enquanto eu falava sozinho, ao ser tomado pela inspiração. Amo vocês duas.

Por fim, um obrigado mais que tardio às seguintes pessoas:

Sra. Dawkins, terceira série, Hawthorne Elementary; sr. Harley Marshall, quinta série, Progress South Elementary; srta. Pat Turpin, oratória, Fort Zumwalt South High School; srta. Kelly Barban, redação criativa, Fort Zumwalt South High School; srta. Elaine Somers-Rogers, Inglês 20, Universidade de Missouri.

Estas pessoas ajudaram a inspirar em mim um amor vitalício pela escrita. Além disso, grandes cerejas para a srta. U, línguas na sexta série, e a srta. T, línguas na sétima série, South Middle School, que quase mataram esse amor.

Impresso na JPA, Rio de Janeiro – RJ